中公文庫

パーティーゲーム

警視庁組対特捜Ｋ

鈴 峯 紅 也

中央公論新社

目次

主な登場人物

東堂《とうどう》絆《きずな》……警視庁組織犯罪対策部特別捜査隊（警視庁第二池袋《いけぶくろ》分庁舎）遊班所属、
警部補。祖父典明《てんめい》に正伝《しょうでん》一刀流を叩《たた》き込《こ》まれた。

大河原《おおがわら》正平《しょうへい》……警視庁組織犯罪対策部部長、警視長。絆を組対に引っ張った張本人。

浜田《はまだ》健《けん》……警視庁組織犯罪対策部特別捜査隊隊長。警視。

奥村《おくむら》金弥《きんや》……中野《なかの》のネットカフェ「自堕落屋《じだらくや》」の社長。

鴨下《かもした》玄太《げんた》……プラカード持ち。

東堂《とうどう》典明《てんめい》……絆の祖父。正伝一刀流の達人。

渡邊《わたなべ》千佳《ちか》……絆の幼馴染《おさななじ》みであり、元恋人。

綿貫《わたぬき》蘇鉄《そてつ》……千葉県成田《なりた》市の任侠団体・大利根《おおとね》組の親分。昔気質《むかしかたぎ》のヤクザで、典明
の高弟。

ゴルダ・アルテルマン……中東I国の出身。典明の弟子。

矢崎《やざき》啓介《けいすけ》……防衛大臣政策参与。

久保寺《くぼでら》美和《みわ》……元警察官。白石《しらいし》幸男《ゆきお》の後を継ぎ、有限会社バグズハートの実質運営者
となる。

下田《しもだ》安也子《あやこ》……群馬県の天神《てんじん》組組長。

沙羅《さら》……………〈ラグジュアリー・ローズ〉の元ホステス。

鳥居《とりい》洋輔《ようすけ》……警視庁公安部J分室。警部。

小田垣《おだがき》観月《みづき》……警務部監察官。警視。〝アイス・クイーン〟の異名を持つ。

五条《ごじょう》宗忠《むねただ》……大阪を本拠地とする広域暴力団竜神《りゅうじん》会会長。

五条《ごじょう》国光《くにみつ》……東京竜神会代表。宗忠の弟。

魏老五《ぎろうご》……上野（通称：ノガミ）のチャイニーズマフィアの首魁《しゅかい》。

パーティー……？

本文イラスト　永井秀樹

パーティーゲーム

警視庁組対特捜K

序

さあて、断捨離《だんしゃり》もひと通り済んだみたいやな。一段落や。

要《い》らん物《もん》がのうなって、見通しも風通しもずいぶんようなったわ。

人によっては焼野原なんぞと陰口叩《たた》く奴《やつ》もおるし、要らん物なりに、風除《かぜよ》け波除けくらいの役には立ってたんやと喚《わめ》く奴もおるやろが、そんな連中にはこう言うたるわ。

波も風も、自分で受ける度胸も自信もない奴の遠吠《とおぼ》えは、私には届かんでぇ。

まったく、阿呆《あほう》ちゃうかな。

新しく始めるにはまず壊さなならんちゅうのは、日本全国どこにでもある、下衆《げす》い公共工事でもお馴染《なじ》みやないか。まずは造成なんやて、前にも言うたはずやけどな。

ま、そのことを忘れて騒ぐ連中こそ、断捨離の第二弾でポイやし。

せや。ここでもう一度言うとくわ。

ええか。造成やで。世の中の造成っちゅうもんは、調子が良ければ調子に乗って、イケイケドンドンで第二期、第三期と続くもんなんやで。

私も、負けるつもりで始めたわけやないからな。当然、勝算あってのことや。エグゼっちゅう、魅惑の商品も完成したしなあ。

勝算あってイケイケドンドンでってことは、わかるよなあ。

第二期、第三期、第四期や。

もたつく奴、使えん奴は、お馴染みの断捨離や。バッサリや。容赦はせえへんでえ。なあ、国光《くにみつ》。

そんでも、ようここまで来たわ。よう辿《たど》り着いたわ。私こそなあ、いつお父ちゃんに断捨離されてもおかしくなかったんやでえ。

ふふっ。せやけど、そんな命のギリギリも、もう仕舞いや。

長かったなあ。長すぎて、したいことが山積みや。

せやせや。ならまずは、顔見世興行《かおみせこうぎょう》と行こうかなあ。

作った空き地にでっかいテント張って、ボリショイ・サーカスも裸足《はだし》で逃げ出す、私のサーカス団の登場や。

そこで興行や。

ようやく、私のステージが始まるんや。

さて、私は私のステージで、手始めにどんなマジックを見せたろうかなあ。

ん？　マジック？　わからんか。

せや。私はなあ、サーカス団では腕のいいマジシャンや。

上下左右、自由自在。

右と見せ掛けて左、左と見せ掛けて右。

はたまた、上と見せ掛けて下、下と見せ掛けて上。

くくっ。マジックの基本なんぞ、私はもうずいぶん昔から、それこそ生まれたときから心掛けとるでえ。

トラップもフェイクも、いいマジシャンなら簡単や。私にも簡単や。

ほんなら、私もマジシャンや言うこっちゃ。それも超一流のマジシャンやで。

生と見せ掛けて死。

死と見せ掛けて、やっぱり死。

負けと見せ掛けて勝ち。

少々の勝ちと見せ掛けて、徹底的な勝ち。

易《い》如《じょ》反《はん》掌《しょう》にして融《ゆう》通《ずう》無《む》碍《げ》や。

そうやそうや。

私は一流のマジシャンや。

そしたら、豪勢なパーティーにも呼ばれようかなあ。

パーティーにマジックは付き物やし。

マジックはパーティーの花形やし。

いいかい、国光。覚えとき。

いいマジシャンはなあ、でっかいサーカスでも、豪勢なパーティーでも、主役なんやでえ。

第一章

一

三連休の初日、その夜だった。文化の日の夜だ。

警視庁組対特捜の東堂絆《とうどうきずな》は、渋谷《しぶや》丸山《まるやま》町の入り組んだ通りの一角にいた。耳にはＰフォン、警察官専用携帯のヘッドセットを装着していた。

この夜に絆が立つのは道玄坂《どうげんざか》を入った場所で、いわゆる〈裏渋〉と呼ばれる辺りだった。細い道が多く、毛細血管のように路地も入り組み、結果として様々な〈光〉から遠くなり、常に半グレやチンピラが隠れ蠢《うごめ》く場所と言えた。

今日何かを一掃しても、明日にはわずか十、二十メートル先で誰かの悪意が爆発したりする場所だ。

懲《こ》りない面々の巣窟《そうくつ》でもある。

掃《は》き溜《だ》めともいえる。

雰囲気も匂いも、トー横キッズがたむろする歌舞伎《かぶき》町旧新宿コマ劇場脇となんら変わらない。同じような括《くく》りのエリアだろう。

「まあ、いい夜ではあるけど」

絆は星空を見上げ、目を細めた。

雲一つ流れない、快晴の夜だった。

この日は午前中に、第四十五代アメリカ大統領が公式実務賓客《ひんかく》として初来日した。良くも悪くも話題に事欠かない大統領で、世の注目を一身に集めた来日だった。

警視庁の警備態勢も厳戒を極め、掻《か》き集《あつ》めに集めた二万一千人が警備に当たった。

当然、手薄になったその陰で――。

絆はこの夜、渋谷署の組対が主導する摘発の現場近辺で、馴染みの下田《しもだ》広幸《ひろゆき》巡査部長らと待機中だった。

下田は渋谷署では古株で、絆が一年半前に配属されたときの相方だ。

絆の待機はこの夜というか、正しくは前日も同様の準備で同様の待機をしたから、二晩目ということになる。

前夜は空振りだった。

そもそも情報の信憑性《しんぴょうせい》が日時に関して酷《ひど》く曖昧《あいまい》で、下田などは四晩連続になるということだった。

　五十五歳になる身体《からだ》には堪《こた》えると、ぼやくことしきりだが、と同時に、

――あるのは間違いねえんだよ。ネタの出所を握ってる俺が信じなくてどうするってんだ。そこは譲れねえ。

　と断言して疑わず、つまり、この情報をつかんだのはどうやら下田のようだった。

　ただ、張り込み開始から二晩続きで空振りとなり、人員の動員が少々手薄になったらしい。

　渋谷署は大規模警察署だが、大規模には大規模なりの理由があって、つまり、犯罪多発地域にして忙しいのだ。加えて、アメリカ大統領の初来日も重なった。

　当初、渋谷署の組対では、下田をリーダーとする摘発班を署内の人員だけで組むつもりだったという。

　それにしても、日時が曖昧な摘発に専従捜査員を揃《そろ》えるのに二日間はどうにかしたようだが、三日目に入るとなると、数の確保がさすがに困難になったようだ。そもそも、誰もがいくつもの業務を並行処理しているのだ。

　といって、近隣の署や本庁に動員を掛けても、急に数が集められるものではない。

　平時ならいざ知らず、返す返すもアメリカ大統領の初来日は、この摘発に限っては特に、大いに迷惑な話だった。

かくて、

——済まないな。成田《なりた》の病院の方もあるってのによ。

と、掛けてきた電話で、下田は絆に応援を要請しつつ、恐縮した。

成田の病院の方とは、これは絆の祖父、東堂典明《てんめい》のことを指す。

前月初旬、竜神会の五条《ごじょう》国光が絡む事件で典明は左腕に大怪我《おおけが》を負い、手術に拠《よ》る肘《ひじ》から先の切断を余儀なくされた。

そのことを気にして、下田はいつもなら気軽に呼び付ける絆に詫《わ》びつつ、けれど止《や》むに止まれず応援要請を掛けてきた格好だ。

かくて、足りない人員の穴を一人で埋めるべく、一騎当千の東堂絆の臨場《りんじょう》となった。

この夜はつまり、渋谷署としては三日間の空振りに続く、四日目だった。

最長七日にわたる張り込みが見込まれ、また覚悟もされた。

渋谷署の狙いは、密《ひそ》かに行われるという大麻パーティーの摘発だ。

下田の得た情報に拠れば、この三連休が明ける前に、必ず一度は行われるということだった。

「いい夜なんだけどなあ。まったく」

二日目にして、すでに絆の口調はぼやき混じりだった。

——おい。東堂。もうぼやきかよ。修行が足りないんじゃねえのか？

ヘッドセットのイヤホンから聞こえてきたのは、下田の声だった。

「それを言われると返す言葉はありませんけど。でも、大麻パーティーって。文化の日ですよ」

——まあ、文化の日だな。あれだ。案外とっ捕まえてみたら、大麻は文化的だとかほざくんじゃねえか。

麻薬や覚せい剤、ティアドロップのレッドなどは、日本では主に個人が秘匿《ひとく》して使用するケースが多い。強い中毒性を持つ薬物には〈依存〉という言葉が付いて回り、それがどうやら〈お洒落《しゃれ》〉ではないと毛嫌いされているかららしい。

反して、大麻やＭＤＭＡ、ティアドロップのブルーなどはパーティー・ドラッグと呼ばれ、文字通り人が集まるパーティーの場でも使用されることがある。

こちらは、絆には到底理解出来ないが、〈お洒落〉ということのようだ。

今回の摘発も、そんなパーティーらしい。

「文化的って、どうですかね。それにしたって、文化の日ですよ」

——そうだな。

「よりによって、休みの日に」

——あ、そっちかい。

「え。そっちかいって、どっちです？」

――どっちでもいいや。じゃ、また後でな。

なにやら、最後はどうにも邪険だった。

こんな会話を昨日もした気がした。

その後、西方の夜空に月を眺め、徒然《つれづれ》の思考に身を委ねるのも昨日に引き続きだ。

典明の回復、子安翔太《こやすしょうた》のこと、そして、ティアドロップ・エグゼ。

典明に関して言えば、術後一週間でＩＣＵからＨＣＵに移動となり、約二週間前には一般病棟への転室を終えていた。医者も驚く驚異的な回復力で、退院の日すら近いと絆は聞いている。

すべてにおいて順調な回復だと、言ってしまえばそれまでだ。

すでになんの心配も要らない。絆がしなければならないこともない。

だが、喜びは誰しもの胸に、飽くまで半分だ。命あっての物種《ものだね》と思えば贅沢《ぜいたく》だろうが、失った左腕は還ることなく、今までとまったく同じ日常には戻り得ない。

次いで、子安翔太の後始末のことを考える。

子安の死後、亀有《かめあり》署の連中も本気で捜査に乗り出しはしたが、今のところ子安とティアドロップ、ひいては竜神《りゅうじん》会との繋《つな》がりを示す手掛かりは何も発見出来ていないという。

――ティアの食えねえ世はつまらねえってぁあ。けけけっ。

そう言いながら、子安はティアドロップ・エグゼを食って死んだ。

いや、食われて死んだ。

「エグゼか」

一滴必殺の、致死の劇薬。

劇薬にして、ドラッグ。

片腕を犠牲にしても命を永らえた典明と、一滴のドラッグで簡単に命を投げ捨てた子安の対比は壮絶だ。

ティアドロップ・エグゼは、絆の目の前で子安翔太を食い殺しただけでなく、その少し前に、劉博文《りゅうはくぶん》という凄腕《すごうで》の殺人鬼をも食い殺した。

――あれがバーターの相手やっ。私の知る情報。東堂。あれがエグゼの男や。なんや知らん。私を狙うてるのかっ。東堂。教えたでっ。私を助けろ！

迫る劉博文の脅威を前に、五条国光はそう叫んだ。

自分を狙って東上してくる連続殺人犯から私を守れ。

それが、五条国光がエグゼの情報提供を条件に、警視庁組対部の大河原《おおかわら》部長に捻《ね》じ込《こ》んだことだった。

劉博文が連続殺人犯かどうかはこの時点では定かでなかったが、間違いなく、絆達の前で自身の主人である郭英林《かくえいりん》を殺した現行犯ではあった。

絆との戦いに敗れた劉博文は、瀕死《ひんし》の東堂典明を思いやる一同のわずかな意識の隙を突き、エグゼを喰らった。

劉が連続殺人犯であることを裏付ける証拠は事後、すぐに発見された。

成田空港近くのシティホテルの、劉が宿泊していた部屋のクローゼットから不審なゴルフバッグが発見された。

ゴルフクラブは一本も入っておらず、代わりに日本刀が収納されていたという。劉博文が郭英林を殺し典明の腕を断ち割った現代刀とはまた別のひと振りだ。

その刀身に残るうっすらとした曇りは、間違いなく人の血脂《ちあぶら》だった。

鑑識に拠る鑑定結果は各県警本部で共有された。

すみやかに、検出された指紋と数種類のＤＮＡの照合が行われ、その結果、劉が南から遡《さかのぼ》るようにして、竜神会下部組織の組長を殺してきた犯人であることが立証された。

と——。

この一件に関して、絆が知るのはここまでだった。

すわ、上海《シャンハイ》の黒社会と竜神会の暗闘勃発か、ということで、この海峡を跨《また》いだ一件は組対から警視庁の公安外事に権限が責任と共に移譲され、千葉県警の手も絆の手も離れた。

一件落着には程遠い、歯切れの悪い結末になった。

だが、国内の竜神会を広く見回せば——。

（悪事は尽きない。ある意味、俺以上に勤勉かもな）

溜息《ためいき》を夜空に吐けば、月に叢雲《むらくも》が掛かった。

より濃い闇が、絆ごと辺り一帯を覆った。

Ｐフォンがかすかな音を立てたのは、この直後だ。

下田からだった。

――東堂。今日こそビンゴだ。こっちはあと三十分で入るぜ。

了解、と答えれば、全身に熱い血潮が巡るように感じられた。

実際、巡る。

巡らせる。

アイドリング、万全。

いつなりと、どこなりと。

常在戦場。

これは剣士ならば常に、心の下拵《したごしら》えとして当たり前のことだった。

通話を終え、絆は打ち合わせで決めてあった場所に移動した。

狙うビルの正面に向かって左側の角だった。

ビルは七階建てで、全フロアが会議室タイプのワンフロア貸しになっていた。時間的に〈表立った〉営業は終了らしく、前面にはシャッターが下り、ビル自体の看板も明かりが落ちていた。

絆が動いたのは、そんなビルと敷地境界線のほんの隙間だった。この左側は隣のビルとの隘路《あいろ》になっていてほとんど隙間もなかった。

狙いのビルの非常階段は反対の右側にあって、そちら側には通りの半分ほどの路地が表通りと裏通りのどちらにも通じていた。

絆はゆっくり、ビルの隙間に身を置いた。

そこで自らの心身を沈め、そして鎮め、一孤《いっこ》の影となる。

いて、いない。

見えて、見えない。

プラカード持ちの鴨下《かもした》玄太《げんた》が体得した四十年の隠形《おんぎょう》には、一芸という意味では遠く及ばない。

が、それは間違いなく、薄闇を渡世とする半グレやチンピラ程度には絶対に理解出来ず、また見つかることもない境地であり、姿だった。

二

この夜の大麻パーティーは、主催が松風会《しょうふうかい》の残党らしい。

絆はそのことを下田から聞いていた。

松風会は、元沖田組《おきたぐみ》の二次団体である黒川《くろかわ》組の下部組織だった。

沖田組の傘下には匠栄会《しょうえいかい》を始め、イケイケの武闘派が多かった。松風会もそんな団体の一つだ。

それが、警視庁監察室の小田垣観月《おだがきみづき》警視が仕掛けた悪徳警官炙《あぶ》り出しの〈QAS〉と、沖田組解体を急ぐ竜神会の、当時は総本部長だった五条国光の意向に翻弄され、呆気《あっけ》なく潰された。

かつては、組員の何人かが西新宿の金松《かねまつ》リースに出向していた。

金松リースは今年で決算三十二期を数える優秀な会社だった。土木系の大型建機レンタルが主業務の会社としてはまず中堅以上の企業と言えた。が、この会社は創業当時から元沖田組のフロント企業だった。

今夜のパーティーを主催するという松風会の坂原《さかはら》もまた、そんな会社に出向していた一人だった。

それで、絆も坂原を見知ってはいた。

坂原達は、金松リース出向時に誼《よしみ》を通じた〈トー横界隈《かいわい》〉からブツを流してもらっているようだ。大麻の出所もそこまでは判明していた。

〈トー横界隈〉をうろつくのは、主には半グレだ。

紋々を背負い、肩で風を切り、痩せても枯れても〈本式〉のヤクザだった者達が、今は半グレのお零《こぼ》れで小利を掠《かす》めるとは、随分とまた小者に成り下がったものだ。

沖田組のフロント企業だった金松リースも、上が東京竜神会に置き換わってからはずいぶんと大人《おとな》しい。

フロントでありながら倍増された上納金のために、逆に正々堂々とした社業に精を出さなければならないとは、これは本末転倒か、いや、因果応報《いんがおうほう》か。

いずれにせよ東京、いや、南関東の覇権は、沖田組から東京竜神会に平和裏に移行している。つまりは、大阪を本拠とする竜神会の〈直轄地〉が徐々に広がりつつあるということだ。

すべては竜神会会長、五条宗忠《むねただ》の思うところということか。

劉博文に組長を殺された組織にしても、どこも若いリーダーに代替わりが進んでいるようだ。

組対部長の大河原が警察庁を通じ、各地の組対と連携した情報に拠れば、どの組織も跡目相続には、限りなくきな臭さが際立つようではあった。そもそも決め手に欠ける何人かの対立候補があったり、組長が推す跡目があまりに依怙《えこ》の沙汰《さた》で組員に不満が燻《くすぶ》ったり――。

なんにせよ、すんなりとは次期組長が定まりそうもない組織ばかりだった。

穿《うが》った見方をすれば、劉博文はそんな組織ばかりを狙い、跡目相続に棹《さお》を差したともいえる。

例えば、奈良の祇園狸《ぎおんだぬき》は会長の伊奈丸宗左《いなまるそうざ》が公安絡みと聞く事件で死んだ後、父である前会長の甚五《じんご》が会長代行として返り咲いていたが、子分の筆頭である若頭を立てていなかった。死んだ宗左がまだ代替わりしたばかりで若かったということもある。

それで若頭補佐の四人が先の短い甚五の跡を巡り、相争っていたようだ。

また、九州福岡の金獅子《きんじし》会では、シャブの売《バイ》で下手《へた》を打った若頭が失脚間近で、跡目は一人の若頭補佐と若衆頭が有力とも、険悪とも――。

結果として祇園狸は、会長代行が死んだときは竜神会会長・五条宗忠に一任と公言して憚らなかった伊奈丸甚五が殺害され、宗忠が若頭補佐の中から東京竜神会に出向中だった杉本晃《すぎもとあきら》を跡目に指名した。

金獅子会は同様に組長が殺害され、それを身近にいて防げなかった若頭補佐の株が下がり、東京竜神会に出向中だった若衆頭の平橋快二《ひらはしかいじ》が組長に立つらしい。

どちらのトップも、その死に手を下したのは劉博文だ。

どちらのトップも、竜神会内では重鎮として一家言ある人物だった。

うるさ型というやつだ。

前会長の五条源太郎《げんたろう》も死に、宗忠の行く手を阻む者は竜神会内にはもういない、のだろう。

（これで、名実ともに五条宗忠の天下か）

月に掛かっていた叢雲が流れた。

月影が戻った。

――東堂。こっちは入る。よろしくな。

下田の緊張を孕《はら》んだ声がイヤホンから聞こえた。

「了解」

絆は閉じたシャッターの前を移動し、右側、非常階段のある路地の入口に立った。

裏通りまで真っ直ぐ、幅一間、長さ十間ほどの路地だった。その真ん中から少し奥に入った辺りに、非常階段の出口があった。

大麻パーティーの連中が現行犯逮捕を逃れるには、非常階段で一階に降り、この路地を表か裏の通りに抜ける二択しかない。

普通に考えるなら、後ろ暗い連中は薄暗い方へと逃げ込むものだ。

繰り返しになるが、この夜のガサ入れの人数は限られる。

そこで、もちろん主力はビル内に踏み込む下田らの一団だが、少ない人員の遣《や》り繰りとして、残りの人数はすべて裏通りに隠すように配された。

絆に期待されるのは、一人で表側に至る路地を塞ぐことだろう。

もっと言えば、孤影を以て悪意を断ち、路地を表に逃げようとする連中を押し返し、裏通りに待ち構える一網打尽の罠《わな》に流れを作って追い込むことだ。

それから一分と経《た》たず、ビルの最上階、五階の辺りで人の気配が大いに乱れた。それが絆には〈観《み》〉えた。

桁外《けたはず》れの感応力によって、絆は自身を取り巻く様々なものの気を感じ取ることが出来た。悪気や邪気など、特に向かってくるもののそれは、色とも形とも捉えて〈観〉えた。

正伝一刀流《しょうでんいっとうりゅう》口伝に曰《いわ》く、正しくは〈観《かん》〉、〈観法〉という。果てなき鍛錬《たんれん》と恐るべき稟《ひん》質《しつ》、求道《ぐどう》と天稟《てんぴん》の賜物《たまもの》だろうが、絆は〈観〉を備えていた。

待つほどもなく、悲鳴のような軋《きし》みが五階の非常扉から上がった。フロアからの怒声や罵声が洪水のように溢《あふ》れては落ちてきた。

「おらぁっ」

「手前《てめえ》らぁっ」

「動くんじゃねえっ」

「捕まるかよぉっ」

すぐに非常階段に足音が響いた。

まずひと塊になって降りてくるのは、六人だった。その全員に絆は、怯《おび》えが観えた。つまりは一般の客と言うことだ。

一歩、二歩と進み、絆はわざと路地に姿を現した。

一般客ならそれだけで、絆を避けて人気《ひとけ》のない裏通りへ逃げるだろう。

案の定、六人の先頭は路地に出るなり、脇目も振らず裏通りへ一目散に走っていった。

問題は降りてくる二陣の、五人の内の二人だった。

邪気が観えた。

主催者側のチンピラか、あるいは一般客に紛れて一般客をさらに深みに誘おうとする者。

後者だと絆は踏んだ。

邪気の二人のうち、一人が非常階段の二階の踊り場部分から地上に飛び降りた。

音もなく路地に立つ。なかなか身軽な動きだった。

「姿を見せるってこたあ、裏にゃあ、大勢が張ってんじゃねえのかい」

男は首を鳴らし、指を鳴らした。

「へっ。表は囮《おとり》の手前ぇ一人ってか。だったら、押し通る一手だぜぇ」

遅れてもう一人が二階部分から飛んだ。こちらも喧嘩《けんか》慣れした風情《ふぜい》があった。

奥へ向かったはずの六人、非常階段の二階部分から上階に向かって溜まるように八人が、全員固唾《かたず》を飲んで事態の行方を眺めていた。

人流は今、澱《よど》んでいた。

「なんだかなあ」

絆は頭を掻いた。

立ち止まった人々を再び裏通りへ動かすには、速やかに二人を排除しなければならない。

しかも面倒だが、出来るだけ派手に――。

絆は迷うことなく、歩を進めた。

言葉もなく、ただ路地を歩いた。

二人に明らかな狼狽《ろうばい》が観えた。

「ちっ。なんだってんだよ」

後から降りてきた男が右手を振った。金音がして、月影にかすかな光を撥《は》ねた。

刃渡り十センチほどのナイフだった。

気にしなかった。真っ直ぐ進んだ。

「けっ。舐《な》めんなよ。コラァッ」

男が怒気を湛《たた》え、猛進してきた。

真正面から受けた。

おそらく誰しもの目に、絆がなす術《すべ》なく腹を刺されたように映っただろう。

非常階段に溜まる、何対もの人の目のすべてに喜色が観えた。

だが、その誰一人として逃がしはしない。

ゆっくり、ゆっくりと絆は右手を外に振った。振りつつ差し上げた。

「ぐっ、がっ」

男が苦悶《くもん》の表情を浮かべ、絆の動きに同調するように身体を捻じりながら開いた。

絆の高く差し上げる右手には、男の右手首が握られていた。途中で男の手からナイフが落ちた。

キン。

路地で跳ねるその音に合わせるように、絆が身体ごと男の右脇の下に動いて風を巻いた。

「おおっ！」

唸《うな》るような風だった。

男の身体が地上を離れ、宙を飛んだ。

(これが、監察官室の小田垣警視だったらな)

もっと高く遠く、正確にもう一人の男にぶつけられたかもしれない、などと警視庁の化け物について考えるのは、同じく化け物と呼ばれる絆くらいのものだったろう。

男は泳ぐように宙を飛び、もんどり打って、もう一人の男の前に無様を晒《さら》した。

それでもう動かなかった。

絆は急ぐことなく、かえってさらに泰然《たいぜん》として歩を進めた。

もう一人の男が拳《こぶし》を握った。軽いステップを踏んだ。

動きを絆はムエタイ、あるいはシュートと踏んだ。

それにしても、齧《かじ》った程度なのだろう。対峙《たいじ》の場において、気配に戦うための純化が見られなかった。

ならば、絆の前には児戯《じぎ》にも等しい。

男は前蹴りで距離を測り、そのままラッシュで飛び込んできた。

しかし――。

その攻撃の尽《ことごと》くは、絆に触れることさえなかった。

軽いステップは、ステップとさえ思わせない絆の足捌《あしさば》きによって封じられた。

男の目に驚愕《きょうがく》の色が浮かんだが、これは観衆の誰にも分からなかったことだ。

振りの大きいパンチの引き際に吸い付くように右腕を伸ばし、絆は無造作に男の顔面を摑《つか》んだ。

摑んで左右に振って、そのまま真下に押し込んだ。

膝から崩れた男の身体は一度ブリッジのように弓なりになったが、抵抗はそこまでだった。

絆はそのまま押し込み、男は後頭部から路地に激突した。

男がそこで声もなく気絶したのは、おそらく絆だけに観えたことだ。

ゆらりと、絆は路地に立った。

誰も動かなかった。

（結果オーライ、かなあ）

絆は苦笑を漏らした。

裏通りへの流れを作ることは出来なかったが、全員をその場で観念させたのは、絆ならではのことだった。

それから約三十分後には、現行犯逮捕の連中がぞろぞろと出てきた。通りにはＰＣの赤色灯が賑《にぎ》やかで、〈裏渋〉は時ならぬ喧騒《けんそう》に包まれた。

松風会の主催と聞いていたが、連行されるヤクザ者はそれだけではなかった。結局、食い詰めたチンピラが徒党を組んでいたようだ。

最後に、若い組対課員に背を押されるように出てきたのが、松風会の坂原だった。潰れた鼻が印象的で、ボクサー崩れだと本人から聞いたことを思い出した。

「ケッ。化け物が一緒かよ。最初っから、運もツキもなかったってことか」

坂原が恨み言を言った。

絆は首を横に振った。

「運もツキも、悪さに使えば果ては同じだ。俺達は絶対見逃さない。捕まえるから」

「山戯《ザケ》んな。使いたくて使ってるわけじゃねえや」

坂原は地面に唾を吐いた。

「せめて顔さえよきゃ、月岡《つきおか》みてぇに女で稼げんのによ」

「ん？　月岡って、あれか。元千目連《せんもくれん》の、月岡徹《とおる》」

「ああ。金松で一緒でよ」

絆も見たことはあった。坂原同様、何度か金松リースで言葉を交わしたこともある。栗色の巻き毛で鼻筋が通って背が高く、小狡《こずる》い目つきと顎先の向こう傷さえなければなるほど、小劇団のエースくらいには見えるか。

それが今年に入り、沖田組が西崎次郎《にしざきじろう》の悪意によってあらかた吹き飛んだ後、どさくさ紛れに足を洗ったようだとは特捜隊の誰かが言っていた。

絆自身気にしてはいたが、年度が替わる前に金松リースに顔を出したとき、たしかにもう居なかった。

よぉ、と手を上げ、くわえ煙草《たばこ》の下田が寄ってきた。

「なんだって？　月岡ぁ、なんかいい商売やってんのか？」

「ヘッ。別に犯罪じゃねえよ。ただ、女を食い物にしてよ。ジゴロだかホストだか。聞くも話すも、ただむかつくだけだぜ」

「勿体《もったい》付けんなよ。詳しく聞かせろって。減るもんじゃねえだろ」

下田が坂原の肩に腕を回した。

が、身体を揺すられて逃げられた。

んだよ、と下田が口を尖《とが》らせれば、坂原は潰れた鼻筋に皺《しわ》を寄せた。

「煙《けむ》いんだよ。サツカンが何やってんだ。今日び、ヤクザだって禁煙のご時世だぜ」

恐らく、ぐうの音も出なかったろう。

「悪かったなあ」

苦虫を噛《か》み潰《つぶ》したような顔でポケット灰皿を取り出し、下田は煙草を揉《も》み消《け》した。

三

ガサ入れの翌日は土曜日だった。

実際には翌日というか、日をまたいでいるのは間違いなく、これは当日と言っても過言ではない。

とにかく土曜日で、三連休の中日だ。

連休に合わせて来日したようなアメリカ大統領は、首脳会談という名のレジャーを楽しみ、明日の専用機で次の訪問地である韓国に向かうという。

この日、絆は頭の芯に響くような酷い金属音によって目覚めた。

「ぐあっ」

絆が頭を抱えるようにして身悶《みもだ》えたのは、湯島坂上《ゆしまさかうえ》にある五階建てのテナントビルの最上階だった。

〈片桐《かたぎり》探偵事務所〉の、夕陽が差し込む部屋の隅に置かれた、真新しいソファベッドの上だ。

と言っても、本当に看板通りの探偵がいるわけではない。

探偵事務所としての部屋の契約者だった絆の父、片桐亮介《りょうすけ》はキルワーカーの事件で犠牲となり、もうこの世にはいない。

その事務所をそのままの契約で更新し、今は息子である絆が使っているという、タネを明かせばそんな話だ。

更新諸費用も家賃も、片桐が残してくれた金銭で賄《まか》っている以上、まだ片桐の事務所と言っても差し支えはないだろうというのが絆の持論だった。

本音を言えば、その方が〈自腹〉感がなく快適だという小市民的感覚もあるにはある。

この辺の感覚をよく〈みみっちい〉、とか〈小者〉、とかいう輩《やから》が片桐探偵事務所の入るビルの階下には多いが、そのことに対しての異論は特にない。

組対の警部補は公僕であり、地方公務員なのだ。些細《ささい》な捜査一つとっても、捜査費用の全額が都民の血税を扱う経理を通過するなどということは、夢でしか見たことがないファンタジーだ。

どこかの公安庶務の、自腹でなんでも出来る魔法王国とは所在地からして違う。

向こうは桜田門《さくらだもん》の本庁舎ビルの十四階で、絆はと言えば、池袋《いけぶくろ》にある警視庁第二池袋分庁舎の二階だ。

みみっちい小者でなければ公僕、地方公務員としての職務は全う出来ない。

かくて絆は、湯島の片桐探偵事務所を密かに、寝泊まりの待機場所に使っている。

それ以前の待機場所は特捜本部の仮眠室だった。そこを指定していた。

通常の警察官なら、官舎を含む自宅を待機場所に指定する。若く独り者である絆なら、独身寮が本来の待機場所だ。

しかし、良くも悪くも警視庁の〈異例特例〉である絆は、本勤務こそ本庁組対に配属となったが、その後半年ごとに各所轄を渡り歩いた。都内に独身寮を得る間など、最初からなかったと言える。

その結果、自宅の登録は千葉県の成田市押畑《おしはた》のままだった。自宅、というか、生まれ育った実家だ。

いずれにしても絆は一時期、特捜本部を待機場所に指定し、ほぼ〈住み込〉んでいた。

自宅が千葉方面というのが〈異例特例〉として黙認なら、この特捜隊本部への住み込みも〈異例特例〉ではあったのだろう。文句が出ることはどこからもなかった。

ただし、この辺に関しては特捜隊の隊長、浜田健《はまだけん》警視の尽力があったことは否めない。

〈異例特例〉とは、許されるということではなく、押し通すという意味に等しいらしい。

ちょうど、特捜隊への住み込みもそんな理由で、少々は心苦しいと思っていたときだった。

おそらく池袋の組対特捜隊が、東堂絆という刑事のキャリアの芯になるはずだった。もう腰を据えていい頃合いだ。

そろそろ絆は、湯島の片桐探偵事務所を、都内における待機場所に申請しようかとも考えていた。

そのために色々、手も加えた。

片桐探偵事務所は、もともとは煙草と観葉植物と、なにかが饐《す》えたような臭いと、山を作る粗大ゴミのような物品とウイスキーの空き瓶と、有線から流れる昭和歌謡が充満する、いわゆる〈汚部屋〉だった。絵に描いたようなやさぐれの部屋だ。

それを徹底的に分別も掃除もした。

ＧＷには、成田の仲間達の手も借りた。

何人もが押し掛けるようにやってきて、何日か滞在して嵐の吹き抜けるように帰っていったが、片桐にとっては義父に当たる今剣聖、東堂典明もその中の一人だった。

仲間達に紛れるようにしてやって来て、亡き娘の愛した男が別れて以降、死の直前まで暮らした部屋をしげしげと眺めた。

「ふん。こんな所でな。あの馬鹿」

口ではそう言いながら、遺品の一つひとつを手にとる典明の目に、絆にはなんとも言えない慈《じ》が溢れて観えた。

断捨離は敢行した。

だが、有益無益だけで測ってすべてを捨てることが断捨離ではない。

観葉植物も昭和歌謡の有線も、父のデスクも椅子も残した。

煙草の匂いと粗大ゴミのような山は除去した。

そこに絆の生活を持ち込んだ。

絆が寝ているソファベッドは、最近になって自身で買った物だ。上掛けの毛布も枕も、小さな収納ボックスもそうだ。

だがそのどれもが、そもそもの部屋の佇《たたず》まいを汚すことはない。

添わせて、馴染《なじ》ませる。

そうして、部屋に染み付いた父の諸々《もろもろ》に少しずつ絆の生活が重なれば、思い出も込みにして父の上に息子の今が積もってゆく。

それでいい。

湯島の片桐探偵事務所は、共に暮らしたことのない父子を、一つに繋ぐ場所でもあった。

酷い金属音が、また現実に絆の鼓膜を刺激した。

「ぐあっ」

間違いなく、開いた事務所のドアが閉まる軋みだった。

また油を注《さ》さなければならないが、安い潤滑油はやはりいただけない。せめてスプレー缶でも、三百ミリリットルで千円以上はするものにしよう。

頭を抱えながら、絆は漠然とそんなことを誓った。

「なんだい？」

薄く目を開け、腹筋の力で上半身を起こす。

渋谷署で摘発の後始末をし、この湯島の部屋に帰り着いたのは朝の六時少し前だった。

それから、肌身に残る大麻独特の貰《もら》い香をシャワーで洗い流し、倒れ込むようにしてソファベッドで横になったのが午前七時過ぎだ。

ちなみに、このシャワー設備も絆以前、片桐の頃にはなかったものだ。

聞くところに拠ると、竣工《しゅんこう》当初から三階までは簡易なバス・トイレが付いてはいたようだが、四階と五階はそもそも、三階までの入居テナントが、プラス料金で使用する倉庫だったらしい。

片桐が五階に〈片桐探偵事務所〉の看板を掲げることが出来たのは、警視庁の刑事時代にオーナーに恩を売り、辞職してから半ば強引に、しかも格安で返してもらったからだと、

これは何故《なぜ》か得意げに話す本人から聞いた覚えがあった。

それをこの度、新オーナーが旧知の矢崎啓介《やざきけいすけ》防衛大臣政策参与の三階への入居に当たり、

ビル全体のエレベーター工事と同時進行で、簡易なバス・トイレも本格的な設備にリノベーションすることを決めた。

このことを早い段階で察知した絆は、ビルのオーナーである芦名春子《あしなはるこ》に談判するため、孫である小日向純也《こひなたじゅんや》警視正に嫌々ながら擦り寄ったものだ。

かくて、どう伝えてくれたものかは知らないが、全体工事の〈ついで〉に、四階と五階にも簡易なシャワー設備が導入される運びとなった。

この簡易シャワー工事が、下階工事の〈ついで〉だということに疑いを挟む余地はない。

完成後の確認で五階に上がってきた現場監督がそのとき、そう明言したからだ。

「何時だよ」

寝癖の感触を手で押さえながら、絆はソファベッドから足を下ろした。

濃い西陽に浮かび上がるような時計を見れば、すでに針は午後三時を指していた。

八時間程度は眠った計算になる。

「若先生。いますかあ？　いますよねえ。では、起きろぉ、ですねえ」

勝手に入ってきてからそんなことを言ったのは、階下四階の住人、ゴルダ・アルテルマンだった。

成田でジャンク・パーツ屋を営む、陽気な中東のI国人だ。元は、アメリカを凌《しの》いで世界最強を謳《うた》われるI国空挺《くうてい》部隊の部隊員だったらしいが、正伝一刀流および東堂典明初の、外国人の弟子でもあるという変《か》わり種《だね》である。

今はワンフロア下の四階にも事務所を構え、成田と東京を行き来している男だ。

ちなみにゴルダが口にする〈若先生〉とは、自身が師事する絆の祖父、典明を呼ぶ〈大先生〉と対比させただけの呼称であって、本人に絆に対する尊敬の念は欠片《かけら》もない。

「ゴルさん。わかってる？　俺、夜勤明けなんだけど」

ソファベッドに座った格好で、絆は言葉を投げ上げた。

百九十センチを超えるI国の偉丈夫は、白い歯を見せて首を振った。

「若先生のことは知らない。でも大丈夫。気にしないよ。私の仕事には、夜勤なんてないから」

「――そう」

嚙み合わない会話はいつものことだ。というか、会話としてルーティン化している。

絆は洗面台へ立って口を濯《すす》ぎ、冷蔵庫からミネラルウォーターを取り出して飲み、コーヒーメーカーのスイッチを入れた。

嚙み合わない会話から始まり、ここまでの動作もひと繋がりだ。デジャヴ感は強い。

「ルーティン？　ジンクス？」

呟《つぶや》いてみる。

ジンクスだとしたら、早めに湯島天神で祓《はら》ってもらおう。

ゴルダが五階に押し掛けてきて、絆にラッキーだったことは一度もない。

「ヘイ。遅よう、ですね」

「変わった日本語はいいから。で、何？」

「休日の午後はアンニュイね。それで、景気よく食事会になったですよ」

「……さらにわからない。何？」

矢崎さんの入居祝い、とゴルダは言った。

「ああ。そうか。もう、正式に入居してるんだっけ」

「シー、ですね」

今朝方のことを思い出す。

完成した真新しいエレベーターで五階に向かうと、三階にやけに潑溂《はつらつ》とした気配があった。

おそらく矢崎で、おそらく自衛隊体操でもしているように観えた。

通過の一瞬に、かすかに掛け声のような発声も聞こえた。

十一月初旬の三連休の中日の、朝五時台のことだ。

「でもさ、ゴルさん。入居祝いなら、この前やったよね。たしか、下にバイク連中が押し寄せたときに」

そう。

そのときもゴルダに起こされた、はずだ。

同じ会話をした気がする。

やはり、湯島天神で祓ってもらおう。強いお祓いが必要だ。

「ノーノー。あれは入居挨拶だって、若先生が自分で言ったね」

「――ああ。そうだっけ」

窓から差し込む夕陽に目を細めてみる。

特に何も起こらなかったが、腹が減っているということだけは、時間の経過とともに大いに自覚させられた。

四

着替えて外に出ると、こざっぱりとした平服の矢崎がもう待っていた。

ポロシャツの上に麻のジャケット、下はコットンパンツ。

出で立ちは晩秋という季節に似合いだが、胸に厚みを持った隆《りゅう》とした着こなしはなんというか、〈ならでは〉だ。

百七十三センチの中肉中背をひと回りもふた回りも大きく見せるのは、早朝の自衛隊体操の賜物か。

六十四歳だと聞くが、大したものだ。

「お早うございます」

寄って行って頭を下げた。

「遅よう、と言うらしいね」

バリトンの響きのいい声も〈ならでは〉、あるいは自衛隊体操の〈賜物〉か。

「さて。昭和が去って以降、滅多に聞きませんが」

「おや。今の流行《はや》りではないのかね？」

「そんな話、誰に聞きました？」

「ゴルダ君」

「良くも悪くも、日本の伝統と文化に憧れる外国人です。放っておいてください」

矢崎は力強く頷《うなず》いた。

「了解した」

五分後にはゴルダも出てきて、誰言うともなく坂上から坂下の陽陰《ひかげ》に足を向けた。向かう場所は決まっていた。

昌平橋《しょうへいばし》通りに出る頃には、さらに夕陽に朱が濃かった。釣瓶落《つるべお》としの秋の陽は、後三十分と保たずに日没を迎えるだろう。

狭い歩道を三人で列になって歩き、池之端《いけのはた》の交差点を渡った。

そうすると、来福楼《らいふくろう》は目の前だった。

矢崎の入居挨拶のときも使った店で、つまり、絆達には矢崎に初めて御馳走《ごちそう》になった店ということにもなる。

「あれぇ。いらっしゃいましぃ。これはこれは、ようこそぉ」

店に入った瞬間、店主の馬達夫《またつお》が目敏《めざと》くすっ飛んできて〈キャッシュ〉な笑顔と揉み手を向けた。

矢崎に――。

なんというか、さすがに生き馬の目を抜く〈ノガミ〉、上野で二代にわたって中華料理屋を繁盛させてきた商売人だ。

前回の来店時に、〈滅多に口に出来ない物、ドンドン〉、を支払った男の顔とカードの種類は忘れないということだろう。

「さぁさ。こっちね。ここが一番ね」

席も絆だけのときの追いやられるような厨房《ちゅうぼう》近くではなく、前回同様の窓寄りだ。不忍池《しのばずのいけ》界隈の風情がよく見える。

「で、どうするね」

馬達夫が聞いてきた。

――ドンドン、で。

絆とゴルダの声は、決まってこういうときはよく揃う。

海鮮と白ネギ塩炒《しおいた》め、揚げ魚の甘酢餡《あん》かけ、豚肉の醬油《しょうゆ》煮込《にこ》み。

前回と同じ物がまず並ぶ。

と言ってこの場合、同じということは日常を意味しない。滅多に口に出来ないからこそ、同じ物、という少し卑屈に偏った意味を内包する。

この夜は、矢崎も紹興酒《しょうこうしゅ》を呑《の》んだ。

入居挨拶のときはその後、矢崎が防衛省に出るということでアルコール抜きにしたが、この日は勧めてみたら断らなかった。

金主である、いや、主賓である矢崎の発声でまず、背筋の伸びた乾杯となった。

続いて、達夫が手ずから運んできた料理の第一陣に一同で舌鼓を打つ。

それにしても、矢崎の顔が晴れやかに見えた。

「なんか、ありました？」

「ん？」

「あるいは、ひと仕事終わったとか」

紹興酒のグラスの向こうに矢崎を見つつ聞いてみた。

「ほう。鋭いね。それが正伝一刀流に聞く観、というやつかな」

「いえ、勘です」

「難しいね」

「この上なく簡単なことだと思いますが。――で？」

「そうだね。大臣のスケジュールから一応、解き放たれたものでね」

「大臣の？　ああ、昨日来日したアメリカ大統領絡みで」

　矢崎は頷いた。

「エアフォースワンで横田基地に到着して、そのまま基地と空自の視察が組まれていてね。その後の日米首脳会談の間に、随行してきた軍の関係者と鎌形《かまがた》防衛大臣を筆頭に、防衛省幹部との事務協議が組まれていた。その準備から実際の昨日までが大忙しだったのだ。やっと肩の荷が下りた感じだよ。私の役目は終わりだ。もっとも、何があるかわからないから、離日の瞬間までは私の行動も二十三区内に限定されるがね」

「ああ。その待機期間だから、早朝から自衛隊体操を」

「自衛隊？　それは毎日の習慣だが」

「――なるほど」

「とにかくね。全部終わったら、九州に行ってこようと思っている。骨休めの休暇に視察を兼ねてね。一石二鳥《いっせきにちょう》だ」

「はあ。二律背反《にりつはいはん》というか、自家撞着《じかどうちゃく》という気もしますが」

　ゴルダが猫のように背を丸めて紹興酒を舐め、美味《うま》いですねぇ、と呟いた。

恐らく頃合いを見て、奥からまた、馬達夫が某《なにがし》かの料理を運んできた。料理を見れば意図が分かる。

「まったく」

「あれ。わかっちゃった？　そう。あちらからね」

達夫が運んできたのは、フカヒレの姿煮だった。この店で一番高い一品にして逸品だ。店に入った瞬間から、ホールの左手、団体客用の個室の最奥に多人数の気配があることはわかっていた。

来福楼は、個室も埋まるときがあるほどの江蘇《こうそ》料理の人気店だ。だから特に気にしなかったが、この料理が運ばれてくればわかる。

「東堂君。なんだね？」

空気を読んだ矢崎が聞いてきた。

「いえ。参与には関係のない話です」

「ほう。関係がない。それはどうだろう」

矢崎の目に、挑むような光が強かった。

何物にも負けない意志と力を秘めた光だった。

「参ったな」

絆は苦笑した。

「どう言えばいいか。――そう。例えばですけど、前に、とある俺より偉い人にですね。覚悟が見えません、だから止めた方がいいって話をしたことがあるんです」

監察官室の小田垣警視の話だ。

「ふむ。覚悟、かね」

矢崎が首を傾《かし》げた。

「ええ。無謀にも、一人でノガミのチャイニーズ・マフィアのところに顔を出そうとしたりしたんで、止めたんです。殺すか殺されるか、必要なのはそんな覚悟だって」


――東堂君。それ、警察官の言葉としてまずくない？


たしか、そんなふうに言われたことを思い出す。

「東堂君。それなら――」

矢崎の言葉を絆は遮った。言いたいことはわかっている。

陸自とは、命を懸けて戦う国防そのものの代名詞だ。

「参与、殺すか殺されるか、あなたには定まっている。それはわかります」

絆はそのまま、顔をゴルダにも向けた。

「そう。ゴルさんも、パラシュートだからね」

「オフコース」

ゴルダが肩を竦《すく》めた。

「そのとき、小田垣警視はなんと言ったと思います？」

絆は矢崎に顔を戻しながら聞いた。

矢崎が腕を組んだ。

「――わからんね」

「こう言ったんです」

――守るの。両方を、両方から。それが、私たちの仕事よ。

「両方を守るって。そのときは流しましたけど。響きました。参与。わかりますか」

矢崎は何も言わなかった。

「ここから先は、警察官の領分です」

言葉だけをその場に残し、絆は一人で席を立った。

矢崎もゴルダもついては来なかった。

竜虎の扉の部屋には主席に果たして、切り揃えた前髪の、蛇の印象の男がいた。それが魏老五《ぎろうご》だった。

部屋には他に、グループ№3の王拍承《おうはくしょう》、№4の蔡宇《さいう》、それに若い衆が数人いた。№2の陽秀明《ようしゅうめい》は現在、上海に渡っていて不在だということはわかっている。

「なんだい。こっちには用はないけど」

「連れないね。爺叔《イエシュウ》の息子」

爺叔とは、グループの結束外にいる友人に対する最上級の敬称だ。

魏老五はかつての柵《しがらみ》に拠り絆の父、片桐のことを今でもそう呼ぶ。

郭英林、と魏老五は言った。

「私はね。彼の死を、大変に悼んでいるよ」

「へえ。悼む」

郭英林を絆に、上海王府国際旅行社の董事長《とうじちょう》だと紹介したのは魏老五だ。友達だとも、たしかに言っていた。

言ってはいたが、そのときは言っただけのように観えたが。

「どんな最後だったか、知りたいと思ってね。お前なら知っているよね」

「うわ。食事中にか。グロいね」

「グロいのか？」

「おっと、口が滑ったかな」

絆は手で口にチャックのポーズを取った。

魏老五以下、この場の誰も笑わなかった。

「この席はね。爺叔の息子。追善、追福、そんな席ね。死者を思って、杯を傾ける席よ」

「どんな席でも、捜査に関する情報は口に出来ない」

「一般の情報すら少ないよ。フカヒレの分くらい、口を開いたらどうかね」

「ふむ」

考え、取り敢えず差し障りのない話をした。

この場合、考えたのはフカヒレの価値だ。

もっとも、事件そのものは被疑者死亡であり、以降はすべて公安外事に握られている。

勿体は付けながらも、絆に出来る話はさほど多くない。

さて、フカヒレの価値に届くかどうか。

と——。

馬達夫が料理を運んできた。

来福楼でフカヒレの姿煮と双璧を成す蒸しアワビだった。

「これ、こちらからね」

あちら、ではなく馬はこちらと言った。

アワビのすぐ後ろに矢崎が立っていた。

「参与」

絆が呟くと、すぐに魏老五が反応した。

「参与って。へえ。あなたが、矢崎啓介さんね。防衛大臣政策参与の」

「ほう。知っているのかね」

矢崎は絆の隣に立った。

「勿論ね」

「私も有名人の仲間入りかな。どぶ泥の中にまで名前が通るとは」

一瞬、魏老五の目が光るが、矢崎は平然としたものだ。

そんな魏老五を捨て置き、矢崎は絆の肩に手を置いた。

「東堂君。気にしてもらって済まないが、私もまだ公僕だ。貰いっ放しは主義に反するものでね」

知らず、絆の口元に苦笑が浮かんだ。

「で、気は済みましたか」

「済んだ。挨拶の外《ほか》に興味はない」

歯切れよく言うと、矢崎はそのまま踵《きびす》を返《かえ》した。

絆も、これ幸いと矢崎の後に付いた。

フカヒレとアワビの釣り合いで、これ以上の話は無しだろう。

魏老五は何も言わなかった。

席に戻ると、ゴルダが一人でオン・ザ・ロックの白酒《パイチュウ》を呑んでいた。最近のお気に入りらしい。

「ゴルさん。あんまり呑み過ぎると、明日に響くよ。もっとも、叩き起こしてでも連れて行くけどね」

「ノープロブレムね。もう、身体も慣れました。あれはレジャーですね」

「まあ、それは否めないけど」

席に着いた矢崎が、

「なんだね。ワーカホリックと聞く君がレジャーとは」

と、どうにも斜めな方向から興味を示した。

「その聞き方に、少々引っ掛かるものはありますが」

練馬の解放農園。久保寺《くぼでら》美和《みわ》のところ。

軽くそんな説明をした。

「久保寺。ああ、たしかバクズハート、とか」

「えっ。参与、知ってんですか」

「私にも色々、情報のルートはあるのだ。捨てたものではないよ」

「いや。捨てはしないですけど。——あの、もしかして、乗り気ですか」

ああ、と言って矢崎も白酒を注文した。

大いに呑み、且つ食い、一時間ほど後に矢崎がレジに立った。

三十分前に魏老五一行は来福楼を後にしていた。

会計を矢崎に任せて外に出ると、夜気が冷たかった。

「ＯＨ。いい夜ですけど、ちょっと寒いですねえ」

夜空を見上げるゴルダの首が揺れていた。

「こう寒いと、さすがにマイアミの陽気とファミリーが恋しいですねえ」

毎度有りぃ矢崎さん、と、馬に送られて矢崎が出てきた。

――御馳走様、でした。

決めていたわけではないが、こういうとき本当に、絆とゴルダの声はよく揃う。

五

バグズハートは、社長一人だけの極々小さな有限会社だ。最寄りの駅は西武池袋線の練馬高野台《たかのだい》になる。

そこから徒歩で約十分、石神井川《しゃくじいがわ》と笹目《ささめ》通りのほぼ中間の辺りにあるマンションの一階にテナントとしてバグズハートは存在した。

テナントは五軒並びで、クリーニング屋や、割りと通人に評判らしい蕎麦屋《そばや》があって、場所としてはその一番奥になる。

バグズハートは初代の社長、白石幸雄《しらいしゆきお》が警視庁公安部を退職後に立ち上げた会社だった。それまでの清濁併《せいだくあわ》せ飲んだ活動そのままに、光と闇の間に立って情報を売買するのが主業務だ。

白石はなんと、亡き片桐亮介の先輩であり、大河原正平《しょうへい》組対部長とは警察学校の同期だという。

絆はこの事実を初めて知ったとき、狸には狸の、狐《きつね》には狐の同期と言うか、なんとも、類は友を呼ぶと言うことわざの道理に感じ入ったものだ。

その狸だか狐だかの白石は、どちらかに類別する間もなく知り合ったばかりで、ある事件の関わりによって絆のほぼ目の前で殺された。

その後、二代目として会社を継いだのが、現社長の久保寺美和という女性だった。

近隣の南大泉《みなみおおいずみ》に住む三十四歳の女性で、六歳になる一人息子を育てるシングルマザーだ。元は警察庁警備局警備企画課に属する非合法活動隊、オズに属していたようで、当時の統括官である氏家利通《うじいえとしみち》警視正によって白石の身辺に放たれた潜入捜査官だった。

それが、白石と言う人間にも社業にも共感し、本人的には意を決し、覚悟も決めてバグズハートを継いだらしい。

潜入捜査、という離《はな》れ業《わざ》は、現在でも警察機構の中で時に用いられる手法だ。現に美和も潜入捜査官だった。

警察は潜入捜査を決めたとき、総力を挙げて捜査官を辿りようのない別人に仕上げる。

本籍からなにから、生来のすべては抹消され書き換えられるのだ。

故郷さえ――。

そんな捜査官がアクシデントやトラブルにより、潜入先に捨て置きにされた場合、戻る術はない。実際、捨てられ、忘れ去られた潜入捜査官は少なくないという。

そんな悲しい連中を一身で繋ぎ、情報の仲介をしていたのが白石幸男であり、バグズハートだった。

昼と夜を繋ぎ、光と闇を繋ぎ、以て人と人を繋ぐ。

この三連休の最終日、絆はゴルダと矢崎を引き連れ、まずはこのバグズハートを訪れた。

土いじりということでラフな格好をと告げると、矢崎は当然のように陸自のライナー付きジャンパーに同色のスラックスになった。

帽子も陸自の作業帽らしく迷彩だったので、それは一瞥《いちべつ》でやんわり拒絶した。

この日の目的は飽くまでも土いじりで、災害救援隊ではない。

作業帽の代わりとして、矢崎には日射病予防にゴルダが持っている予備の麦藁帽《むぎわらぼう》子《し》を貸し出した。

湯島から練馬高野台は、通常なら電車を乗り継いで大体一時間だが、この日は朝が早かったので途中で朝食を摂り、約一時間半の行程になった。

解放農園での八時の全体集合から逆算し、美和に連絡を取ってバグズハートへの到着は七時半で設定した。

農園の正式名称は〈第三石神井区民農園〉と言い、駅で言えばバグズハートがある練馬高野台より、ひと駅先の石神井公園の方が近かった。

この日の本来の目的からすれば駅もそちらになるが、矢崎がバグズハートに興味を示したことで急遽《きゅうきょ》、ルートを変えた格好だ。

五時起きの身支度は休日だと思えば気分的に重いものはあったが、矢崎に会社も見せておけるのは、一石二鳥というものだ。

バグズハートに到着したのは、七時二十分過ぎだった。

久保寺美和は、朝陽の当たる入口の前に立っていた。

丸眼鏡《めがね》にショートカットで、一七〇に近い長身を赤いツナギに包んでいる。何着か持っているという。

それがバグズハートにおける、美和のユニフォームらしい。

絆が美和と矢崎の間に立ち、それぞれを紹介した。

「へえ。この人が」

「なるほど。この女性が」

挨拶はどちらも同じだった。

――どうも。

近くもなく、遠くもなく。

互いの距離感はこれからの関係が作り出すものだ。

情報ブローカーと、鎌形という唯《ゆい》我《が》独《どく》尊《そん》の首に付けられた鈴。

農園リーダーと、土は固めて舗装することしか知らない農作業アマチュア。

そもそもが無関係に終わるかもしれず、逆になくてはならない存在になるかも知れないが、とにかく絆に出来るのはここまでだ。

「バグズハートはここ」

美和が右手を肘から先で上げ、背後を示した。

「別に開けませんけど、よろしいかしら」

「結構」

矢崎は周囲を眺めつつ頷いた。

「しかし、なんというか、蕎麦屋より小さいのだね」

「ここは単なる所在地。単なる箱。業務に必要なもののほとんどは、この部屋の中にはありませんので。――じゃ、必要な方に行きますよ」

それから、美和の先導で解放農園に向かった。

約二キロ半を三十分の計算でいたが、二十分ほどで到着した。矢崎も美和も、絆の想定よりはるかに健脚だった。

農園は貸し出しのひと区画がおよそ二十㎡で、バグズハートが現在手伝っている区画は、この〈第三石神井区民農園〉だけで十四区画あった。

いつもの老人達が揃っていて、絆達の姿を認めると思い思いの〈姿勢〉で手を振った。

腰の直角に曲がった斉藤老人の、地を掃くような手の振り方も、もうすっかり見慣れた。逆に健やかに達者でいることの証左として、微笑ましい。

管理棟脇の駐車場に停められたサイケなミニクーパーも、車種としてはお馴染みになった。

何台所有しているのか知らないが、色変わりの激しいミニクーパーは組対の大河原部長の悪、いや、趣味だ。

すでに各々のブロックで準備を始めている老人達もいて、簡単な呼び掛けだけで手を止めさせることなく、この日の作業に入った。

「ＯＨ。ではでは」

ゴルダは麦藁帽子を被《かぶ》り直し、率先して手伝いに入っていった。この動きも、もう板についたものだ。

美和はまず、ひと回りすると言って解放農園内の巡回に出た。

矢崎は全体の、小波のような賑わいに目を細めた。

すると、身支度を整えた大河原が駐車場の方から揉み手で寄ってきた。

本人達に聞いたことはないが、おそらく互いに面識くらいはあるはずだった。

「おっと。こりゃあ、鎌形防衛大臣とこの、矢崎政策参与じゃありませんか」

自分の部下が脇にいても、平気で他人に媚《こび》も売れるし諂《へつら》いも言える。

逆立ちしても真似《まね》は出来ないが、狸としては立派なもので、上司としては頼もしい。

「そんな雲の上のお方が、どうしてまたこんな爺婆《ジジババ》臭いところへ」

「ああ。大河原君、だったかな。いやなに、私は今、湯島の東堂君の下に住んでいてね。今日のことも彼から聞いたんだが。土いじりに興味があってね」

「東堂の下？　あ、片桐の。へえ。あんなむさ苦しいとこに、防衛大臣の政策参与ともあろうお方が」

棘《とげ》も引っ掛かりも、感じる人はもろに感じるものの言い方だったが、言った方も意図した風はなく、聞いた方も意に介した素振りは皆無だ。

「いやあ、別にむさ苦しくはないよ。あそこは、今では芦名春子さんの持ち物でね。いろいろ手を入れてもらった」

「撤回しましょう。最先端だ」

意味不明が高止まって降りてこない感じは、絆にはわからない雲上の方々の会話ということにしておこう。

いずれにせよ、意気投合したやら何やらで、大河原が先導する形で二人して農園の中に入っていった。

「あれか。若い人は若い人同士で。雲上人は雲上人同士でってやつかな」

呟いて見送る。

あちこちですでに、作業も会話も花が咲いていた。

農園をひと回りした美和が戻ってきて、絆の隣に来た。

「それにしても、防衛大臣政策参与って。またあなた、凄い新人を連れてくるわね」

手にしたチェックボードに、最終人数を確認しながら美和が言う。

「あれ。会社の前では堂々としてたんで、大した度胸だと思って見てたんですけど」

「冗談。威圧って言うの？　さすがに内心ドキドキよ」

「それを表に出さないってだけで、美和さんもやっぱり社長ですね。板についてきたって感じですか？」

「薄い板だけどね。――それにしても」

手を止め、美和が農園の奥を眺めた。

いや、奥よりさらに遠くか。

顎があがり、顔が晩秋の空に上がった。

「社長が逝って、あなたやゴルさんが来て。若狭《わかさ》さんや林《りん》さんが逝って、大河原さんや浜田さんが来て。往く人もあれば、来る人もあるって。じゃあ、防衛大臣政策参与なんてお偉いさんが来たら、今度は何？」

「別に何も。ただ手が増えただけですよ」

「――そう？　絶対？」

美和の声は挑むようでも、面白がるようでもあり、寂しげでもあった。

「絶対」

「大した自信ね。根拠は？」

「増えたのは全員、〈守る〉者ですから」

絆は言って、美和を見た。

「揃いも揃って、不器用ですけど」

美和は遠く眺める視線を変えなかった。ただ、口元が少しだけ綻《ほころ》んだ。

「そうね。その通りだわ」

美和はそれだけ言って、またチェックボードに目を落とした。

「じゃ、不器用ですが、俺も爺《じい》ちゃん婆《ばあ》ちゃんの手になるべく、一丁頑張りますか」

頭を下げ、絆も農園内に向かった。

収穫も新たな苗木の植え込みも、すべての予定された作業は順調に進んだ。

老人が多いということもあり、この日の作業は全体工程が、朝方から前倒しに組まれていた。

昼食を飛ばして午後に入っても作業を続け、恒例のバーベキューの開始はその分、早かった。

いつものように大河原達は大いに呑んで食った。そもそもバーベキューを恒例にしたのは大河原で、農園で採れる野菜以外の肉やドリンクはすべて大河原が自腹で持ち込んでいた。

そうして、帰りは必ずサイケなミニクーパーが運転代行業者の手に渡り、運転者を絶句させることになる。

この日も、

「ＯＨ。秋の陽射しは、笑福亭鶴瓶《しょうふくていつるべ》のように落ちがありますねえ」

いい調子で酒が入ったゴルダが奇妙なことを口走れば、

「いいねえ。ゴル、この後、一緒に行くかい。いい店知ってんだ」

大河原も実に、いつも通り果てしなく陽気だ。

「ＯＨ。割り勘ですかあ」

「べらんめえ。俺が誘ったんだ。俺が払わあ」

「ＯＨ。それならレッツゴーですねえ」

「おう。東堂。お前《め》ぇはどうする？」

「俺は、今夜は新宿署に呼ばれてます」

「はあ。相変わらず、働くねえ」

「ハハッ。若先生は、貧乏ですから。暇無しです」

「おお。いいねえ。ゴル、じゃあこの後の後も一緒に行くかい。ちょっと怪しい店も知ってんだ」

「ＯＨ。割り勘ですかあ」

「べらんめえ。俺が誘ったんだ。俺が払わあ」

「ＯＨ。それならレッツゴーですねえ」

　酔っ払いオヤジと現金な外国人の会話が続く。

「君が言った通り、揃いも揃って、本当に不器用だわ」

　美和が呆《あき》れ顔で首を振った。

「でも、新顔さんは案外、器用なのかしらね」

　バーベキューコンロを挟んだ正面を眺め、目を細める。

　椅子に座った矢崎が静かに目を瞑《つむ》り、手に缶ビールを持ち背筋を伸ばした姿勢で微動だにせず、恐らく爆睡していた。

第二章

一

五条国光はこの日、四条畷《しじょうなわて》の飯盛山《いいもりやま》近くにある、兄・宗忠名義の別荘にいた。

あの、〈五条源太郎を偲《しの》ぶ会〉にも使われた別荘だ。

偲ぶ会自体、つい五ケ月前の話だが、国光にははるか昔のことのように感じられた。

父・源太郎の死も同様だ。

国光自身が東京竜神会の東京代表として慣れ親しんだ関西を離れ、東に根を張りつつあると言う事実もある。

が、それ以上に、兄・宗忠が〈断捨離〉と呼ぶ、竜神会内における父・源太郎色の一掃が、即断にして過激だった。その波に国光もまた、翻弄されたということだ。

現実として、〈五条源太郎を偲ぶ会〉に集った竜神会系の組長達は、この〈断捨離〉によってずいぶん入れ替わった。

その入れ替わった連中が宗忠の呼び出しで陸続と集まり、四条畷の別荘に国光も含めてこの日、一堂に会していた。

個別に集合の号令が掛かり始めたのは、正確には先週からのようだ。早々とやってきた連中は、着いたなりの人数でゴルフや賭けマージャンに興じて過ごし、この日で滞在五日目になるという。

連日連夜、食事は竜神会本部の差配で、ケータリングの料理がミナミの女達によって運ばれたらしい。酒はそもそも、別荘の酒蔵に無尽蔵と言っていいほど保管されていた。

国光も三日前には東京から大阪に戻っていたが、四条畷の別荘に入ったのは前日の夜からだった。

――新しいとこの組長同士のな、顔見せみたいなもんや。お前も暇なら、私んとこの別荘にお入り。無理にとは言わないが、来た方がええで。最後の日曜日に、ちょっとした趣向もありや。おもろいもん、見せたるわ。

一週間前、宗忠からなんの前触れも無しにそんな電話が掛かってきた。予定はいくつかあったが、すべてをキャンセルした。

それから、久し振りに妻子の居る自宅に戻る格好で大阪入りを設定した。

自宅に帰ったのは、なんのことはない。秋の三連休で、定宿にしている大阪のシティホテルの予約が軒並み取れなかったからだ。

暇ならお入り、と宗忠は言ったが、真に受けるのは、よほどの単細胞か筋肉馬鹿だけだろう。

言葉などはまやかしだ。何も担保しない。そのままに受けていては、ヤクザはヤクザとして生き残れない。

いや、国光の場合は、弟としても、だ。

集められた組長にはまず、福岡・金獅子会の平橋快二、広島・神舎《かんじゃ》組の工藤浩一《くどうこういち》、奈良・祇園狸の杉本晃、岐阜《ぎふ》・六車《むぐるま》組の川辺慎司《かわべしんじ》、静岡・砂川《すながわ》連合の佐治弦蔵《さじげんぞう》などの顔があった。

全員が〈親〉を劉博文（ボーエン）に殺された組の跡継ぎだった。と同時に、どいつもこいつも〈親〉が存命なら、跡目相続など出来なかったかもしれない連中だ。

中でも金獅子会の平橋と祇園狸の杉本は、宗忠の口利きで九月中旬から国光の東京竜神会で預かった二人だった。

そして、預かったその晩に金獅子会の組長が死に、四日後に祇園狸でも、会長代行の伊奈丸甚五が死んだ。

死んでからゆっくり、まるで東京には物見遊山にでも来たかのように、国光には特にこれと言った挨拶もなく、勝手にそれぞれの組に戻っていった二人でもある。

国光も東京竜神会も宗忠の駒として、二人のアリバイ作りに使われた格好だ。

その他、四条畷には熊本と兵庫から各県三つずつの組、愛媛と徳島から同二つずつで、沖縄、宮崎、島根、岡山、長野からも新しい組長の顔があった。

それぞれにボディガードやお付きの連中は引き連れているのだろうが、この別荘に今はその姿はない。たぶん市中に放たれ、そちらで飼い主の指示を待っているはずだ。〈竜神会会長の別荘〉というフレーズがそれだけで強固な結界を張り巡らし、〈五条宗忠〉という名前が、その結界にさらなる呪を掛ける。

この別荘にいる限り、お付きやボディガードの必要はない。ある意味では、無菌状態にしてどこよりも安全な場所だった。

今、リビングに会した者達は、組のトップとしては皆〈新顔〉だったが、その全員を一応、国光は見知っていた。

なんといっても五月まで、国光は竜神会全体に睨みを利かせる〈総本部長〉だったのだ。

ただ、全員を見知ってはいたが、どういった経緯や〈手法〉でトップの座に就いたのかまでは、全員分を詳しく知るわけではない。

この辺の遠さに、追いやられたとは決して思わないが、東京竜神会の〈東京代表〉に納まった距離的な憾《うら》みは確実にあった。

おそらく、竜神会本部〈本部長〉の木下《きのした》なら理解しているかもしれない。

だが――。

（阿呆らし）

勝手に国光をライバル視してくる格下のインテリヤクザに、下げる頭を国光は持たない。

関西の有名私立大卒の四十代の成り上がりなど、国光が手を出すまでもなく、いずれその小才に溺れて自らの身を滅ぼすのだ。

そんな輩を、国光は子供の頃から何人、何十人も見てきた。

〈五条〉の名は伊達《だて》ではない。〈五条〉は、血で血を洗い、生き馬の目を抜く抗争を生き抜いてきた現代ヤクザの代名詞だ。

この三連休の最終日、四条畷の別荘の大広間には、総勢二十人の〈新顔〉がいた。その他に国光と、竜神会本部から世話係として建物内外に、木下を始めとする三十人ほどが詰めていた。

木下はこの日もこまめに動いて、集まった連中の接待に余念がない、

時刻は、朝とも昼ともつかない食事を終えた頃合いだった。

ただでさえだだっ広い四条畷の別荘のリビングは、おそらく〈五条源太郎を偲ぶ会〉以来、久し振りに賑やかだった。

全員が思い思いの場所で、主《あるじ》の竜神会会長、兄・宗忠の登場を待っていた。

散会はこの日の午後二時と、国光は木下から聞いていた。

あと三時間ほどだった。

そんなことを確認していると、

「どうも。東京代表」

軽く手を挙げ、寄ってきたのは金獅子会の平橋だった。

身長一九〇センチを越える体格のいい平橋は、上から見下ろしてくるようだ。

「ほう。二ケ月足らずで、エラい違いやな」

「なんね？」

「この間まで、俺に頭下げてたやないか。組長さんになると片手かい。出世やな」

「なんかくさ。そげなこつかい」

「何やと？」

気色ばんでみたが、高いところにある平橋の顔に変化はなかった。

「これからぁ組の面子《メンツ》、背負っとるけん。代々の九州ばまとめてきたは福岡ばってん。頭の一つも、なかなか安うはなかですばい」

「ふん。言いよるのう。けど、わしに頭ぁ下げんちゅうことは、兄ちゃんに反旗を翻すも一緒やでぇ」

「冗談言うたらいかんばい」

平橋は肩を揺すった。笑ったようだ。

「会長には逆らわんばい。会長にはの」

強いが、平坦な言葉だった。

平橋は背を丸め、両膝に手を置いた。

「東京竜神会の東京代表さんへ。金獅子会組長、平橋快二ばい。改めましてのう。これからぁよろしゅうに」

強い風が、平橋から吹き付けるような感じがした。

このとき、宗忠がリビングに登場した。

全員の顔がそちらに向いた。

緩んでいた気が、瞬時にして引き締まるようだった。平橋もだ。

（へっ。なるほどやなあ。さすが、兄ちゃんや）

引き締まって兄・宗忠一点に集まるのは、冷たい硬質な、それでいて統率の取れた気だった。〈五条源太郎を偲ぶ会〉では感じられなかったものだ。

偲ぶ会では宗忠を値踏むような、あるいは下に見る気配も、馴《な》れ馴《な》れしい言動も多々あった。主に重鎮、老人達に多かったが、今回はまず、それらのすべてが排除されていた。人も気配も、言動もだ。

まず間違いなく、〈断捨離〉の成果だろう。

宗忠は真っ直ぐ、上手の壇上に上がった。父が生前、カラオケに使ったステージだ。

用意としてマイクもあったが、宗忠は使わないようだった。

椅子が運ばれ、宗忠が座った。

国光、と宗忠に手招きで呼ばれた。

「こっちにおいで」

それだけで誇らしかった。

高揚感、優越感、いや生存権、生き残りの許可。

国光が隣に立つのを待って、宗忠は一同を見渡した。

「どや。みんな、互いに顔合わせは済んだかい」

宗忠は笑顔でそう言った。

——へぇい。

「そうかい。まあ、これからはみんな、直接に私の子や。仲良うしいや。勝手に揉め事、起こしたらあかんでぇ」

——へぇい。

寒気がするほど、黒々とした気配に拠る同意だった。

いや、そんな同意を受けて微動だにしない、宗忠の笑顔がなお壮絶に見えた。

「さて、遠方に帰らななならん者もおるし、さっさと別れの挨拶、しよか」

宗忠が手を叩くと、竜神会本部の連中の何人かが手《て》提《さ》げ袋《ぶくろ》を持って国光の背後に従った。

他に一人が、無地の小さな段ボールを持ってきて宗忠の脇に置く。

先にお前が配りぃ、と宗忠が声だけで指示してきた。

最初から決められていた手順のようだ。

「みんな、呼ばれたら順番に来《き》ぃや。ほな、杉本」

「へぇい」

祇園狸の杉本が出てきて、宗忠の前に両膝を付いた。

宗忠に促され、国光は手提げ袋を杉本の前に置いた。

持ち重りのする袋だった。上から覗くと本当に手土産《てみやげ》の〈堂島《どうじま》プティロール〉が見えたが、それだけのわけもなく、そんな軽さでもない。おそらく二千万円は入っているだろう。

宗忠は椅子から身を乗り出す格好で、杉本に顔を寄せた。

「芦屋《あしや》の狐の目はきっついやろけど、お気張りや。天辺《てっぺん》獲《と》ったるて、自分で選んだ道や。もう手ぇは貸さんけど、足くらいなら、上納次第では貸さんでもないでえ。せやけど、よお覚悟しいや。天国と地獄は、おのれの中にありやで」

小声でそんなことを謳うように囁《ささや》く。楽しそうだった。

杉本が顔色一つ変えず、頷いた。

宗忠はおもむろに、脇の段ボールから何やらを取り出した。

あっ、と知らず国光は、驚きの声を上げた。

宗忠が見せるようにつまみ上げた指先に、小さなパッケージがあった。

ティアドロップ・エグゼだった。

だが、全員の気配は小波ほどにも動かない。

初めて見るからだろう。だから衝撃を受けたのは、おそらく国光一人だ。

宗忠は無言で杉本の手提げ袋にエグゼのパッケージを落とし、次を呼んだ。

「ほんなら、平橋」

立ち上がった杉本と入れ替わりに、平橋が出て来て膝《ひざ》を付く。

国光がまた手提げ袋を置き、宗忠が身を乗り出した。

「どや。そっちは今、黒い鎖に絡んどるようやけどな。あの鎖かて、時間が経てば錆《さ》びるわ。ギシギシ気味悪い音立てたり、それよりなにより、ちょっとでもあの公安の化け物の関わる匂いがしたら、悪いことは言わん。すぐに手ぇどころか、身体ごと引きや。命あっての物種やでえ。もっとも、だからて上納を猶予することはないけどな。——ふふっ。命あっての物種やけど、物種が金の花咲かさんなら、結局命なんぞ、クソの役にも立たんけどなあ」

一瞬だけ平橋は口元を強張《こわば》らせたが、それだけで収め、頭を下げた。

国光は手提げ袋を渡した。

先程の高慢さは、微塵《みじん》も感じられなかった。

宗忠が言葉を添えつつ、次々に〈新顔〉に紙袋とエグゼが下げ渡された。

宗忠の言葉は、よくぞそれぞれの内情をそこまで知っているものだと、国光も内心で舌を巻くものだった。

悪く言えば、怖気《おぞけ》立つほどだ。

それを一瞬程度の表情の変化で留める〈新顔〉の連中は、なるほど旧を排し、宗忠が各組のトップに据える連中だった。

こればかりは、さすがに国光も認める他はなかった。

二

全員分を渡し終わる頃には、木下に聞いていた散会予定の午後二時を大きく回っていた。

外がだいぶ騒がしかった。

各団体のお付き連中が三々五々、自分の〈親〉を迎えに集まってきたようだ。

「さて」

今まで以上に笑いを深め、さらに楽し気に宗忠は手を叩いた。

リビング全体によく響き渡る音だった。

再度、全員が同じ紙袋を提げた〈新顔〉連中に芯が入った。

「中身の確認や。ええか」

宗忠が片手を上げた。

「手提げの中にはな、みぃんな同じ物が入っとる。襲名披露とは別に、二本ばかし出したったで。これであんたらも、ちょっとは見栄えのする紋付を買いぃな。それと、モンシェールの堂島プティロール。これだけはな、べたべたに大阪土産や。甘いでぇ。そんでな、さっきの小さなパッケージやけどな。出してみ」

全員が一斉に動いた。

金の指輪やブレスレットを付けた無骨な手が、エグゼをつまんで次々に上がった。

「それな。それは、そやな。上海土産、とでもしとこうか。中に入っとるのはな、ティアドロップの――」

宗忠は一同を見回しながらさも面白そうに、全員の反応を見るかのように、そこで一度言葉を切った。

「ま、多くは言わんとこか。そんな形の目薬や言うこっちゃ。けどな、ごっつい劇薬やでえ。絶対、目に入れたりしたらあかんで。目ぇ、潰れるでぇ」

それでようやく、居並ぶ連中もそれがなんであるかを飲み込んだようだ。

黒い気配が、地を這《は》うようにしてステージの下に蟠《わだかま》った。

それにしても、ざわめきはない。リビングには凍るような静寂ばかりがあった。

事の重大さは、誰もが認識していることだろう。

EXEと読める文字がうっすらと型押しされたパッケージを、宗忠がティアドロップの、とわざと言い澱んで勿体ぶり、劇薬だと付け加えた。

居並ぶ連中はみな、理解力には長《た》けているはずだ。だからこそ、経緯や〈手法〉はいざ知らず、旧態依然とした爺さん連中や腕っ節頼りの荒くれを排除し、〈新顔〉に上り詰めたのだ。

EXEのパッケージは、ティアドロップのエグゼ。

しかも、そのエグゼのパッケージには間違いなく、直《じか》に触った宗忠の指紋と自分達の指紋が付いている。

これはある意味、連判、いや血判のようなものだ。

宗忠は壇上で、また手を叩いて一同の注意を集めた。

「まあ、世知辛《せちがら》い世の中や。ただふんぞり返っとっても、じり貧になるだけやし。チャイニーズもロシアも南米も、めちゃくちゃ考えとるでぇ。せやから私も、新しいビジネスの一つや二つ、仕掛けていかなあかんなぁって。詳しい話はまだ出来んけど、これをここでみんなにくれてやるのは、私のせめてもの気持ちや。みんなと私は一蓮托生《いちれんたくしょう》。いや、新生竜神会は一枚岩やてな。これはなあ、その証《あかし》や」

宗忠は脇の段ボールから新たなエグゼを取り出し、高く掲げて見せた。

「どうとでもお使い。ずっと持ってな、私との縁結びのお守りにするもよし。いざとなったら、私への訣別《けつべつ》の爆弾にするもよし。けどな、私はな。ここに集まった、みぃんなを信じとるよ。そのためのエグゼで、今回の集まりはな、これをみんなに渡したかったんや。私の気持ちをな。その辺、よう飲み込んで、これからを頼むでえ。お気張りやぁ。よろしゅうなぁ」

──へぇい。

揃った一同の声が、先程来より一段強く、太く響いた。

（へえ）

これが宗忠の人心掌握術か。

国光は単純に舌を巻いた。

真似出来ない。

（いや）

真似をしたら、死を呼ぶ、死を招く。

国光は五条源太郎の長男、五条宗忠でもなければ、生まれたときからの記憶を持つ、劉仔空《りゅうしぁ》でもない。

その後、〈新顔〉連中はそれぞれに別れの挨拶を交わし、お付きの者達の早かった順に別荘を離れた。

最後のベンツが出ていったのは、午後四時過ぎになっただろうか。

それから竜神会本部の若い衆らが後片付けや掃除を始め、一応の片を付けたのが六時過ぎだった。

「ほな。会長。失礼しますわ」

木下を先頭に、竜神会本部の連中も大半が引き上げていったのが七時半だ。

残ったのは宗忠の現在の近習と言っていい若い衆と、そのまま異種格闘技のリングに上がれそうなガードが十人ばかり。

この夜、くつろいでいい立場にあるのは宗忠と国光の、五条兄弟の二人だけだった。

ケータリングの残りのような夕食を済ませ、宗忠は国光を二階のテラスに誘った。

風がないからか、夜になってもあまり寒さは感じなかった。

バーボンソーダが入ったグラスを手に持ち、宗忠は星空を見上げた。

国光はオン・ザ・ロックにした。

「そうそう。国光。あれや。ボーエンの始末、あれは上手《うま》く仕上げたやないか。県警の上の方の奥の方から、様子は聞いたで」

県警は成田の一件を劉博文（ボーエン）の自殺で処理したようだが、ボーエンの息の根を止めたのは国光のエグゼだった。

正確には、成田に入る前に宗忠から託された別の、剝《む》き出しのエグゼだ。

——使う機会があったら、組対の化け物に一泡吹かせたり。もっとも、一泡吹いたら、死ぬけどなあ。

実際には東堂を仕留めることは出来なかったが、ボーエンの始末には流用出来た。

宗忠はそのことを褒めたのだ。

「けど、ボーエンも劉一族に繋がる男やし。結構使える駒やったがなあ。——ま、仕方ないかのう。言っても詮無いわ」

これは、国光に言ったわけではないようだ。宗忠はバーボンソーダを口にした。

国光もオン・ザ・ロックを舐めた。

「そや。兄ちゃん。今回集まっとった連中な。ボーエン絡み以外の奴らも仰山《ぎょうさん》居《お》ったな。むしろそっちの方が多いくらいやったんやないか」

「ん？　ああ。せやな」

「あれらの交代は、どないしてん。先代はみんな、生きとんのやろ？　今後、そっちから文句は出えへんのか」

「出んよ。出んけど、まあ、出てもよろし。もっとも」

あっさりと宗忠は言った。

「出そうなとこに、ボーエンが行ったわけやし。死人に口無しは鉄則やけどな、国光、生かさず殺さずもまた、道理なんやで」

「はあ。そう言うもんかな」

「そう言うもんや」

宗忠はグラスに口を付けた。

「本音から言えばな、ただ殺すんは勿体ない。私は、勿体ながりなんや。死人に口無して、口だけやない。死人には、なぁんもないわ。何もしてくれんわ。私が欲しいんは死人やない。ひと声で簡単に死んでくれる、いわば死兵や」

「死兵て。そないけったいな者――」

おるんよ、宗忠は言った。

「私は知っとるよ。実際に居るて。私は勿体ながりだけでなく、欲しがりでもあってな。だから、実はだいぶ前から下準備だけはしてたんや。私は周到やからね。周到に万端に。女、金、家族、趣味嗜好《しこう》。人間の弱み言うんは、実に千差万別や。色々あるわ。死人無しで交代した組は、先代か当代か、どっちかの肝は私が握っとる。――ふふっ。いや、どっちもかな。じっくりじっくり、生かさず殺さず。そんな連中はみぃんな、死兵候補や。私のために、いずれ死ぬんや。国光、それでええんや」

宗忠は笑った。

月光がその笑顔に影を落とした。

思わず国光は息を飲んだ。

誤魔化すためにグラスを傾けた。

オン・ザ・ロックは、冷たいくせに灼熱《しゃくねつ》の塊だった。

宗忠はそんな国光の様子を眺め、それからまた夜空を見上げた。

「そんでな。ここに集まっとった死兵候補が、明日には全国に散ってゆく。なんや、おもろいとは思わんか。なあ、国光」

「けど兄ちゃん」

「なんや」

エグゼ、と国光は恐る恐るに呟いた。

「あれは、なんや。全員に配って、大丈夫なんか」

「ああ。あれか。さぁてな」

「さてなって。使い方によっては本当に爆弾になるんと違うか。兄ちゃん、自分でも言うとったで」

「そやな。ま、爆弾なら爆弾でもええし。破滅？　それはそれでおもろいわ。どうでもええし。命、くだらんし」

宗忠はバーボンソーダを呑み干した。

少し風が出てきていた。

「冷えてきたかな」

宗忠はその場で足を動かした。

「命はどうでもええけど。ただ、寒うなるとマイアミの陽気だけは、恋しいなあ。暖かいのは、嬉《うれ》しいわ」

言いながら、宗忠は空のグラスを国光に差し出した。

「マイアミみたいに暖かい酒、欲しいかな。国光、ホットウイスキーかなんか、頼んでくれへんか。銘柄は任せる」

「ああ。じゃあ、行ってくるわ」

国光は階下に向かおうとした。

そのときだった。

「ああ。そう言えば――」

宗忠が、星の瞬きのような呟きを発した。

そう言えば、の後が気になった。なり過ぎるほどに気になった。

――田中にくれてやったエグゼのパッケージ、あれ、どこやろなあ。

国光の心臓は、早鐘のように打った。

さらにその後も何かを言っていたようだが、そこまでを国光は聞いていなかった。

聞いている場合でもない。

田中のＵＳＢのことは、すでに宗忠に承知されている。そのときのデータで、国光は宗忠が実の兄ではないことを知った。

劉仔空。

宗忠の呟きはさて、国光への問い掛けだったろうか。

実際には、死の直前の田中からそれは国光が受け取っている。ＵＳＢと共に。

けれど、

――ああ。それなら私が保管しとるよ。

とは、すぐには答えられなかった。

ある。

あるはずだ。

では、どこに。

ゴーストライダー・田中が無様に死んだマンションの、国光名義の部屋のクローゼットの手金庫の中、だった、はずだ。

が――。

宗忠の正体を記したＵＳＢの衝撃があまりに大きすぎて、取り敢えず仕舞い込んで放置した。

この目で確認しなければ、うかとしたことは言えなかった。

――転ぶなよ。

遠くからそんな言葉だけが、かろうじて聞こえた。

転ぶなとは、死ぬなということだろうか。

怖くて、後ろを振り返ることは出来なかった。

だから宗忠の呟きは何も聞こえなかった振りをして、国光は階下への歩を速めた。

三

バグズハート廻りで農園に行くため朝が早かったにも拘《かか》わらず、その深夜、絆は新宿署の摘発に同行した。

ワーカホリックの面目躍如たる所ではある。

摘発は、特に絆の手を煩わすこともなく、持ち場で待機しているうちに呆気なく終了した。

「なんか、お役に立てなくてすいません」

一応、謙遜《けんそん》して言ってみたが、かつての先輩に、

「なぁに。お前が居るってことが大事なんだ。安心感ってぇか、後ろが任せられると、不思議と前にも気合いが入るんだな」

と、おそらく褒められた。

信頼を率直に口にしただけなのだろうが、つまりはこれからもちょくちょく呼ばれるということを告げられたに等しい。

良いとも悪いともなかなか判断は付けにくいが、間違いなくこういう各署、各部署の信頼が、絆を立派なワーカホリックに育て上げている。

摘発の後は、現行犯の連中を新宿署に連行し、そのまま仮眠室を借りて寝た。ほぼ二十四時間振りの睡眠になった。

起き出したのは午後だった。

覚醒に近い目覚めは、腹の虫によってもたらされた。

新宿駅近くの美味い立ち食い蕎麦屋に入ってブランチを摂り、特捜隊本部に戻るべくＪＲ山手線に乗った。

特捜隊本部の置かれた警視庁第二池袋分庁舎は一丁目で、ＪＲ池袋駅の西口ロータリーから、直線で約六百メートルのところにあった。

その二階が、警視庁組織犯罪対策部特別捜査隊本部だ。隊長は今年で四十二歳になる、準キャリアの浜田健警視だった。

「戻りました」

絆の声は、特捜隊本部の中によく響いた。

特捜隊は大部屋だが、本庁のような人の活気はない。動いてナンボの執行隊だからだ。

朝でも全員が揃うことはない。長期の案件を抱えた隊員も多く存在するからだ。

　このときも大部屋には隊長の浜田と一人の班長、四人の特捜隊員の他に事務職の女性三人の計九人しかいなかった。

　絆はまず、隊長席に寄って行った。

　事務処理をしていた浜田が顔を上げた。

「うん。お帰り」

　浜田は大河原組対部長の信任も厚く、一緒にバグズハートの〈第三石神井区民農園〉にも顔を出す。

　要するに、狸の下の小狸だ。

　小太りで茫洋《ぼうよう》とした顔つきは実年齢よりはるかに若い印象を他人に与え、そのせいであまり切れ者には見えないが、どうしてどうして、腹も据わって切れ者でなければ、特捜隊の隊長は務まらない。

「昨日は、だいぶ頑張ったみたいだねぇ」

「いえ。特に何もしませんでしたけど」

「ん？　ああ。新宿署の手伝いのことね。違うよ。農園作業の方。部長に聞いたよ」

「え。あ、そっちですか」

「研修さえなければねぇ。行きたかったなあ。秋は絶好だよねぇ。バーベキューも、今を逃すと春になっちゃうよねぇ。なんでさ、三連休に研修なんか組むのかなあ」

　浜田は腕を組み、口を尖らせた。

「あの、それ、俺に言います？」

「他の誰に言うのさ。しかも研修がさ――」

「ああ。東堂さん」

　放っておくと浜田の愚痴《ぐち》がなお続きそうだったが、ちょうどいい救いの声が背後から掛かった。

　事務職の女性が一人、小さな紙片を手に近寄ってきた。

「先週の、木曜の夕方に電話があったらしいんですけど」

　そう言いながら絆よりだいぶ年嵩《としかさ》の事務職員が差し出してきたのは、伝言用紙だった。

「おっと。有り難うございます」

　浜田と伝言、二つをまとめた礼を言って絆は用紙に目を落とした。

　そこには、

〈月曜に電話をくださいとのこと。時間の指定は無し。N医科歯科大学、田村新太郎《たむらしんたろう》さん。

携帯番号　０９０‐＊＊＊‐＊＊＊＊〉

　と、殴り書きのような字で書かれていた。

　田村新太郎はN医科歯科大学医学部病理学教室に勤務する准教授で、世間を騒がせた稀《き》代《たい》の殺人医師、西崎次郎《にしざきじろう》の同級生と言うだけでなく、アメリカンフットボール部の同期だった男だ。

その関係で、かつて西崎の卒業論文について問い合わせ、対応してもらった。

最初にこの田村に辿り着いたのは、キルワーカーの手によって非業の死をとげた絆の相棒、金田洋二《かねだようじ》警部補だった。その後を絆が引き継いだ格好だ。

プラカード持ちの鴨下、自堕落屋《じだらくや》の奥村《おくむら》といった金田の〈スジ〉、捜査協力者には、今もずいぶん助けられている。田村と言う准教授にも、そのとき助けられた。

死して後も、金田は絆にとって得難い相棒であり先輩であり、今以て色々な教示を授けてくれる。

その〈遺産〉でもある田村から、電話をくださいと伝言用紙には書かれていた。

誰が受けたかの署名は用紙にあったが、そんなものはなくとも悪筆だけで誰が受けた伝言かはすぐにわかった。

同僚、と言っても絆より五歳年長の、宇田川《うだがわ》巡査部長の字だった。誰が見ても読める字を書け、と隊長はいつも注意していたが、相手が早口になるとどうしても悪筆の癖が出るようだ。この場合はかろうじて読めたが、たしかにN医科歯科大の田村は、少々早口な男だった。

宇田川は今も、組対本部の一隅にいた。おそらく伝票と格闘していた。

「宇田川さん。これは」

「ん？　ああ」

宇田川の顔が上がった。

無精髭《ひげ》の、ガラガラとした声で背が高く、二重《ふたえ》瞼《まぶた》の丸い目を愛らしいと言うと怒る、真面目《まじめ》で純な男。

それが宇田川巡査部長だった。

「それな。急いでいる様子でもなかったんで、東堂は不在で、本日は連絡が取れないかもしれませんと言ったんだ。代わりに聞くことがあればと言ったら、そのメモの通りだ。じゃあ、連休明けにでも電話をくださいとな。そういう内容だ」

「そうですか」

木曜の夕方なら、まず宇田川の対応は正しいだろう。

絆はすでに下田と一緒にいて、裏渋でガサ入れの準備に入っていた。

そのときはたしか、人通りもなくはなかったので、携帯の電源も切っていたかもしれない。

それで田村は隊に掛けたのだろうか。

それとも、刑事の仕事を慮《おもんぱか》って、直接の携帯ではなく隊に掛けたものか。

いずれにせよ、週明けでもいいということなら、それだけで緊急性はなさそうだということがわかる。

絆は左腕のG-SHOCKを見た。時刻は九時を回った頃だった。

担当の講義でもあれば電話には出られないだろうが、とにかく伝言がある以上、掛けても失礼にはならない時間だろう。

「えっと。090の――」

掛けた。

すると、

――はい。田村です。

ワンコールですぐに出た。

「警視庁の東堂です」

――ああ。東堂さん。

「お久し振りです。先週は不在にしてすいません」

――ああ。いえ。こちらこそ。お忙しいときに。

「それで、何か」

妙な話を聞いたもので、と田村は言った。

「妙な話?」

――ええ。その、西崎に関わる話です。この前、大学のアメフト部の同窓会があったのですが。

高崎《たかさき》駅近くにある、シティホテルの大広間を借り切った立食パーティーの会場でのことだった。

田村はそこで、とある三人に拠る、以下の会話を聞いたと言った。

一言一句まで同じかと言えばそうではないが、と説明の最初に田村は断った。

会話は、

――稀代の犯罪医師か。西崎ってのは馬鹿だな。ショボいドラッグなんかに手を出して大魚を逃がす。もう少し待っていればよかったのにな。

――けど先輩。あいつは馬鹿のテストケースですから。だからこそ、今があるんじゃ。

――N医科歯科大学、アメフト部の未来に乾杯。

――別にアメフト部だけに限らないが。

――じゃあ、N医科歯科大学に乾杯。

と、概《おおむ》ねこんな感じだったという。

西崎や田村の先輩が口火を切り、同期、後輩、先輩、後輩の順で、みんな酒が入り、気も声も少し大きくなっていたらしい。

西崎の名が出たことで気になって近付こうとすると、さすがに正気付いたか、このことはもう二度と話題には上らなかったようだ。

実際に話をしていたのは三人だが、このグループの会話そのものに参加していた人数は、出入りはあったがだいたい十人前後だった、と田村は言った。

「ふうん。アメフト部だけに限らず、ですか」

——ええ。その先輩ってのが、ああ、梶山《かじやま》と言うんですが、都内の総合病院の二代目でして。この前、そう、今年に入ってから親父《おやじ》さんの後を継いだのかな。梶山と同じ代の研究者も、何人かは大学に残ってるんですが、あまりいい話は聞きません。特に学生時代は高崎や前橋《まえばし》の繁華街で、どうにも鼻持ちならない男だったみたいですけど。

「そうですか」

——それで、あの。どうですか？　私は気になってしまったんで、東堂さんの名刺を貰っていたことを思い出して、それでお電話したんですが。

「なんとも言えませんが、無駄は無駄で、それこそ私達警察官の本分です。ですから無駄を承知で、出来ることはひと通りやってみましょうか」

——有り難うございます。

「こちらこそです。ときに田村さん、アメフト部の同窓会のメンバー。特に、その話に加わっていた連中の氏名、住所を教えてもらうわけにはいきませんか？」

——名簿というか、八年くらい前に作られた、アメフト部の創部三十年記念誌ならあります。ただ、個人情報保護の観点から、開示請求がないとなかなかお渡しするわけには。うちの大学には附属病院もありますから。十年前にはコンプライアンス委員会も出来て、それから特に、こういうことには五月蠅《うるさ》いんです。以前の西崎の論文と同じです。

「では、お伺いして直接お話を。それならどうでしょう」

――いいですよ。なら、手元に私の私物を自宅から持ってきておきます。自習用の個室も予約しましょうか。持ち出しとかコピーとかは厳禁でお願いしたいですが、メモを取る分には。

「よろしくお願いします。では、明日の午後イチでいかがですか」

――結構です。出来れば少し前の方が有難いですが。うちの研究室は、昼は結構、学内に数ヶ所ある食堂に出払うのが多いので、こういう話には何かと都合がいいかと。

「了解しました。では基本、一時と言うことで、その少し前が目標で」

そうして、翌日の高崎行きが確定した。

――東堂さん。僕はね。西崎がね。

電話を切ろうとすると、田村が話し始めた。

「何か？」

――西崎の生い立ちとか、事件の後にマスコミが報道してたでしょ。それを見てね。

「ええ」

――なんか、哀《かな》しくて仕方がなかったんですよ。前にもお話ししましたが、西崎は本当に、僕なんかより遥かに優秀な男だったんです。医師の卵としても、アメフトの選手としても。それが、こう言っちゃなんですけど、出自だけで、見た目だけで。それがどうにも。同窓会で、妙な話だったって言うのもありますが、西崎を酒の肴《さかな》に笑うっていう、そのことに無性に腹が立って。東堂さん。

「はい」

——僕はね。学生の頃から西崎を、心の底から尊敬していたんです。

可笑《おか》しいですかね、と田村は言った。

いえ、と答えると、

——有り難う。

田村はおそらく微笑《ほほえ》んで、それから電話を切った。

四

同じ日、国光は大阪発昼過ぎの新幹線で東京へと戻った。

前日は宗忠の薦めもあって、四条畷の別荘に泊まったが、まんじりとも出来ない一夜になった。

田中のエグゼのことが、気になって仕方なかった。

遠く大阪にいる以上どうしようもないことだったが、気になりだすと胸のざわつきは止まらなかった。

本当なら朝一番の新幹線で帰りたいところだったが、出発は自分の意思ではどうにもならず、ただ焦《じ》れるだけで昼過ぎになった。

朝食の席で、宗忠から別の指示があったからだ。

形ばかりは頼みごとの態《てい》だったが、断ることは出来なかった。

断るべき、特段の理由もない。

「聞いたら、木下の奴な。東京のことをなぁんも知らんらしくてなあ。後学のために、しばらく預かってやぁ」

そんな遣り取りがあり、手回しのいいことに昼過ぎの新幹線が、グリーン車でもう予約済みだった。

宗忠差し回しの、竜神会のベンツで新大阪に送ってもらった。

そこで木下と合流した。

映画『カサブランカ』のハンフリー・ボガートよろしく、木下はトレンチコートにボルサリーノの出で立ちでホームに立つが、どうにも似合わない。

オレンジ色のキャリーケースと、姿勢の悪さのせいだろう。

細身で長身なのはいいが、そのせいか、木下は酷い猫背だ。

卑屈にも見え、狡賢《ずるがしこ》くさえ見え、つまりは颯爽《さっそう》とはほど遠い。

グリーン車の席は国光が窓側で、木下が通路側だった。

「しかし、緊張しますな。初の東下《あずまくだ》りや」

席に着くなり、木下は馴れ馴れしく話し掛けて来たが、どうにも嘘《うそ》くさかった。

それも姿勢のせいか。

それとも、ボルサリーノを取った髪型のせいか。

木下は少し茶がかった髪を、オールバックに固めていた。

広い額が明らかで、顔型と相まってまるでカマキリだ。

なんにしても、すべてが嘘くさい。

「お前、ホンマに東京初めてなんか」

「ほんまでっせ。そやな。一番近《ちこ》うて、あれですわ。今年の七月のゴルフ。あれや。それにしたって、箱根《はこね》の峠《とうげ》は一度も越えませんでしたしな」

「ああ。あれか」

元沖田組が、年二回を恒例として開催していたゴルフコンペのことだ。東日本の竜神会系組織が一堂に会する機会だということで、東京竜神会がそのまま引き継いだ。

あまりゴルフ自体好きではなかったが、東京竜神会からは代表の国光が参加した。そのとき、竜神会本部から会長・宗忠の名代としてやってきたのが木下だった。

ゴルフ場はたしか、〈芦《あし》ノ湖《こ》レイクヒルカントリークラブ〉と言った。

「あんなもん、神奈川やんか」

「せやから、神奈川までですわ。そこが私の、今んところの東限や。その代わり、香港《ホンコン》や上海とは、伊丹《いたみ》や関空《かんくう》からようけ往復してまっせ」

「ふん。阿呆らし。田舎者《いなかもん》の証明やな」

「さぁて。どやろ。会長も東京はあまり好かん言うてましたで。だから滅多に行かんと。その代わり、海外はお好きですな。英語も中国語も流暢《りゅうちょう》ですし」

そんな会話があった。

木下と長々と絡むのも阿呆らしく、景色の流れる車窓を向いた。

すぐに思考されるのは、やはり田中から受け取ったティアドロップ・エグゼのことだった。

ビニル袋の一枚目と二枚目の間に付箋《ふせん》が入り、二重に封入されたエグゼだ。

その付箋には田中の字で、こう書かれていた。

〈宗忠の指紋〉

それを瀕死の田中は、血塗《ちまみ》れの手でＵＳＢと一緒に差し出し、

――お、お宝で、情報だぜぇ。もう使えねえし。くれてやるよ。た、ただし、使い方によっちゃあ、ば、爆弾だぜぇ。

情報はUSBで、お宝は宗忠の指紋のことで、爆弾は両方のことだったに違いない。

だが、そんなお宝で爆弾を、昨日の四条畷で宗忠は〈新顔〉全員に配った。

その後の口上を聞けば、宗忠がうっかりしたわけではないとわかる。わざと指紋を付けて配ったのだ。

組の結束のために、と宗忠は言ったが、

（さて。どやろ）

言葉通りには受け取れない。

が、真意もまたわからない。

わからない以上、考えない。

それが世渡りというものだろう。

ただ、エグゼを持つ者の中で唯一、自分だけが持つアドバンテージを国光は理解していた。

劉博文、ボーエンの一件だ。

県警は、〈マル被はティアドロップ・エグゼを使っての自殺〉だと、そう結論付けたはずだ。

たしかに、上手くいった。

ただし、国光がボーエンにエグゼを使ったのは咄嗟《とっさ》の思いつきだ。悪戯心《いたずらごころ》と言い換えてもいい。

本来の用途としては、隙があれば組対の化け物に仕掛けてみるのも面白かろうと、宗忠に提案され託され、それで携帯していた物なのだ。

組対の化け物、東堂はやはり化け物で、ギリギリのところでこの劇薬を回避した。

その後、東堂の祖父だという爺いの邪魔が入り、ヒットマンとして東堂を狙ったボーエンはその爺いの片腕を縦割りするだけで、最終的には東堂に返り討ちにあった。

見る限り、東堂の特殊警棒に打ちのめされたボーエンの、右の手首と両の鎖骨と左の大《だい》腿骨《たいこつ》は有らぬ方に折れ曲がっていた。

生きて逮捕された所で、黒社会のボディガードが何を暴露するとも思えなかったが、衝動的に好奇心が湧いた。

（エグゼ、使うてみるか）

見れば、ボーエンに腕を断ち割られた爺いの回りに場の全員が集まり集中し、あの組対の化け物にも隙が窺《うかが》われた。

咄嗟に取り出したエグゼをハンカチでくるんで拭き、くるんだままキャップを外してボーエンの口に垂らした。

一滴をだ。

容器はそのままボーエンの胸に置いた。

それで、仕舞いの筈《はず》だった。容器のキャップがボーエンの股の間に落ちているのに気が付いたのは後のことだ。

そんなことの確認より、はるかに興味深いことが目の前で起こった。

ボーエンの歪《いびつ》な右腕が、のそのそと胸に上がってきたのだ。

上がってきてそのままエグゼの容器を掴み、自分の口元に上げ、圧を掛けた。

糸のように、エグゼがボーエンの洞《ほら》のような口中に飛んだ。

――はぁぁ。

ボーエンの吐息は、間違いなく喜悦にまみれていたように思う。

(こいつ。死を喜んどるんちゃうか)

国光の背筋に、悪寒が走った。

骨折の痛みどころか、死への恐怖すら凌《りょう》駕《が》するエグゼの効能を、国光は目の当たりにした。

一瞬、動けなかった。

――おい。

東堂の声が掛かったのは、その直後だった。

「あれが、エグゼや」

新幹線の車窓を流れる景色に、国光は目を細めた。

細めてから慌てて通路側に木下を見た。

木下は目を閉じ、自前のイヤホンで何かを聞いていた。

(危な。声に出たわ)

肩を竦め、もう一度国光は外を向いた。

(そう。あれが、皆が知らんホンマ物《もん》のエグゼや)

宗忠は一同を前にして、ティアドロップの、と言葉を濁してから、

――ま、多くは言わんとこか。そんな形の目薬や言うこっちゃ。けどな、ごっつい劇薬やでえ。絶対、目に入れたりしたらあかんで。目ぇ、潰れるでえ。

と言った。

間違いなく全員が、受け取った宗忠の指紋付きのパッケージは危険ドラッグ、ティアドロップの後継、あるいは新型だと思っただろう。思ってそこで留まったはずだ。

(何が、目ぇ潰れるでえや)

冗談ではない。

そもそもここに、国光は宗忠の欺瞞《ぎまん》の欠片を見る。

ティアドロップ・エグゼは、危険ドラッグなどではない。ドラッグを超えるものだ。

宗忠が言った通りの劇薬だが、目に入れたら潰れるどころではない。

死、あるのみだ。

このことを、〈新顔〉連中は知らない。

興味本位で使えばただの一滴で死ぬ。そのことも知らない。

使えば死ぬ身で、死を超えた愉悦に浸った人間の顔を誰も知らない。

(兄ちゃんとの縁結びのお守り？　冗談ポイやで。一択の爆弾でしかないやないか)

そのことを、国光だけが知る。

そんな爆弾を〈新顔〉全員が所持したということを、配った宗忠以外には国光だけが知る。

そして、同じ物を国光も所持していることは〈新顔〉だけでなく、誰も知らない。

いや――。

このことも、田中と国光に配った宗忠だけは知る。

すべてを宗忠は知っている。

だから――。

　焦るのだ。

田中から受け取ったエグゼ。

ある。

あるはずだ。

では、どこに。

思考は昨日から何度も何度も同じところを巡っては、結論を得ず霧散する。

新幹線の車内スピーカーからメロディが流れた。

間もなく、品川《しながわ》に到着する。

「おっ。着くでえ」

イヤホンの木下に声を掛けた。

事務所の連中には四条畷の別荘を出る前に連絡を入れておいた。

誰かがベンツで、迎えに来ているはずだった。

五

迎えの車は、プリンスホテルがある高輪口《たかなわぐち》から出てすぐの第一京浜《けいひん》沿いに停まっていた。

「ほな、お邪魔しますわ」

国光の隣に、木下が乗り込んできた。

竜神会本部の本部長が一緒だとは言ってあったが、それだけしか言わなかったことを少し後悔する。

邪魔くさい奴だと添えておけばよかった。

そうすれば誰かが気を利かせて、迎車を二台にしたかもしれない。

ほぉっ、と、へぇっ、と、東京の街並みを見ながら木下は五月蠅かった。

そのくせ、

「ま、そう変わり映えせんわ。こっちゃの方がゴチャゴチャして、えらい住みにくそうやし。東京代表も、水が変わってどうでっか？　往生しますやろ。やっぱり、暮らすなら大阪が一番や」

と、東京も国光も下に見る感じだ。

早く離れたかったが、こういうときに限って渋滞にはまるものだ。

上野毛《かみのげ》二丁目にある東京竜神会の事務所に到着したのは、四時半過ぎだった。

「へえ。ここでっか」

先に車を降りた木下が、東京竜神会のビルを見上げた。

「ここねえ。ふうん」

木下の言いそうなことはもう、国光にはわかっていた。

「東京代表。なんか、ショボないですか。これで六億でっか？」

ビンゴ、と国光は心の中で声を上げた。

売買代金は大阪から出ている。木下が知っていておかしくはない。本部本部長は、会計処理の一端も担っている。

「大阪とちゃうで。ここは東京で、これが東京や」

国光は木下に続き、車を降りながら言った。

「いや、それにしたってでっせ。――ああ」

木下は手を叩いた。

「せや。ここは竜神会本部長の城やなくて、東京竜神会の城でしたな。まあそんなら、相応、言うことでっしゃろな」

一人で納得顔だった。

「阿呆らしい」

構っていられなかった。

木下を押し退《の》けるようにして先に事務所に入った。

「お帰りさんです」

岸和田四方会《きしわだしほうかい》から連れてきた北山を筆頭に、主に東京者の組員連中が二十人ばかりいた。いつも大体そのくらいは事務所にたむろしている。

「おお。岸和田の北山やんか。そうか。こっちか」

後から入ってきた木下が片手を上げた。

「へい」

旧交のことは放っておき、国光はそのまま階段を上がった。

三階には東京代表室がある。

上がって部屋に入りはしたが、腰を落ち着けるつもりはなかった。すぐに下りた。

上がったのは代表室の壁に掘り込んだ指紋と虹彩《こうさい》ダブル認証の隠し金庫に、自分のエグゼを確認したかったからだ。

エグゼはあった。それで少し落ち着いた。

一階に戻った。

北山と話していた木下がこちらに顔を向けてきた。

「東京代表。私にとっては初めての東京やし。歓迎会とか披露会とか、そんなんはどないなっとんです？」

「寝惚《ねぼ》けたこと言うな。お客さん扱いはここまでや。取り敢えず、お前のこっちでのヤサは、大阪を出る前に用意さしといた。後は勝手にしい」

「おや。手回しのいいことで。場所は、まさかここより田舎なんて」

「三茶《さんちゃ》、三軒茶屋《さんげんぢゃや》や」

「どこでっか」

「面倒やな。とにかく、お前が重宝してた桂《かつら》が、こっちのときには好んで住んでたとこや。死んだ桂のな」

「おっほー」

木下は奇声を上げ、大げさな格好で両手を広げた。

「なんや。用意しとったて。遠回しな事故物件やないですか」

「そやな。事故や。けど、そもそもはお前が絡んだ事故らしいやないか。因果応報、自業《じごう》自得《じとく》っちゅうやつや」

言った途端、木下の目が細められた。

気配がわずかに先鋭化したようだ。

さすがに、ただのインテリヤクザでは竜神会本部の本部長の椅子には座れない。それは理解している。舐めるつもりは毛頭ない。

だから、常に木下の動静にもアンテナは張っている。

少し前、芦屋銀狐《ぎんぎつね》の桂欣一《きんいち》が、福島区に竜神会のフロントが所有するマンションから転落して死んだ。

死んだのは、桂が大阪府警の木村勝也《きむらかつや》という警部を〈始末〉した直後だった。

それは知っていた。

木村は、元警視庁公安部長にして大阪府警本部長を歴任した父親の周りでブンブン五月蝿い、小蝿のような倅《せがれ》だ。

そして、木村と蜜月で、竜神会に有利な情報を様々に得ていたのは、木下だ。

それも知っていた。

ならば、坩堝《るつぼ》に入れて掻き混ぜれば答えは簡単に浮かび上がる。

桂はこの一連のどこかで何かに引っ掛かって、恐らく殺されたに違いなかった。

ただ、国光が知るのはここまでで、後は知らない。

知る気もなかったから、敢えて追わなかった。

〈一般的〉な情報は表層を軽く撫《な》でるに限る。

深く手を突っ込むのは、よほどの臭いが立つときだ。

「これはこれは。東京代表も人が悪い。知っとったんでっか」

「ああ。お前が大阪の闇でブゥブゥ言っとることはな。――おい」

国光は手近にいた若い衆に声を掛けた。

どこの組の誰だったかは、この際どうでもいい。

「竜神会本部本部長の木下や。世話はお前に任せる。適当に丁寧に、頼んだでぇ」

「うっす」

それから、国光は元大猿《おおざる》組の若い衆、竹田《たけだ》を呼んだ。

こちらはわかる。先程の迎車の運転手で、最近はよく迎車を任せる男だった。

国光の一声で潰れた組の若い衆で、他に行く当てのない男だ。

「竹田ぁ。ベンツは、事務所の前に停めたままか」

竹田は小気味よく、へい、と応えた。

木下が目を細め、まだ国光を見ていた。

「バタバタしてはりますな。どこかへお出掛けでっか」

「ああ」

「さて。どちらへ」

「言っても、東京に不調法なお前の知らんとこや。まずは、お前もよく知ることや。俺と一緒に動きたかったらな」

「へえへえ。あんじょう務めまっさ」

木下とはここまでだった。

竹田を促し、外に出た。

「恵比寿《えびす》や」

そう言えば分かった。

最近のお気に入りは六本木《ろっぽんぎ》で〈買った〉女だが、そのマンションではない。別の、旧沖田組関係の銀座の店の、ナンバーワンだった女に部屋を買い与えてやったマンションの方だ。

と言って、向かうのはその女の部屋ではない。上階に自分名義で居住用に購入した部屋があった。

千切《ちぎ》れ掛けの田中が女に買い与えた部屋の前で死に、糞味噌《くそみそ》が付いたマンションだ。

女に多少の未練はあったが、そんな場所に足を運ぶ気は失せていた。

だから、上階の国光名義の部屋は井筒《いづつ》組の島崎に、下階の女は匠栄会の高橋に下げ渡すつもりでいた。

部屋は井筒の島崎なら居抜きで渡しても心配はない。自分が連れてきた関西の人間だ。

少なくとも東京者よりは信頼出来る。

女の件も、高橋なら一も二もなく引き受けるだろう。そう踏んでいた。だいぶ前に何度か、女を乗せての運転手をさせたとき、ずいぶんな色目を使っていた。

島崎は出費に渋面は作るだろうが、高橋は小躍りして喜ぶだろう。デカい身体に筋肉をつけた、腕っぷしばかりの単細胞だ。

女に因果を含めたのは、たしか宗忠が初めて上野毛の東京竜神会事務所に顔を出してすぐの、九月の十七日か十八日だったはずだ。渋谷のデパートに呼び出し、買いたい物を買いたいだけ買い与えた後でそんな話を切り出した。

少しくらいは揉めるかと思ったが、

――いいわよ。私は誰だって。欲しい物を買ってくれさえすれば。

国光の未練をよそに、あっけらかんとしたものだった。

が、そのくらいの方が、後腐れがなくていいとも言える。

さすがに銀座の店でナンバーワンを張る女、ということかもしれない。

夜の蝶《ちょう》とはよく言ったものだ。

――ほならな。後のことは、お前らで勝手にしいや。

そう言って突き放し、以降のことは島崎と高橋に任せた。

東京竜神会は、まだまだ立ち上がったばかりだ。東京代表としてしなければならないことが、まだまだ山積みだった。

当然、そんな些事《さじ》に長々とかまけている場合ではなかった。

恵比寿のマンションのことは島崎から、旧沖田組から引き継いだフロント企業の不動産ブローカーが間に入り、そろそろ上階の部屋が売買契約の運びだと聞いていた。

その程度の動きを聞くくらいで十分だった。

今朝になって、四条畷から当事者の島崎に電話を掛けた。

売買の進捗状況というより、部屋の様子を聞きたかったからだ。

「どや。お前に渡した部屋。掃除くらいはしとんのか」

――えっ。ああ。あの部屋でっか。いや、まあ、それがっすね。

島崎は言い澱んだ。

胸騒ぎがした。

「なんや。隠し事はすなよ」

――あ。へえ。

島崎がモゴモゴと話す内容を掻い摘《つ》めば、要するに売買契約に動いているのは自分ではなく、匠栄会の高橋だということだった。

高橋が女に、

〈私もあんな部屋、嫌ぁよ。千切れ掛かった人が来たのよ。それで、死んだのよ。ねえ、上の部屋、あなたが買って。私名義で。私、そこに住むから。あなたの女になるのは、それからよ。それが条件。いいでしょ？〉

そんなことを強請《ねだ》られたらしい。

——俺ぁ、ほら、堺《さかい》の組から出向でっから。東京代表がこっちに馴染むまでの。せやから、こっちに部屋あっても、いずれはどないもならんし。ほしたら高橋が買うって。渡りに船ってなもんで。ま、高橋もたいがいの無理はしとんやろうけど。せやから、今はあの女が仮住まいしてるはずでっせ。

「馬鹿なっ」

眩暈《めまい》がした。

思わず怒鳴った。

「お前に買え言うたんやぞ。そない、勝手すなやっ」

一瞬、島崎が黙った。

電話の向こうで鼻息が荒くなった。

――勝手すなて、それは無体っちゅうもんや。あんたが勝手にしい言うたんやっ。

さすがに切れ掛かったようだ。

「もういい」

話はそれまでにした。

そんな遣り取りをしたからか、戻った上野毛の事務所に島崎の姿はなかった。

竹田にマンション前にベンツを横付けさせ、小走りでエントランスに向かった。まだ合鍵は持っている。

部屋に上がった。

インターホンなど鳴らさない。まだ国光の部屋だった。

「おるんか」

声を掛けてみたが、返事はなかった。留守のようだ。

「なんや。こら」

リビングに入り、思わず唸った。

家財が異様に増えていた。

と言って、知らないということではない。どれも下の部屋で見た覚えのある物だった。

「ちっ。邪魔くさいのう」

文句を口にしながら、国光は奥に進んだ。

目的の場所は寝室のクローゼットの、一番左の奥だ。

それにしても、元々の家財に加え、下階の家具、家電がリビングだけでなく、各部屋に溢れるほどだった。

国光の寝室のデスクや、ベッドの上にもだ。

「山ほどあるで。叩き売ったろか」

そんなことを愚痴りながらクローゼットを開け、国光は一瞬、固まった。

クローゼットの一番左の奥の棚の上から、田中のエグゼをビニル袋ごと収めた、手提げ金庫が消失していた。

どこを探しても、それだけが見当たらなかった。

「んだぁっ」

女の携帯に、すぐ電話を掛けた。

しかし――。

国光の耳には繰り返し、繋がらないことを知らせるメッセージが空《むな》しく響くだけだった。

六

国光は、走るベンツの後部座席で足を組んでいた。

その足先が止まることはなかった。マンションを出たときからずっと動いていた。

国光が向かう先は銀座だった。沖田組から引き継いだ店だ。〈ラグジュアリー・ローズ〉という。

ベンツは、竹田の運転で乗ってきた東京竜神会のベンツから乗り替わっていた。もう少し古い型で、運転手も古い。

車は匠栄会の物で、運転手も匠栄会の高橋だった。

国光も高橋も、ベンツに乗り込んでからずっと無言で固い顔は同じだが、高橋は左の頬を腫らしていた。

恵比寿に呼び出した国光が、要領を得ない高橋に業を煮やした結果だ。

田中のエグゼの紛失は、兄に対してはどう考えても国光の失態だ。そんな焦燥も拳に乗った。

「おい。女ぁ、どないした」

「へっ？」

高橋はすぐにはわからないようで、鳩が豆鉄砲を食らったような顔をした。

愚鈍《ぐどん》の極《きわ》みだ。その表情も国光の怒りを助長した。

「ああ。沙羅《さら》のことっすか」

言われて国光も思い出した。

だが、それが本名か源氏名かは、覚えていないというか、そもそも知らない。夜の女など、飽きるまでの付き合いだ。どうでもよかった。

「そや。沙羅や」

「どないしたって言われても、先月に入ってからは顔も見てねえんで」

「なんや。そら」

国光は眉を顰《ひそ》めた。

「まだ正式にマンション、買ってやったわけじゃねえんで」

高橋は肩を竦めた。

「やらせてもくれねえ女の顔見たってしようがねえでしょ。そんなら、系列のソープでも行ってた方がましっすから。そんでも、この部屋で好き勝手はしてたみてえっすけどね。ああ。鍵は渡しやしたんで。実際、もうじきに契約だったたんで」

国光が高橋を殴ったのは、この直後だった。

顔には出さないが、殴った国光も拳がズキズキと疼《うず》くような感じだった。突き指くらいはしたかも知れない。

詳しくは話さないし話せるわけもないが、

――クローゼットにな、手提げ金庫があったんや。

と、それだけは伝えた。

高橋は一瞬、なんだという顔をした。

――金目のもんでも、盗られたんすか。

殴り殴られるほどのことかと、そう言う口調だ。

咄嗟に、形見《かたみ》やと、これは上手いこと思いついたものだと自賛する。

実際、田中からで形見のようなものだが、国光の父、源太郎も亡くなってまだ日が浅い。

何も言わなければたいがいの人間は、源太郎の何かだと取るだろう。

そんな話なら、万が一兄・宗忠の耳に入ってもなんとかなる。なんとでもなる。

源太郎愛用の腕時計の何本か、貴金属のいくつかは本当に、お父ちゃんの遺品やと言って宗忠から手渡された。

――小っちゃい物やけどな。形見やで。俺にとっちゃ、何物にも代え難い大事な物や。それがな、おおっ。あの手提げ金庫に入っとったんやっ。

そう捲《まく》し立てれば、もう高橋からは疑問も不平も出なかった。

――形見、っすか。そいつぁ。

逆に高橋も、しくじったと言うことだけは理解したようだ。態度も口調も、そこから改まった。

下の部屋は売りに出している、とまでは高橋も知っているようだった。

すぐに、仲介を一任しているフロントのブローカーに確認した。

部屋はすでに、先月の内に売却されていた。

事故物件にも近い部屋だ。縁起も悪い。

それもあってか、銀座の店のかつての同僚に市価より大分安く譲ったようだ。

正式契約の日付は、十月五日の大安だったという。

ちょうど国光が成田で東堂絆の、懐の窮鳥然として振る舞っていたときだ。さすがに目は届かなかった。

それから押っ取り刀で、高橋が自分で運転してきたというベンツで銀座へ向かった。竹田は帰した。

木下と言う、大阪からの珍客もいる。東京の〈迂闊《うかつ》〉や〈失態〉は、出来るだけ内々で済ませるのが得策と言えた。

花椿《はなつばき》通りにあるテナントビルの前で、高橋はベンツを停めた。

その十階建ての最上階のワンフロアが、〈ラグジュアリー・ローズ〉だった。他に、このテナントビルにはフロア貸しの店はない。〈ラグジュアリー・ローズ〉だけが大箱だ。揃いの黒いコートを着た数人のドアマンが現れた。客のエスコートと車両の管理を担当する、〈ラグジュアリー・ローズ〉専用のスタッフだった。

高橋が運転席から降り、一人の黒コートにベンツのキーを投げる。後部座席から降りた国光は高橋を待つこともなく、ビルに入ってエレベーターに乗った。

——いらっしゃいませっ。

十階では、黒服らの声を無視してスタッフルームに向かった。

この日ばかりは、遊びに来たわけではない。

「こ、こりゃあ、東京代表っ」

デスクで踏ん反り返っていた店長の佐川が、椅子から飛び上がって背筋を伸ばした。

挨拶はしなかった。

無駄だ。

遅れて上がってきた高橋が国光の背についた。

どうでもよかった。

「沙羅、おらんか」

そのこと以外、興味はなかった。

「えっ」

「沙羅やっ」

「し、知りませんよ。東京代表が引き取ったとき、店は辞めたんで。それっきりです」

「入店資料とかないんか。あるやろ」

「い、いえ」

「なんじゃそらっ。仕事舐めとんのか！」

思わず語気が荒くなった。佐川が首を竦めた。

「でも、あれです。か、囲われた女の資料なんて、残せないっすよ。前のオーナーのときから、決まりみてぇなもんで」

「前？　ああ。沖田か。ちっ。ほんなら、沙羅と仲良かった女、誰でもいいが。おるか」

「どうでしょう。上の方の女はみんなバチバチで、ヘルプとかの下の女は、半年保たずに替わるんが多いっすから。聞いてはみますけど、いても店内で話す程度だと思いますけど」

埒《らち》が明かなかった。

「もうええ。なんでもいい。沙羅に関すること、あったらこいつに知らせえや」

背後の高橋を顎をしゃくって示し、そのまま背中を向けた。

「けっ。面白《おもろ》ないわ」

一階に降り、外に出る。

それにしても――。

はっきり言って、途方に暮れた。

高橋が遅れてエントランスから、泳ぐように出てきた。

ただの金魚の糞《ふん》か。

「東京代表。これからどうしますか」

「どうしますかやと？　おのれがどうかせいや。おのれで考えろやっ」

どうしようもなく声が大きくなった。

「探せやっ。おお。高橋。草の根分けても、沙羅ぁ探し出せ。そんでブツ、取り返せやぁ」

道行く者達が一斉に顔を向ける。

――なぁに、あれ。馬鹿みたい。

若い女の、舌足らずの声が聞こえた。

どっちが馬鹿だ。

すると、

「あれ、高橋さんじゃないですか」

近くの喫煙スペースから、馴れ馴れしく寄ってくる小洒落た男があった。

光沢のある、派手なスーツを着ていた。年齢は三十代の真ん中くらいか。

顔立ちは整っていた。いい男の部類に入るだろう。強《し》いて言えば、顎先についた刃物の傷が気になった。

そのせいで、素人《しろうと》感はあまりない。

「誰や」

聞くと、高橋はそちらに片手を上げながら、

「へえ。元千目連にいた男で。月岡って誑《たら》しで」

「あれぇ。誑しはひどいな。仕方ないじゃないですか。それが商売なんですから」

「商売？　商売ってなんや」

思わず国光が口にした。

月岡は笑顔を向け、こちらは、と高橋に聞いた。

西から来た、東京代表。

それだけで月岡には十分だったろう。

元千目連なら沖田組の二次組織、バリバリのヤクザだ。

「ああ。沖田組の上の、この間、〈六本木ファンシー〉の優奈《ゆうな》を引っ張ったっていう。こいつぁ、お見逸《みそ》れ致しました」

腰を折る。

国光は冷ややかに月岡を見た。

「お前。なんで優奈のこと知ってるんや」

月岡は頭を上げた。

「あの店の青木が」

「誰や」

「あの店のほら、黒服の」

「黒服。——ああ」

その黒服がいたから、優奈とねんごろになれたのは間違いない。あれが青木か。

「その青木が、元は俺の下でして」

「下？　そうか。千目連の」

「はい。けど、そうじゃなくても、まあ、商売柄でね。アンテナは立ててますから」

「そや。質問が途中やった。商売ってなんや」

「スカウティングです、佐川店長にも、昔の誼でご贔屓《ひいき》戴《いただ》いてるんですよ」

「スカウ——。ほな、夜の女のスカウトかい」

仕事内容は国光もわかっている。

昔は声を掛けて引っ掛かった女を、自分が契約の店に紹介し、仲介料を取るだけの商売だったはずだ。それが今では、酒席での接客マナーの教育から、店と女性の間に入って契約まで仲介し、全体をマネジメントする者までいるという。

お見知りおきを、と言って月岡は名刺を出した。

〈ＧＩＮＺＡ〉と大書され、月岡徹という個人名と携帯番号と、メールアドレスだけが書かれた簡素な物だが、紙の質はよかった。レイアウトのバランスも文字の書体も洒落ている。

随分、金の掛かった名刺だ。

「事務所はどこや」

「御徒町《おかちまち》の方で」

「ほお。ギンザて謳っとる割りに、ずいぶん下町やんか」

「昭和通りを歩きゃ一本ですし、近いですよ。へへっ。それに、千目連から離れたいってのもあって。不義理しましたから」

千目連は五反田《ごたんだ》を縄張りにしている。

たしかに、繁華街としては山手線で真反対と言えば真反対か。

「これでも、成績は良いんですよ。個人ですけど、この界隈なら一番じゃないかな。なんたって、この傷」

月岡は顎先の傷を撫でた。

「若い頃は整形も考えたもんですが、これはこれで危ない匂いっていうんですかね。夜の蝶を惹《ひ》き付ける武器になってるようなんで。助かってます」

いちいち勿体付けた男だが、様になっていた。

「あの。なんか、女絡みで揉め事でもありました？」

「ああ？」

「今、沙羅って言ってませんでしたか？　このビルから出てきたってことは、元〈ラグジュアリー・ローズ〉の？　優奈の前に代表が囲ってた」

「なんや。それも知っとんかい」

「ははっ。夜に飛ぶ蝶のことなら。どこに飛んだか、どこに止まったか。まあ、その沙羅本人のことは、〈ラグジュアリー・ローズ〉にいたってこと以外知りませんが」

「ほう。そんで、そんなお前がどうしたって？」

「お近付きの印に、俺も協力しましょうか。商売柄、顔は広いんで」

一瞬考えた。

だが、考えても答えは一緒だった。

どう考えてもこの月岡の方が、特にこの件に関しては、高橋より便利な気がした。

「頼もうか。悪いようにはせん」

「有難うございます。東京代表にそう言っていただければ。じゃあ、本人の写真、ありますか」

「ああ。あとで名刺んとこに送ったるわ」

「それで、なんかブツを取り返せとか仰《おっしゃ》ってましたが」

一瞬、国光は息を飲んだ。怒りに任せ、思わず口走ったか。

「さて。言うたか」

「ええ」

こうなると、下手に隠すのは得策ではないだろう。いずれ腹の奥を探られる可能性がある。

「ビニル袋に入った、小っちゃな物や。内容はな、ま、沙羅が見つかったら話すわ。要らん奴には要らん話やし」

国光は小声で務めて冷淡に告げ、そのまま背後に目を向けた。

筋肉の盛り上がった身体つきの、高橋が立っていた。

立っているだけだった。

「高橋。この元千目連とようけ連携しいや」

「へ、へえ」

高橋が身体を丸めるようにして頷いた。

月岡の名刺を仕舞おうとすると、ポケットで携帯が鳴った。登録にはない携帯番号からだった。

出ると若い声が、沢田と名乗った。

「沢田？　誰や」

――あの、さっき東京代表に、木下本部長を任された、不動組の。

「ああ。さよか」

どうでもよかった。

「で、なんや」

――木下本部長が、夜の街に案内しろってんですが、どこら辺りに。

「はん。ちっともじっとしとられん阿呆やな。せやけど」

国光は手にした月岡の名刺を眺めた。

「銀座か六本木か。なんにしろ、いったん切るわ。そんで、お前の携帯に月岡ってのから店の番号送ったる。ああ、くれぐれもな、木下に言うとけ。東京の遊びは自腹やってな。それが通人やて」

電話を切って、月岡に顔を向けた。

「好きな店に繋げて、ボッたれや。なんぼでも。俺が許す」

月岡が笑った。

ライトに顎先の傷が動くと、なんとも艶《なま》めかしい。

なるほど、たしかにいい男だと国光も思った。

月岡に今の携帯番号を教える。

「あっと。代表。で、先方さんの名前は」

「島田？　岡田？　よう知らん。とにかく不動組や」

国光にはそれだけで十分だった。

若い衆など銀座のクラブの女と同じで、国光には覚えたところで意味はなかった。

第二章

一

翌日、田村とのアポイントに従って、絆は高崎に向かった。

池袋を出るときに見上げた空は、少し曇っていた。風もあって、どちらかといえば肌寒ささえ感じた。

雲の流れが速かった。

午後一時の約束は、電車の都合を考えた結果だ。ＪＲ湘南《しょうなん》新宿ラインの特別快速が便利で、且つ安かった。

喫緊の事案ではない以上、時間より経費が重要だ。

特捜隊、特別捜査隊は、経理までが特別なわけではない。

正午少し前に高崎に到着し、駅ビルで簡単な昼食を摂る。

晴天だと思ったが、昼食の間に雲が西から追いついてきた感じだった。流れながら次第に厚みと色を増すようで、空は本部を出るとき以上に暗くなった。

「雨になるかな」

曇天を見上げ、絆は呟いた。

駅前からは、群馬バスに乗る。

N医科歯科大学までは、約十五分程度揺られることになる。

腹ごなしにちょうどいいと思うか、食休みが必要だったと思うかは人に拠るだろう。それくらいの距離と揺れだった。

十二時半過ぎに正門前のバス停で降り、絆は山裾にひらけた大学の、広大な敷地に足を踏み入れた。

前に来たことがある、勝手知ったる場所ではあった。

ただし、良い思い出はあまり無い。

西崎次郎とキルワーカーとティアドロップの捜査の過程だったこともあり、何より、相棒の金田を失ったばかりだった。

田村の居る病理学教室は古い研究室で、大学構内の奥まった場所にあった。

六階建ての建物は昔からの研究棟で、様々な研究者が日々の基礎研究に勤《いそ》しんでいるようだ。

建物自体もだいぶ古いという。

十一月の空の下では、古めかしいレンガタイルの色と相まって、どうにも寒々しく見えるに違いなかった。特にこの日のような曇天の下ではなおさらだ。

老朽化は目に見えて進んでいたが、少子高齢化の中、学生獲得が至上目的なのはどの大学も同じなようで、主に学生が使用する施設や校舎から順次リニューアルされ、新築もされているという。

前回訪れたとき、

――この研究棟に念願の工事が回ってくる頃には、僕はもう退官しているかもしれませんねえ。

多少の諦めも入ってだろうが、田村はあっけらかんと笑ったものだ。

関取のような偉丈夫で、白衣を着た初見はよく学生に引かれるというが、田村は話せば実に人の良い、明るい男だった。

正門から入った辺りは車道も歩道も広く、陽差しもあった前回などは明るく、いかにもキャンパス然としていた。

それが、構内道路も奥に向かうにしたがって次第に狭くなり、木陰も陽陰もひと角曲がるごと目に見えて多くなる。

迷い込む、あるいは誘い込まれる感じ、といえばいいだろうか。

特に病理学研究室の入った研究棟近辺などは、そもそも学生から〈廃墟《はいきょ》〉、あるいは〈監獄〉などと呼ばれているらしい。

近寄る者は、進級や卒業に深刻な事情を抱えた学生か、通常勤務の研究員か職員くらいのものだろう。

道は車道が一方通行の一車線になり、歩道も申し訳程度の片側になった。

やがて六、七十メートル先の真正面に姿を現した六階建てのビルが、病理学教室の入る研究棟だった。

田村の研究室は、その三階だ。

腕のＧ‐ＳＨＯＣＫに目を落とせば、時刻は十二時四十五分になっていた。

可もなく不可もなく、ちょうどいい頃合いだったろう。

顔を上げると、ちょうど棟内から一人の男が現れ、こちらに歩いてくるところだった。

身長は、一七五センチの絆と同じくらいか。紺のフライトジャケットにカーキ色のチノパンを着用し、シンプルなヘッドホンを装着していた。

ジャンパーのポケットにヘッドホンのコードが垂れて入り、男の両手も左右のポケットの中だった。

当然、研究員にも職員にも見えなかった。つまりは、事情を抱えた学生、ということなのだろう。

十一月はそろそろ学年末を見越して、特に出席日数や取得科目が危ない学生は〈活動〉を始める時期だ。

こちらに歩いてくる学生はそれを体現するように、背を丸めて少し俯《うつむ》き加減だった。

寒いから、かもしれないが。

近付くに従って道が一段と狭くなり、二人が行き違えるほどの幅が歩道になくなった。

絆は左に一歩動き、車道側に自分から先に降りた。

「どうも」

すれ違い際に、相手が申し訳程度に首から上を小さく動かした。

頭を下げたつもりなのだろう。

「どうも」

絆も挨拶を返し、すれ違った。

その一瞬だった。

絆は、一陣の風を感じた気がした。

柳に風の道理に従って首を傾けた。

感覚はない。

天然自然にして、無私無欲の身体がそう動いた。

次の瞬間、元々の頭があった空間を、何かが行き過ぎた。

行き過ぎてすぐに、風が出戻った感じがした。

その流れに合わせるように、踏み出した右踵《みぎかかと》を軸にし、反時計回りに身体を転回した。

果たして直後に、真後ろから突き出されてきた、鋭利な刃があった。

瞬間的に、絆は折り畳み式のサバイバルナイフだと見て取った。

十五センチほどの刃は絆の左脇腹のわずかな外を突き、すぐに鞭《むち》のように引かれた。

「へえ。凄いねえ。俺の動きに反応出来るんだ」

満面の笑みの、学生の顔が近かった。

いや――。

学生ではないだろう。思ったよりは歳《とし》がいっているようだ。

三十に近いか、超えているか。

童顔、というわけではないが、肌がパンパンに張っていた。それで第一印象が幼く見えたようだ。

少し顔を、弄《いじ》っているのかもしれない。

白いプラスチックのような歯列が印象的だった。

それにしても――。

絆をして、男から殺気はまったく感じられなかった。それどころではない。

気には、必ず向きがある。刃を振るうなら振るった相手を害そうとする、あるいは殺そうとする意志があって然るべきなのだ。

殺意という人としての禁忌。

同時に、殺されるかもしれないという恐怖。

その両方を突き破るには、意志に向きが必要だ。

殺人鬼、ヒットマンと言った、殺意に〈慣れた〉連中でも皆無と言うことは有り得ない。

少なくとも目的意識は必ずある。

それが、男の気配には指向というものがまったく感じられなかった。

つまり、〈観〉に触れるものがなかったということだ。

絆に向けてナイフを振るいながらなお、雑駁《ざっぱく》な気の広がりがあるだけだった。

強いて言えば遊び心か。楽しげでもある。

対するは、日頃の鍛え、天賦《てんぷ》の才《さい》、常在戦場の心の下拵え。

それらがなかったら、身体は男の遊び心に反応したか。天理に従って動いたかどうか。

(なんだ。これは)

だが――。

驚きも惑いもあったが、それを思考につなげる暇はなかった。

「けへっ」

サバイバルナイフが左目の下から、いつの間にか迫《せ》り上がってきた。

男の表情はただ心底からの笑顔で、気配にもかすかな揺れの波動すら、手を伸ばせば摑むことが出来るほど近くにいて、すでに戦いの最中にいて、それでいてまったく観えなかった。

絆は半眼に落とした目で男を眺めつつ、ただ風に押される柳であり続けた。

右に重心を傾ければ、かろうじて避け得たナイフが上方に抜けて伸び上がった。

皮一枚、ギリギリと言えた。

と言って、ひと息入れる隙も反撃の機会もあったわけではない。

空を切ったナイフは頭上近辺から、瞬転の鮮やかさで持ち替えられて稲妻となって三度絆に迫った。

前に出ていたら、避け得る術《すべ》のない連撃だった。

命ごと掻き切られていたかもしれない。

右足に掛けた体重の分、わずかな反動を得て退《ひ》いた。

また持ち替えられたナイフが空気を焼いた。

退いた方向にさらに退いた。

男が大きく出てきた。

一撃一撃が、ただただ軽かった。

指向のない、ちょっとした運動、体操、そんな類《たぐい》の散らばった気配だけがあった。

絆に刃を向け、殺そうとしてなお、遊戯のようなもの、その延長か。

蟻《あり》を踏み潰す、象に似たり。

いや、それよりはるかに始末に悪い。

「おっほう」

男が大きく腕を振った。

斜めに切り上げるような大きなアクションが、初めて見せる隙だったろうか。いや、余裕か。

足に力を得て、絆はこの場で初めて大きく動くことが出来た。自在を得た。

後方に飛び退《すさ》り、背腰のホルスターから特殊警棒を引き抜く。

金音が寒空の下、長く尾を引いた。

それで迎撃の態勢は整った、はずだった。

だが——。

男はそれ以上、絆に寄ってはこなかった。

「ははっ。凄い凄い。あんた、本当に凄いよ。あんたみたいなの、初めて見た。本当に人間？ それとも、赤《あか》城《ぎ》山《やま》から降りてきた化け物かなんか？」

「誰だ」

「俺？ 俺はパーティー」

男はナイフの刃をこめかみに近付けた敬礼の姿勢で、そう言った。

道化の姿勢か。

響きの軽い声だった。

間違いなく、この時間を楽しんでいた。

絆は眉を顰めた。

「パーティー？　それがどうした」

「どうもこうも、聞かれたから答えたんだけど」

「それが名前だとでも」

「どう思われてもねえ。パーティー。それ以上でも以下でもないもんで」

「よくわからないな。まあ、いい」

絆はゆっくり、腰を沈めた。

「あとで、ゆっくり聞こうか」

身に猛気を蓄える。

「あらら。怖い怖い」

自分をパーティーと呼んだ男は、絆の気を逸らすように肩を竦めた。

「そんな本気にならないでよ。これは遊びなんだから」

「遊び？」

「いや、時間稼ぎ、かな。——さあて、ここで問題です」

男が左手を上げ、人差し指を立てた。

「今、俺が出てきた建物は、どこだったでしょう」

絆は思わず、位取りを緩めた。

何かが引っ掛かった。

次の瞬間、絆の理解と事態の急変が重なった。

「まさか」

絆の背後で、爆発音が響いたのはそのタイミングだった。


ドォォン。


思わず振り返った。

研究棟の三階の窓が、サッシごと吹き飛んで落下するところだった。煙も上がった。

ちょうど、田村が在室する研究室の辺りだった。

「お前」

語気を強めて向き直ったが、男は思った場所にいなかった。

ずれたとしか思えない姿勢で、三メートルは離れていた。

手にもう、サバイバルナイフもない。恐らくポケットの中だ。

それにしても、まだ笑ったままだった。

「いいのかい。あのままにして」

「くっ」

考える暇はなく、また、言われるまでもなかった。

一対一のこの場で男を追っても、追い詰めれば学生らに危害を加えるかもしれない。刃渡り十五センチのサバイバルナイフは、絆が身をもってすでに体験済みだった。

それよりなにより、棟内にいる者達の安否確認がこの場合、最優先だ。

躊躇《ちゅうちょ》なく特殊警棒を仕舞い、絆は研究棟に向けて走った。

――バイバァイ。またなあ。

ゲームでも楽しむかのような、男の声が背後から聞こえた。

二

見上げる田村の研究室の辺りからは、すぐに炎も噴き出してきた。

状況は、完全に待った無しだった。

「クソッ」

絆は、全速で約四十メートルほどを走破した。

研究棟の入口は、道路から見た建物正面側の左角にあった。

絆が飛び込もうとすると、白衣の男女が大勢、悲鳴を上げて飛び出してきた。ちょうど避難の人々と出入りのタイミングが重なった瞬間だった。

脇に避《よ》けて目を光らせたが、その中に田村の姿はなかった。

「すいません。病理学の田村准教授はっ。すいません。誰かっ！」

外へ外へと向かう人の流れに声を張り上げてみたが、答える者は皆無だ。皆、建物から出来るだけ離れることに意識が集中しているようだった。

取り敢えず、田村に辿り着くには、自ら動くしかないようだ。

そう決めて、絆は人の流れに我が身を差し込んだ。

建物は、入った場所から外壁沿いに長い廊下が続いていた。一本道だった。

その途中にエレベーターホールがあり、真っ直ぐ進めば最奥が階段だということはわかっていた。

「落ち着いてっ。皆さん。警察です。大丈夫ですからっ」

安心と安全を呼び掛けてみたが、今まさに惨状から離脱しようとする避難の現場では、空しい響きでしかなかった。無力に等しい。

避難する白衣の男女は引きも切らず、奥の階段の方から悲鳴を上げながら走ってきた。

昼時ということで、人の数がマックスというわけではないだろう。

そればかりは不幸中の幸いに違いない。こういうときの押し合いや揉み合いでも、必ず怪我人は出るものだ。

だが一方、通路が狭いせいで、さすがに絆であっても人波の遡《そ》上《じょう》はなかなか上手くいかなかった。

こちらは、幸い中の不幸だったか。

エレベーターホールを過ぎるときに絆はそちらを一瞥したが、降りてこようとする避難者は誰もいないようだった。

身近な爆発に、エレベーターを待つ余裕などなかったに違いない。

エレベーターは二基あったが、ケージランプは四階と一階に留まったままで、昇降のランプは点《つ》いていなかった。

絆もエレベーターは使わず、到達した奥の階段から三階に上がった。

様々な研究室があるが、田村の居る場所は階段からはほぼ真反対になった。

上がってみれば、三階の外廊下にはもう、人影は皆無だった。

避難が完了したということだとすれば、これまでの人流の中に間違いなく田村の姿はなかった。

最悪の事態は想定しておかなければならない、ということだろう。

絆は建物の正面側を目指して走り、一度左に折れ、病理学研究室という室名札が突き出した壁の、真下の扉を引き開けた。

一気に中に飛び込む。

辺り一面には、倒れたパーテーションや割れたガラス片が無数に散乱していた。

爆発の衝撃波を受けた結果に違いない。

だが、音のわりに爆発自体の規模は小さかったようだ。

煙や埃《ほこり》の類は、想像するほど多くはなかった。

そのため、ひとまず惨事の程度はざっと目視で確認することが出来た。

局所的な爆裂、爆破だったようだ。

絆が進入した研究室は、入ったところが院生や助手達の居場所になっており、その右手側が、研究設備や試薬を保管する準備倉庫になっていた。

反対に、左側は教授や田村のような准教授の個室や、個人的な学習に使う部屋になっている。以前に、絆が使わせてもらった部屋もそちら側にあった。

爆心地は、その左手の奥で間違いないだろう。

倒れたパーテーションも散らばったガラスの破片も、掛かった力の向きを如実に示していた。

逆に、室内に流れる風は、そちらで外気と交流するような向きだった。

呼吸を整え、絆は左手側に足を運んだ。

急ぎはしない。踏み出す一足一足に細心の注意を払う。

二次災害、三次災害の恐れがまだ完全になくなったわけではないのだ。

なんといっても、間違いなく病理学研究室には、各種の実験で使用される試薬が無数に保管されている。

引火、誘爆。

よくはわからないが、そんな可能性が皆無だと言い切れるほど、絆は理化学方面に明るい人間ではない。

焦らずゆっくり、油断なく進むと、果たして田村准教授の部屋の近くに、一人の男性が倒れていた。

白衣の右袖が真っ赤に濡《ぬ》れていた。

「大丈夫ですか」

駆け寄って抱き起した。

男は呻《うめ》いた。

腕には刺し傷があって、今も血が流れていた。

見知った顔だった。

以前訪れたときにもいた男で、たしか絆と大して歳の変わらない、三十代前半の助手だった。

白衣の胸のネームプレートを見る。

「久城《ひさしろ》さん。しっかり。久城さん」

呼ばれた久城は瞼を震わせ、ゆっくりと目を開けた。苦しげだった。

「あ、あなたは。東堂、さん」

久城も絆を覚えていたようだ。

この日の訪れを田村から聞いていたのかもしれない。

正気付いたか、久城が自分で身体を起こした。

「あ、ふ、不審者が入ってきて、止めようとしたらいきなり。——あの、田村准教授の部屋にっ。准教授はっ」

自分の負傷にも構わず、久城は背後を振り返った。

腕の血が飛沫《しぶ》くようだった。

「久城さん。落ち着いてください。あなたも怪我をしてるんです」

絆は自分のハンカチを取り出し、まず久城の止血をした。

また久城が呻いた。

「動かないで」

「えっ。あ」

「いいですね」

念を押し、絆は久城の傍《そば》を離れた。

絆は一人で、田村の部屋に向かった。

そちらの周辺には、さすがに煙や埃がまだあった。

華奢《きゃしゃ》ではあったが、アルミ製のドアが〈くの字〉に捻じ曲がり、外のキャビネットに倒れ掛かっていた。

准教授の部屋に近付くと、風の流れを感じた。

窓が外に吹き飛んだ光景は、絆自身が目撃していた。

いよいよ爆心地だった。

細心の注意を払いつつ、中に入った。

視界はある程度クリアだったが、細かな燃え滓《かす》がまだ無数に飛んでいた。

恐らく、部屋中にあった数々の紙類、書類だろう。

戸口で熱を感じるほど、至る所に小さな炎の揺らめきがまだあった。

他に燃え移るほどの炎ではないように見えたが、いざとなったら消火器もある。

消火栓ボックスの場所は、三階に上がったときに確認してあった。

部屋の中央に、爆発で破砕した天井や壁材の埃にまみれるようにして、田村が仰向けに倒れていた。

「田村さんっ」

駆け寄って、しかし、抱き起すことは躊躇《ためら》われた。

爆発の爆心。衣類は上半身を中心に吹き飛び、千切れ掛かった右手は焼け焦げ、同様に焦げた顔には、下顎がなかった。

すでに、生命が絶えていることは明白だった。

となれば、現場保存が絆の今の役割、出来ることのすべてだろう。

遠くに、幾台ものサイレンの音も聞こえていた。

その場に佇み、絆はおもむろに携帯を取り出した。

掛ける相手は特捜隊の隊長、浜田だ。

――何。

浜田はすぐに出た。

「やられました」

――ん？　何を、誰に。

「全体にはまだ曖昧で、不明です。ただ、順を追うなら、俺がまずN医科歯科大学構内で、研究棟から出てきた不審な男に襲われ、その間に研究棟の一部が爆発して、小規模火災の発生を受けて研究棟に進入したところ、目的の病理学研究室内に、不審者に腕を刺された助手の人が倒れていて、その後、恐らく爆心地と思われる部屋で、田村準教授の爆裂した遺体を発見しました」

——あらら。そいつは大変だねえ。

いつものトーン、いつもの浜田が、こう言う緊急時には心強い。

——話は分かった。で、取り敢えず、私は何をしたらいいかな。

「群馬県警本部と高崎警察署への口利きをお願いします」

——了解。アーンド正解。

「えっ」

——それが正解だねえ。浮足立っていないところはさすが、剣士の鍛えだっけ？

「はあ」

——根回し、やっとくよ。なんか気になることがあったら、好きに動いてもいいけど。ああっと。ちょっとは手心を加えてね。

それだけ言うと、浜田は向こうから電話を切った。

惨劇の現場に立って、気が付けば心が呼吸と共にだいぶ落ち着いていた。

浜田の部下でいることの有り難さ、いや、特捜隊の隊長が浜田であることの得難さ、その賜物か。

先程より、遥かにサイレンが近かった。

もう大学の構内に入っただろうか。

それにしても——。

ナイフを手に、躊躇いも殺意も、一切の感情の動かなかった男。

「パーティー、か」

対峙して初めてわかる種類の男だ。

ただの命、知らず。

ただの命、要らず。

不惜身命《ふしゃくしんみょう》の位取りとはほど遠いが——。

自他の別なく、自他を分けず。

いや、どう言えばいいか。

人の枠の外。虫魚禽獣《ちゅうぎょきんじゅう》とも別なく、分けず。

たかが命。

命が軽い。

軽さが刃筋に神速を呼び込む。

それは強さか。

「不気味だな。不気味な強さは、歪だ」

外から吹き込む風に、絆は湿り気を感じた。

雨が、降り始めたようだった。

三

この日から、絆は事件の参考人として暫時、高崎警察署に留まった。

刑事らが現着した当初こそ、たしかに自分に向けられる目はきつく鋭いものばかりだった。

それが約五時間後、消火に当たった消防署の指令が現場で鎮火を宣言する頃には、胡乱《うろん》なものを見る目どころか、そんな気配すら皆無になった。

むしろ興味丸出しに、畏怖さえ含んだ目や気配ばかりになったか。

気配の転換はやはり、浜田から大河原に挙げてもらった口利き、あるいは根回しの流れが、管区から群馬県警に矢となって走った結果だったろう。鮮やかな手並みだ。

だから、高崎署に向かうPCには進んで乗り込み、自ら同行した格好になった。

署に到着すると、待っていたのは刑事係の、恰幅のいい壮年の男性だった。

三枝《さえぐさ》と言う、今年で四十五歳の刑事係長らしい。階級は絆と同じ警部補だ。

「ああ。あんたが警視庁の異例特例、組対部長の秘蔵っ子かい。今日のことは急に上から降ってきたもんだが、なんだか、あんたの突拍子もない噂《うわさ》は、赤城山の麓まで聞こえてるよ。なんだっけかな？　ああ。狂走連合、百五十人殺しってか。なるほど。立ってるだけでも相当の威圧感だ。まだ若いのに、やるねえ」

全体に、子安翔太が流した噂話だ。

曰《いわ》く、
歴代狂走連合千人を手玉に取った。

曰く、
百五十人殺し。

苦笑するしかなかったが、〈箔が付く〉と言う意味では、高崎署の刑事係は好意的に受け取ってくれたようだ。

高崎署の仮眠室にベッドを借り、翌日になっても、絆はオブザーバーとして捜査会議への参加を許された。

特に自ら発言も行動もしないのは、少なくとも群馬県警、高崎署への仁義であり礼儀というものだ。

片道二時間もあれば余裕で往復出来たが、特捜隊長の浜田の勧めもあった。

――捜査本部が出来るって聞いたよ。詰めてじっと動かないって言うのも、一つの経験だね。おっと、群馬県警の高崎署っていう場所の空気も吸える。一つどころじゃない経験だ。二、三日なら同席してみるといい。あ、これは別に、何日も往復されたら経費が掛かるとか、ダメ元で聞いてみたら仮眠室にタダで泊まれるとかって、そんな無粋な話じゃないからね。

無粋ではないがみみっちい許可が浜田から出て、絆は高崎署に出来た捜査本部に席を貰った。

解剖の結果、田村の死因は正面から鋭利な刃物で心臓をひと突きされたことに拠る外傷性のショック死だった。

多少焦げてはいたが、胸の中央に刺創《しそう》が明らかだったようだ。

即死で間違いないという。

爆裂で血肉が吹き飛んだことが直接の死因でないということだけでも、絆は救われる思いだった。

幾つもの凄惨な死を見てきた。せめて苦痛のない、あるいは少ない死は、常に願うところだ。

これは、被害者にも、被疑者にも——。

死に向き合った場面での命は、どちらも何者にも代え難く、限りなく尊い。

研究室の爆裂については、これはごく少量のコンポジションＣ４、いわゆるプラスチック爆薬が使用されたということが判明していた。収集された残骸から、簡単なタイマー式起爆装置を接続した物らしい。

それが、調度類の破損及び破壊の具合から、田村のデスクの上にセットされたようだということも判明した。

おそらく死んだ直後の、デスクに突っ伏した田村の、すぐ脇だ。

この爆破の際の火災により、多くの書類や記憶機器は消失、または破損したようだ。

特に、単なる紙類は書籍から何から、ほぼ〈全焼〉だったという。

もっとも、今の時代、紙類の重要書類や保存書類はそもそもが多くないだろう。

ただ、少なくとも絆が見させてもらう予定だった、アメフト部の創部三十年記念誌は書籍に区分され、つまり〈全焼〉の中に括られたということだ。

これは何か、別の手を考えなければならないだろう。

助手の久城の怪我については、病院に運び込まれてすぐ、命に別条は無しという医師の判断がなされた。大きな血管にも損傷はなく、簡単な縫合手術と止痛剤が処方されたという。

その程度だったので、聴取はすぐに出来たようだ。

久城の証言に拠れば、研究室に闖入者《ちんにゅうしゃ》が入ってきたのは、外部から昼のチャイムが聞こえ、同室内のあらかたが食事に出てからだったという。

三階の病理学研究室にはこの日、田村と久城の他に、助手と助教が一人ずつと院生が二人の、計六人が出ていたらしい。

闖入者が入ってきたのは、その十五分後だという。タイミングを見計らっていたのかもしれない。

この日、久城は朝の出勤時にコンビニで朝食だけでなく昼食も買い込んで来ていた。週に一度はそんな日があるようだ。

ただ、この日がコンビニ飯の日に当たったのは偶然ではなく、やはり絆の訪問があると田村から聞いていたことに拠る。

——お茶くらい出そうかと。それに、朝から天気も怪しかったし。

刑事の質問に対する、それが久城の答えだと聞いた。

闖入者があったとき、

——なんだ、君は。勝手に入ってこられては困る。出ていきなさい。

闖入者を見知らぬ若い男、学生と見咎《みとが》めた久城は声を荒らげたらしい。

だがそう言っただけで、いきなり近付いてきた男に刺され、痛みと言うより恐怖で気を失ったようだ。

それで床に倒れ、爆発に直接巻き込まれなかったのはラッキーだったと、このことを教えてくれた高崎署の三枝係長が言った。

久城の証言は、古い研究棟に数少ない、入り口付近を映した防犯カメラの映像ですぐにウラが取れた。

絆もそのプリントは確認させてもらった。

なんといっても、現状マル被と思われる男の顔や背格好を知るのは、病院で入院加療中の久城と、絆だけだった。

そう言った意味では捜査陣にとって、絆は単なるオブザーバー、警視庁からのお客さんではなく、目撃者、事件の当事者という側面ももちろんあった。

だから絆も、問われれば素直に答えた。

飽くまで、問われれば、の範囲でだが。

自ら先に、病理学研究室に田村准教授を訪ねた理由を、〈西崎次郎〉の関係で、と告げた。

稀代の犯罪医師・西崎次郎のことは広く世間に知れ渡っている。ただし、警視庁の公式発表は全体ではあるがすべてではない。

それが県警の内部ならもっと深く、西崎次郎というワードには殺人、殺人の教唆、半グレの教唆煽動《せんどう》などの他に、ティアドロップの製造および販売の主導、そして、広域指定暴力団〈だった〉沖田組との関係、竜神会との繋がりまでを理解しているはずだった。

どの県のどの市町村にも、ヤクザとクスリの臭いは絶えないものだ。どこでも警察は常にリアルタイムで、最前線で戦っている。

西崎に関する一連の捜査が、警視庁組織犯罪対策部を本線としつつ、警視庁の総力を挙げて行われ、現在も関西から出張ってきた東京竜神会へと続くものであるということもまた、都道府県の別なく、警察関係者には言わずもがなのことだろう。もし知らなかったとしても、各警察署のデータベースからアクセスすればわかることだ。

〈西崎次郎〉の関係で――。

少なくとも、高崎署ではこの言葉が通用した。この言葉に深く切り込むということは、警視庁に切り込むことだと、もしかしたら捜査本部自体、上層部から釘《くぎ》を刺されたかもしれない。

殺人事件になった以上、目的から何からすべてを明らかにするという選択肢もあったが、絆の中では今は取り敢えず、そういった言動は躊躇われた。

少なくとも、初動は先入観を持たず、捜査に当たって欲しいという気持ちが勝った。怨恨の線、営利目的の線も、どちらも完璧に無いと断言出来るわけではない。爆薬やタイマーの入手経路もこれからだ。

現状は何もわかっておらず、つまり何も始まっていないに等しかった。

竜神会まで広がる話を振って、捜査を不必要に拡大、あるいはまた、不用意に攪乱《かくらん》することは得策ではないだろう。

まずは地取《じど》り鑑取《かんど》りといった、捜査の基本から始め、潰せるものを潰すのが先決だと、そう思われた。

そもそも事件後の、マル被の足取りもつかめてはいない。

研究棟の入り口だけでなく、大学構内各所に設けられた監視カメラのプリントも、捜査本部で絆は確認させてもらった。

画像には、間違いなく、あの男が映っていた。

男はどのプリントに写る姿を見ても、まるで焦る様子はなかった。

両手をフライトジャケットに突っ込み、ヘッドフォンをして俯き加減で、足取りもプリントからはわずかにも急ごうとする感じすら見受けられなかった。

それでおそらく、構内の途中からは目撃証言すらなくなった。

騒ぎに乗じてというか、周囲の学生に溶け込んだようだ。

その後、正門から出て、やってきたナンバープレートのないバイクのタンデムシートに跨がったのは、防犯カメラや警備員の証言に明らかだった。

共犯、あるいは手助けする仲間がいることも明白になったが、わかったことはそこまでだ。

バイクは一キロメートルほど離れた場所に乗り捨てられており、所有者を特定すべく動いた矢先、深夜になって、近隣の伊《い》勢《せ》崎《さき》市にあるT福祉大学に通う学生から盗難届が出された。

その後のウラ取りで、この学生と事件との接点は現段階では見当たらず、鑑取り班の捜査項目としては継続になったが、この線はどうだろう。薄いか。

その他として、マル被がパーティーと名乗った、と言うことを絆は証言した。

しかし、

「なんだい。そりゃ」

三枝は声にして笑った。

三枝だけではない。捜査本部全体が笑った。

「揶揄《からか》われたんじゃねえの？　警視庁の異例特例も、大したことねえな」

そう三枝に言われても、絆に返す言葉はなかった。

真実だと文句を言うこともない。

絆自体、そのときの、

――パーティー？　それがどうした。

――どうもこうも、聞かれたから答えたんだけど。

――それが名前だとでも。

――どう思われてもねえ。パーティー。それ以上でも以下でもないもんで。

この会話を何度思い返しても、それが名乗りなのかどうか、断言出来なかった。

この男について捜査本部で確定していることは、久城と絆本人の証言から、男が二人を襲った傷害の現行犯であるということだけだった。

爆破と殺人と盗難に関しては、最重要人物と言うことになる。

いずれにせよ、マル被らの足取りはバイク以降、杳《よう》として知れず、その素姓も現状では、まるで雲をつかむようだった。

地道な地取りや鑑取りの結果報告が待たれるところだ。

笑われはしたが、便宜上、捜査本部ではマル被を〈パーティー〉と呼ぶことだけは決定を見た。

管理官の宣言に、笑う者は誰もいなかった。

四

研究棟の爆破、田村の死から三日後の夜だった。十一月十日、金曜日の夜だ。

高崎署に捜査本部が立ち上がって、丸二日が過ぎた頃合いでもある。

捜査の進捗状況としては、未《いま》だ手探りと言った程度だ。すべてはこれから、と言うことになるだろう。

絆はこの日、別件によって前橋を訪れた。

上毛《じょうもう》線を降り、外に出る頃には夜七時を回っていた。

歩きながら電話を掛けた。

相手は、特捜隊隊長の浜田だ。これまでの経過を話した。

——そう。で、君はどうするって？　まだ残るかい？

「いえ。他に考えなきゃならないことや、しなければならないことも山積みなんで。明日には帰ります」

——ああ。そう。ま、いつもの感じってことだね。了解。

電話を切ると、ちょうど目的地の辺りだった。

この夜、絆が向かったのは、広瀬川沿いの萱町《かやまち》通りにある一軒のキャバクラ、とは名ばかりのスナックだった。

現在も九代会《きゅうだいかい》に名を連ねる、大矢《おおや》という男が経営する店だ。

九代会とは、関東最大の暴走集団、狂走連合のＯＢ会のことを指す。九代目総長だった中里《なかざと》が始めた会で、最初は百人からの大所帯だったようだ。

だが、その中里が自爆の交通事故で死んでからは、ただの有志の集まりに成り下がったらしい。今でも住所から氏名までがわかっているメンバーは、わずかに十七人を数えるのみだという。

大矢はつまり、〈昔の暴走〉を懐かしんで走り、普段は額に汗して働く、健全な一市民ということになる。

金曜の夜だが、かつては前橋の繁華街で、賑やかな商店街だったというが、萱町通りに人の往来はあまり無かった。

往時からすれば通行量が八十％減だと、これは前回、子安が流した噂話の件で訪れた際、大矢に聞いた愚痴のような話だった。

割れたスタンド看板の面板もそのままの、大矢の店に絆は入った。

前橋に回った別件とは、この店に寄ることだった。呼ばれたからだ。

ただし、絆を呼んだのは別に、店のオーナーではない。

「いらっしゃい」

店内は前回訪れたときから、まるで時が止まっているようだった。

髪を捻って盛った、私服の〈ホステスらしき〉二人がカウンターの中にこの夜もいた。

絆と同じ干支《えと》の二人だ。といって、向こうが一回り下というわけでも同じ歳というわけでもない。一回り上、と大矢が言っていた。

その手前、カウンターのスツールに、歳回りこそ中の二人と同じくらいだが、明らかに貫禄の違う、匂うような女性が座っていた。

こちらを向きながら掻き上げる黒髪の、右目の下に泣《な》き黒子《ぼくろ》があった。

天神組《てんじんぐみ》の組長、下田《しもだ》安也子《あやこ》だった。

天神組は竜神会と対を成す、北陸の広域指定暴力団辰門《しんもん》会直系の組織だ。

大矢と同じく、前回前橋を訪れた際、〈たまたま〉絆は下田安也子との知遇を得た。

絆を呼んだのはこの、下田安也子だった。

前日、安也子から絆の携帯に連絡があった。

――ご無沙汰しております。是非、こちらにもおいでください。

「へえ。俺が高崎にいるって、よく知ってたね」

――先日も申し上げました。私らの目と耳は赤城の山も浅間《あさま》の山も越えて、どこにでもあると。

安也子は何年か前に、組長だった旦那が親組織のごたごたに巻き込まれて殺され、跡目を継いだ女だ。

上州《じょうしゅう》は空っ風とかかあ天下とよく言うが、初見からたしかに気風《きっぷ》のいい女に見えた。

「そうだった。忘れてた。けどまあ、誘いは断らせてもらうよ。俺もあのとき言ったはずだ。ヤクザの酒は要らないって」

承知の上です、と安也子は言った。

――ただ、今回ばかりはヤクザではなく、咲耶《さくや》の親として、そんなお誘いではいかがでしょう。

「えっ」

――ことと次第と、時と場合に拠る私の依頼を、聞き届けていただきました。

「ああ」

そんなこともあった。

〈娘、咲耶も九歳になりました。バイバイのおじちゃんに会いたがっております。お暇な折りに是非一度、空っ風の上州にお運び下さいと〉

　そんな言葉で、警視庁公安部J分室の鳥居《とりい》警部に伝言を頼まれた。

　安也子の夫、殺された天神組前組長の下田一隆《かずたか》は、その昔、当時公安部外事特別捜査隊に所属していた鳥居に拾われた〈野良犬〉ということだった。辰門会の杯を受け天神組の組長に収まったのも、ひと言では言えないがそっちの関係だと聞いていた。

　安也子の依頼を、そのときは受けるも受けないも返事はしなかったが、絆はちょうど、その三日後に警視庁を訪れる用事があった。

　監察官室の手代木《てしろぎ》監察官からの呼び出しがあったからだが、これは本当のところは、その部下である小田垣観月警視からの要望を手代木が受けてのものだったらしい。

　和歌山土産の甘味と一緒に、絆が小田垣管理官からティアドロップ・エグゼのパッケージを受け取ったのはこのときだ。

　そのあまりに大きな衝撃ですっかり失念していたが、入館時に受付で大橋恵子《おおはしけいこ》を見て下田安也子の依頼を思い出し、何気なく伝言を頼んだ気はした。

　大橋は警視庁を一度退職し、〈警視庁職場復帰プログラム〉の推薦枠を得て受付に復帰した女性だが、退職から復帰の間は、鳥居の在籍するJ分室で、事務職の嘱託員として働いていた。

「へえ。そう。ちゃんと伝わったんだ」

――先月のうちに、バイバイのおじちゃんにはいらしていただきました。咲耶も喜んで。

何故、鳥居がバイバイのおじちゃんなのかはそのときもこのときも聞かなかった。

そのくらいは鳥居と下田母娘の、関係の中の話でいい。

聞けば必ず、鳥居と亡き下田一隆、公安マンとヤクザの関係を今更炙《あぶ》る話になる。

絆は、ゆっくりとカウンターに近寄った。

他に客はない。〈ホステスらしき〉私服の二人だけがいた。

シングルの水割りを注文し、安也子とはひと席空けてスツールに座った。

カウンターの端に、凜と咲いて綺麗《きれい》な花が活《い》けられていた。

竜胆《りんどう》の花だった。

「鳥居さんに言われまして。献花だそうです」

絆の視線を先回りするように、安也子はそう言った。

「献花？　誰の？」

「お聞きになりたければ、直接どうぞ」

安也子はおもむろに携帯を取り出し、スピーカにしてどこかに掛けた。

カウンターに置かれた携帯の画面には、〈バイバイのおじちゃん〉とあった。

「いいのかな」

聞くと、安也子はほっそりと笑った。

「出来レースです。今晩、あなたがみえることをメールでお伝えしたところ、掛けてこいと。夜ならいつでもいいそうです。今現在、夜はお一人だそうですから」

カウンターに、水割りが置かれた。

電話は、本当にすぐに繋がった。

――はいよ。

声とほぼ同時に、ズルズルと音がした。

東堂です、とすぐに言った。

近くに、〈ホステスらしき〉二人の一般人もいる。

――わかってる。聞いてるからな。

「カップラーメンですか？　夜が暇で一人でカップラーメンって、まさか奥さんが出てっちゃったわけではないですよね」

――そんな甲斐性《かいしょう》が俺にあるとでも？

「失礼しました」

――高崎の大学じゃあ、災難だったみてえだな。

「お聞き及びですか。内容も」

――まあ、適当には。お前ぇんとこの特捜にも、仲のいいのはいるからな。

「へえ。今度教えて欲しいところですが」

――口が裂けても言わねえよ。もっとも、お前ぇが寄ってくるなら別だが。

「遠慮します」

――そうかい。

「で、掛けて来いとおっしゃったとか」

――ん？　ああ。暇でな。暇だからな。少し考えた。N医科歯科大ってことは、西崎の母校だな。

「ええ。でも、今回は直接そのことじゃありませんけど」

――でも、西崎の母校だよな。

「ええ」

――西崎ってことは、扱いはお前んとこと捜一と、どこだっけか。深川署か？　それとも品川署だっけか？

　絆は答えなかった。

　だが、鳥居の言いたいことはわかった。

「まだまだ、枯れてませんね」

――夜は暇でな。

　認めざるを得ない、どころか、現役にして一流だ。

――なに。咲耶ちゃんとな。繋いでくれた礼だよ。

少しな、嬉しかったもんでよ、と鳥居は言った。

――有り難うよ。

安也子の目も、〈ホステスらしき〉二人の目もあった。

どれも優しげで、かえって照れ臭かった。

それほど、夢と希望ばかりを扱って生きてきたわけではない。

視線から逃れるように顔をそむけた。

青紫の花が、艶《つや》やかだった。

「竜胆。綺麗に咲いてますよ」

――ん？　ああ。それな。

鳥居は、カップラーメンをまたズルズルと啜《すす》った。

――去来の嬉しさ、寂しさ。来る者有り、去る者有り。東堂、お前《め》ぇもよ。黙って、一人の男の冥福を祈ってやってくれねえかい？

「そんな花ですか」

――ああ。そんな花だ。

ズルズル、ズルズルと、そんな音だけがカウンターの上を這いずるようだった。

手付かずの水割りの氷が鳴った。

やおら、絆はグラスを手に取った。

「献杯」

言えば、「献杯」と、安也子もそれに倣った。カウンターの中の二人も一緒に頭を下げてくれた。

――なによりだ。

鳥居が電話を切った。

その後、

「事件のこと、気に掛けておきましょうか」

そんな提案が安也子からあった。

「前橋も高崎も、いえ、群馬一帯は伝手《つて》も土地勘もあって、私どもには職場であり、遊び場のようなものですから」

一瞬、絆は迷った。

ただ一瞬は、水割りを呑み干すだけの一瞬だった。

同じ物を注文した。

線引きは難しいが、ここまでが娘を想う母と言う認識で、ここからは天神組の組長、鳥居から借りるスジ、捜査協力者でいいか。

安也子が、裏社会に精通しているのは間違いない。

「じゃ、いくつか頼んでいいですか」

ただし、事件の本筋についての捜査を依頼するわけではない。

高崎署の捜査陣とバッティングしていいことなど何もない。

頼むのは事件周辺のこと、絆の気に掛かること。

特には竜神会の群馬への進出状況、それと、主に高崎周辺の、売人の動向。

「ヤクザならではのことを、そんな動きで頼みます」

「なるほど。それにしても、いっそ気持ちがいいほど、遠慮《えんりょ》会釈《えしゃく》がないですね」

安也子は苦笑し、自分の酒を呑み干した。吟醸《ぎんじょう》の冷酒だった。

せめて、注いでやる。

有り難うございますと、安也子は両手でグラスを支え、受けた。

「警察の片棒を担ぐような真似は、本来ならお断りですが、今回に限り承りましょう」

そう言ってグラスを傾け、安也子は白い喉を鳴らしてみせた。

ふと思い出し、最後にあのふざけたマル被の便宜上の名を告げた。

「パーティー？　いえ、存じませんが」

「気に掛けるワードとして、それもよろしく」

「承知しました」

「ああ。それと、そういうことを頼む関係になったんで、ここからの会計は別ってことで」

「まあ。お堅いことで」

安也子は口元に手を上げ、艶冶《えんや》に笑った。

口を覆った手の指先が示す辺りに、泣き黒子があった。

ドキリとした。

何故か脳裏で、成田の千佳《ちか》が腕組みして仁王立ちになった。

よくわからなかったがとにかく、前橋の夜は、何事もなく更けていった。

五

週明けの月曜は、すっきりとした秋晴れの一日だった。

この日、午後になって絆は東京メトロでブルー・ボックスに向かった。

ブルー・ボックスは葛西《かさい》にある、警視庁が警察だけでなく、全国の全捜査機関に先駆けて設立した、証拠品及び押収品の超巨大外部集中保管庫のことだ。

保管庫の管理責任者は、本来であれば刑事部刑事総務課長になる。

だが、外部委託保管庫は初と言うことで、警察庁長官官房の長嶋敏郎《ながしまとしろう》警視監の肝煎《きもい》りもあり、警務部監察官室の小田垣観月警視に一任されていた。

それで通称を、〈アイス・クイーンの城〉と言った。

前日のうちに、絆は監察官室の牧瀬《まきせ》広大《こうだい》警部補に連絡を入れた。

その電話で牧瀬に、ブルー・ボックスでの、ちょっとした押収品についてのチェック作業を頼んだ。

チェックは、西崎次郎に関する物品に関してだ。

牧瀬はアイス・クイーンの直属の部下で、最近ではほぼブルー・ボックス常駐と聞いていた。頼むには格好の相手だった。

被疑者死亡で終わった事件とはいえ、事件関連でブルー・ボックスに保管されている押収品を扱うのだ。

筋から言えば総責任者の小田垣警視に許可を願わなければならないところだが、うかとして話すと、また勝手に自分から首を突っ込んできそうだったので、それは避けた。

――ああ。東堂か。なんだ？　こんな休日に。ああ。愚問だな。お前に休日なんかなかったっけな。

「おや。じゃあ、牧瀬係長は休日だったんですか」

――いや。まあ。職場だが。

「だと思って掛けました」

金曜の夜、Ｊ分室の鳥居係長が与えてくれたヒントから思いついたことを、牧瀬にそのまま話した。

　鳥居は、

――扱いはお前んとこと捜一と、どこだっけか。深川署か？　それとも品川署だっけか？

そう言った。

　実際の扱いは、たしかに捜一と深川署だった。

　前橋から帰った土曜日にまず、絆は本庁捜一から初めて、深川署にも当たった。

　尋ねたのは、押収品のことだ。

「西崎の所有物、特に、本人所有の自宅マンションから押収した物品はどこに」

　すると捜一にも深川署刑事課にも、事件に関しての押収品目録は残っていた。

　残ってはいたが――。

　そうではないかと思ってはいたが、案の定、押収品目録には適当に品目が数量と並んで、同、同上、同の文字が多く、斜《なな》めに引かれた〈その他〉の線も多かった。

　差し押さえが膨大なアイテム数に上ることは日常茶飯事で、すべてをチェックし切れていなくとも、職務怠慢と言い切れない憾みはある。

　次から次へと頻発する事件や事故に対応するため、警察は人数にも時間にも、厳然としたリミットが存在する。

　雑な書き方は、署によっては暗黙の〈書き方ルール〉になっていることもまた、絆の知る事実ではあった。

捜一でも深川署でも、押収品目録からは絆が狙う物が〈押収〉されたかどうか判然とはしなかったが、光明は見えた。

なぜなら――。

西崎の自宅からの押収物は、被疑者死亡によってすべて、ブルー・ボックス送りになっていたからだ。

本庁や所轄の保管庫をチェックするには、おそらく何段階もの煩雑な手続きが必要だ。証拠品や押収品の紛失が多発し、それら物品が各捜査に関係のない警察官によって〈横流し〉される事態が発生して、それで一括集中管理が検討された結果が、外部倉庫のブルー・ボックスなのだ。

それで昨日、日曜日の朝になって絆は、直に物品に触ることが出来るブルー・ボックス内部の人間として、牧瀬に白羽の矢を立て、電話を掛けた。

――理解は出来るが、さて、どうすっかな。規則は規則だし、俺達は係員っちゃ係員だが、同時に監察官室の人間でもあるが。

「また、馬場《ばば》君を鍛えましょう。徹底的に」

電話越しだが、牧瀬の気配に明かな逡巡《しゅんじゅん》があった。

傾向は良し。

——あれだ。東堂。お前、うちの馬場とは同じ歳だっけか。

「ええ」

——出来の違いが明らか過ぎるな。

「は？」

——出し入れが上手いってことよ。それに比べてって、まあ、これはいいや。わかった。任せよう。

「ありがとうございます。では？」

——探しておく。関連がありそうなものもな。

明日の午後になったら来い、と言って牧瀬の電話は切れた。

葛西駅で東京メトロを降りた絆は、そこから徒歩で悠然とブルー・ボックスに向かった。

この時間までに牧瀬から連絡がなかった以上、きっと何かは発見出来たに違いない。

裏ゲートの守衛詰所で来訪の予約を告げ、入場者名簿に所属と氏名を記入する。

もう何度か来ている場所だ。

ただ、何度来てもブルー・ボックスのバカでかさには慣れなかった。

一辺が約百五十メートルの三階建ての直方体は圧巻だ。しかも、三フロア共にすでに半分以上が証拠品・押収物で埋まっていると聞けば溜息も出ない。

外周する場内舗道を歩き、絆はメインエントランスに辿り着いた。

「やあ」

牧瀬班の時田《ときた》主任が待っていた。片手を上げた。

「あ。どうも」

絆は頭を下げた。

時田は絆と同じ警部補だが、遥かに歳上で、出来る男だった。

監察官室に選ばれる人間は総じて、某《なにがし》かの得手を持って優秀だ。

警察内の警察は、そうでなければ本庁や所轄の海千山千《うみせんやません》に太刀打《たちう》ち出来ない。

「じゃ、行くぞ」

時田主任の先導で、二階の総合管理室に向かう。

もう勝手知ったるブルー・ボックスになったが、エントランスから内部に進入してからは、どの扉もカード・キーがなければ内外どちらからも開きはしない。いくら慣れようと、外部の人間であることを自覚する。

〈警視庁警務部　監察官室分室〉

二階に上がって、目指す総合管理室の扉に掲げられた真鍮《しんちゅう》メッキプレートは、警察庁長官官房の長島警視監から贈られたものらしい。これが、ブルー・ボックスが誰の支配下にあるかを主張する。

総合管理室の中に、牧瀬がいた。

というか、牧瀬しかいなかった。他に監察官室の牧瀬班には森島《もりしま》警部補と馬場巡査部長がいるが、このときは休みか出勤前か、いずれにしても不在だった。

アイス・クイーン以下、この五人で二十四時間、ブルー・ボックスを管理している。大半の作業をアップタウン警備保障に外部委託しているとはいえ、大したものだと思う。

入室してすぐ、

「ほらよ」

牧瀬が応接テーブルの上に置いた物があった。

上質な装丁の、アルバムのような一冊だ。金の箔押しの文字で、〈N医科歯科大学アメリカンフットボール部　チーム・ブラックスカイラーク　創部三十年記念誌〉とあった。

「あ。ありましたか」

そう、これが絆の欲しかった物で、田村が披露してくれようとした物だ。

おそらく西崎次郎の部屋にもあり、あわよくば捜一か深川署が、事件の関係資料として押収していれば、と考えた物だった。

「ああ。卒業アルバムもあった。だが、そっちには、住所氏名の記載はなかったな」

「有り難うございます」

「コピー、取るか」

「えっ。いいんですか」

「まあ、いいんじゃねえか。ここはブルー・ボックスだ。クイーンがいたら、間違いなく仁王立ちになってこう言うぞ」

ここのルールは私だから。

そっすね、と頭を下げ、絆はコピー機に向かった。

「そう言えば、クイーン、いいえ、小田垣管理官はどちらに」

「この前、和歌山に知り合いの四十九日だって素っ飛んでいってから、なんかバタバタしてるみてえでな」

「なんかってことは、係長は知らないんですか」

「言われないことは極力聞かない。これもルールだ。ブルー・ボックスじゃなく、小田垣観月って人間の部下であるためのな」

「覚えておきます」

それから、記念誌のコピーを取った。

今後どこまでが必要になるかわからない以上、全部をコピーした。

その間に森島がお茶を淹れてくれた。

一応の礼は言ったが、コピーを優先し、終わったときにはもう冷めていた。

慌てて飲んで、コピーした紙の束をまとめる。

「お早うございまぁす」

馬場が〈出社〉してきたようだ。この日は夜勤なのだろう。

絆はちょうど、帰り支度をしていた。

「ん？　げっ。と、東堂っ。な、なんでお前がいるんだ」

応接のソファに絆を見つけ、馬場は身体を仰《の》け反《ぞ》らせてそう叫んだ。

「こら。馬場。また先生だ。たとえ同期でも、そう言う口の利き方はすんじゃねえ」

牧瀬が窘《たしな》める。

「係長。でも、ですねえ」

「へえ」

入ってきた馬場を一瞥し、絆は知らず頷いた。

以前、竹刀《しない》を持たせたときより、遥かに身体が出来ていた。全体として、筋肉量が増えている感じだ。

「馬場。ちゃんと鍛えてるんだな」

「ああ。でも、お前に言われたからじゃないぞ。自発的にだな。——ええっ。ちょっと待ったぁっ」

牧瀬に向き直る。

「係長。また先生って言いました？　またって」

「ああ。言ったな」

「おっ、俺をバーターの材料にするのはやめてくださいって、あれほど言ったじゃないですか」

「そうだっけか」

総合管理室内がいきなり賑やかになった。

それが馬場の特性でもある。敵を作らない男だ。監察官室は、適材適所だろう。

「じゃあ、俺はこれで」

ここからは牧瀬班の中のコミュニケーションだ。

絆は頭を下げ、ふと思い出してそのまま上げた。

「ああ。そうそう。パーティーって名乗る奴とか、そもそもこのワードに関して引っ掛かること、知りませんか」

牧瀬も馬場も、時田も顔を横に振った。

「忘れてください」

もう一度頭を下げ、また時田の先導で外に出た。

もう残影の頃だった。

携帯が鳴った。ブルー・ボックスの敷地の外に出て取った。

――ほいほい。東堂さん？

電話は、殉職した相棒の金田洋二警部補から絆が引き継いだスジの一人、がぁさんこと、鴨下玄太からだった。

六

翌日、夕方になって絆は、鴨下のいる場所に向かった。

前日はブルー・ボックスを出た後、一旦池袋の特捜隊本部に戻り、コピーした資料を整理してから、東京湾岸署の応援でガサ入れに出た。

この先約があって身動きは不自由だったが、

「がぁさんは今どこ？」

と、近くなら向かってしまおうと思って聞いた。

対する昨日の鴨下の答えは、

――そうねえ。熊谷《くまがや》だねえ。

ということだった。

「うわ。熊谷ですか」

さすがに、熊谷だと遠かった。ガサ入れの集合に間に合わないかもしれない。

逡巡していると、

――明日なら五反田に出るよぉ。だから、電話したんだねえ。

と鴨下が言った。

それで無事というか予定通りと言うか、鴨下が後回しになって翌日になった。

絆は、JR五反田駅を東口に降りた。

大崎側の環状六号線に架かる歩道橋を渡れば、五反田に名高い繁華街がある。

歩道橋を渡ってそのまま繁華街には入らず、絆は百メートルほど進み、環状六号から曲がる路地の入口で立ち止まった。

そこがよく、五反田で鴨下が居所にする場所の一つだった。

「ふうん。今日はここじゃない、と」

絆は足を路地に向けた。

路地は、五十メートルほど奥で繁華街のメイン通りに突き当たり、真正面には黒壁の地味な雑居ビルがあった。

かつてはその三階に、沖田組組長・沖田丈一《じょういち》の妹、美加絵《みかえ》が〈ペリエ〉という店を出していた。が、沖田丈一も美加絵も、西崎次郎という異母弟の手によって無残な死を晒し、今はもうこの世にいない。

物憂げな、温《ぬる》いウイスキーは嫌いだと言った、亜麻色の髪の女。

それが沖田美加絵と言う女だった。

絆はがぁさんという呼び方を、この美加絵の口から初めて聞いた。

鴨下と美加絵は、古くからの親交があるようだった。

絆の知らない、夜の街に生きる者達の親交だ。

繁華街に出て、絆は〈ペリエ〉のビルのテナントサインに目をやった。

四分割された三階のテナントサインに、〈ペリエ〉の名はなかった。次の借り手が入ったようだ。

〈ＮｅｗＷｏｒｌｄ〉

かつて〈ペリエ〉だった場所には、黒字に黄色の抜き合わせ文字でそう表記されていた。

特に感慨もなく、絆は左右をゆっくりと見回した。

左手側、駅からのルートとしては入り口側に当たる方向に、鴨下の気配は観られなかった。

がぁさん、鴨下玄太は不思議な男だった。

今ではほとんど姿を見ない、プラカード持ちを生業《なりわい》にした男で、四十年間、雨の日も風の日もプラカードを持ち続け、いるだけで様々な人の姿や話を聞くともなく聞き、見るともなく見てきた男だ。

鴨下はその四十年で、絆でさえ目を見張るほどの隠形《おんぎょう》を身につけていた。きっと普通の人には、プラカードはわかってもプラカードを持つ男の存在は認識出来ないだろう。

鴨下はプラカードを持つ限り、そういう存在だった。

最初、生前の金田に鴨下のことを教えてもらったときには、

――まあ、行けばわかる。君ならね。ああ、ちなみに、携帯番号は最終手段だと思ってほしい。

試すような楽しむような、そんな言葉で送り出されたものだ。

実際、鴨下の存在をすぐに見つけることが出来るのは絆ならでは、絆の観ならではだろう。

左手側に続いて、右手側に目を移した。

躊躇なく絆は歩き出した。進行方向右手、二十メートルほど先にパチスロ店があった。

その建物と奥側のテナントビルの境目に、絆は風俗店のプラカードを発見した。裏側に、うっすらとした鴨下の姿もだ。

何度見ても、溜息が出るほど見事な隠形だった。

胡麻塩《ごましお》の角刈りの、パイプ椅子に座って寝ているように動かない、六十間際の小さな男。

それが、鴨下玄太という得難いスジだった。

近寄って、鴨下の脇に絆は立った。

鴨下の〈存在〉が一気に濃くなった。隠形が溶けた一瞬だ。

「美加絵さんの店だったとこ、次がついたみたいでさ。誰かが始めたみたいだねぇ」

挨拶代わりに、鴨下はそう言った。

五反田の街角でパイプ椅子に座ると、鴨下は必ず美加絵のことを口にした。

――あたしはね、そういう出会いと別れを、四十年繰り返してきたんだねえ。慣れないけどねえ。いいや、慣れないから、慣れたくないから、あたしはきっと隠れるんだねえ。プラカードの裏に。

かつて聞いたこの呟きは、鴨下の心情の吐露であり、もしかしたら、鴨下の隠形の心理だったかもしれない。

「今、俺もテナントサインは見ました。ニューワールドって」

「そうねえ。もう、笑っちゃうほど使い古された、新世界が出来たねえ」

「それにしても、がぁさん。熊谷の翌日に五反田ですか。相変わらず、神出鬼没ですね」

お客さんの都合だからねえ、と言って鴨下はふわりと笑った。

「その前の日は、土浦《つちうら》だったねえ」

ジャンパーのポケットからティッシュを取り出し、鴨下は鼻をかんだ。

そのティッシュを別のティッシュに包み、ポケットに入れる。

「ほいほい」

乾いた小さな手が絆に向けて差し出された。

その手に絆は一万円札を載せた。

これが、鴨下との情報の遣り取りの常だった。

「この前だけどねえ。先週」

鴨下は言いながら、受け取った一万円札をティッシュと同じポケットに仕舞った。

「六本木にいたんだけどねえ」

「はあ。熊谷から土浦から六本木ですか」

「流れは逆だけどねえ。それに、間に大宮も八王子も入ってるねえ」

「なるほど。――で」

「その六本木でねえ。月岡と青木が、会ってたんだけどねえ」

「月岡と青木？　それって、元千目連の」

「そうだねえ。どっちも、金松にもいたねえ」

絆は頷いた。だから知っている、と言っても過言ではない。

二年ほど前に、金松リースに顔を出した時に突っ掛かってきたのが、先般逮捕した元松風会の坂原だった。

軽くひねってやったが、そのとき仲裁に入ってきたのが月岡だったと記憶していた。それから何度か言葉を交わしたこともあるが、いつの間にかいなくなっていた。

重要度の大して高くない男だったから特に追いはしなかった。

坂原から水商売を始めたと聞いたときには、納得したものだ。

男の絆が見ても、たしかにいい男だった。

もう一人の青木は、月岡にくっついていた若いチンピラのことだろう。

その青木が、〈六本木ファンシー〉という店で黒服をしているようだ。

店が入るテナントビル脇の空地がスモーキング・エリアになっていて、そこで二人は話をしていたという。

すぐ隣に、プラカードを持った鴨下がいることにも気付かずに。

青木は、客引きの途中だったらしい。六本木の黒服はなんでもする。暇なときにはネクタイを外し、客引きにも出る。

ただし、違法行為なので、胡麻化そうとはする。路上の灰皿などはその一例だ。

青木が煙草を吸っているときに近付いてきたのが、月岡だった。

先に声を掛けたのは月岡だったという。

――よう。青木。ちょっと聞きたいことあんだけど。

――ああ。こりゃあ。

――仕事の途中だろ。手短に言うけどよ。

月岡は青木の耳に顔を寄せた。

他に誰もいなかったから聞き取れた、と鴨下は言った。

「それにねえ。ちょっと、知ってる名前だったんでねエ」

――沙羅、知ってるか。元〈ラグジュアリー・ローズ〉の。

　だから耳に残った、耳が寄ったと鴨下は言った。

――あの女をよ。東京代表が探してんだ。

――えっ。東京代表って。竜神の。じゃあ、沙羅ってのは、前の女の。

――そう。

――乗り換えたんすよね。俺、間に立ったっすけど。後揉めっすか？

――かもな。まあ。細かい話はいいじゃねえか。とにかく、探してんだってよ。知らないか。

――いえ。俺は銀座には疎いっすから。ただ、あの当時は俺も組にいたんで、沙羅を知らなくはないっすけど。でも、話したことはないっすよ。ナンバーワンらしく、なんか取っ付きにくい感じだったし。

――取っ付きにくいか。ああ。まあ、否定はしないが。そうだな。お前、生まれはどこだっけ。

――俺っすか。下町っす。葛飾《かつしか》の。

――そうか。東京じゃあな。ま、いいや。とにかく、なんか小耳に挟んだ程度でもいいや。あったら教えてくれ。東京代表直々に頼まれてんだ。悪いようにはしねえよ。

　会話はそこまでだった、らしい。

　ただ――。

「さすがにねえ。そこまでだったら、あたしも東堂さんに電話なんかしないよ。これは、まずはさ」

一つだねえ、と言って、鴨下はまた掌《てのひら》を上にして絆に差し出した。

うわうわっ、と騒いでみたが、ほいほい、と冷静に急《せ》かされた。

その手にまた一万円札を載せた。

鴨下はティッシュのポケットに無造作に突っ込んだ。

ここからが、話の第二幕だった。

それが昨日だよ、と鴨下は言った。

「大宮にさ。元上野で店やってたホストがいたんだねえ。都落ちで、今じゃ大宮の雇われホストでさ。これがその昔、その沙羅と一時期、噂があったらしくてねえ」

「へえ。がぁさんって、そんな話も詳しいのかい？」

「いいや。あたしも先週、初めて知ったことでねえ」

匠栄会の見た顔が来て、雇われホストを店の横の路地に連れ出し、捻じ上げた。

――沙羅ぁ、どこだ。

――知らねえよ。

――惚《とぼ》けんな。じゃあ、盗んだ物だけでも返せ。そうすりゃ、悪いようにはしねえからよ。

――な、盗んだって、何をさ。

——知らねえよ。とにかくなあ、返せってんだ。

そんな会話があったと言う。

「匠栄会？　ふうん。穏やかじゃないね」

「そうだねえ。突き合わせれば、命が危ない話かもねえ。——だからさ」

ほいほい、と言いながらも逆再生するような鴨下の手が、ポケットからくしゃくしゃの二万円を摑み出し、絆に突き出された。

「これは？」

鴨下は顔を上げ、細い目を弓のように曲げて笑った。

「東堂さんに、頼み賃だねえ。あの娘《こ》をさ、助けて欲しいんだねえ」

意外な申し出だった。

「何？　がぁさん。親しかったのかい」

いや、何度か話した程度、と鴨下は言った。

「沙羅って娘はねえ。東北の奥の方から出てきた娘でねえ。最初に勤めたのが、美加絵さんの店なのさ。ジーパン履《は》いて、薄汚れたＭＧＳのバッグを肩に引っ掛けてさ。化粧っ気のない顔でガム嚙んで、それで、〈ペリエ〉の看板を睨むように見上げてたねえ。訛《なま》りをからかわれて、最初のうちは悩んでたっけ。泣いてもいたかな。でも、すぐに組の別の店に移っちまったから、もう誰もそんなことを知る者もないだろうねえ。磨けば光りそうだ

屋根屋
村田喜代子

雨漏りの修理にきた屋根屋の永瀬は、夢を自在に操れるという。永瀬に導かれ、「私」は夢の中で彼とともに旅を重ねるようになるが……。〈解説〉池澤夏樹

●924円

ねこ物件
猫がいるシェアハウス
柳 雪花
綾部真弥 原案

ねこ×イケメン×シェアハウス!? 入居条件は「猫に気に入られること」。古川雄輝主演の人気ドラマ原作本が登場です。八月五日劇場版も公開決定！

●770円

わたしたちの秘密
中江有里

派遣社員として空虚な毎日を送る三〇歳の大倉玉青は、五年前の自らの選択に端を発する、ある「秘密」を抱えていた——。

〈巻末対談〉松井五郎×中江有里

●858円

在原業平殺人事件
新装版
山村美紗／西村京太郎

平安文学の研究者が、次々と服毒死……。山村美紗の遺作を西村京太郎が書き継いだ、ミステリー界二大巨頭による伝説の合作。〈解説〉山前 譲

●836円

ロシア的人間 新版
井筒俊彦
●1210円

文と本と旅と 上林暁精選随筆集
生誕120年
上林 暁 山本善行 編
〈文庫オリジナル〉●1100円

悪霊列伝
永井路子
●1320円

橘外男日本怪談集 蒲 団
橘 外男
〈文庫オリジナル〉●1100円

八代目正蔵戦中日記
八代目 林家正蔵 瀧口雅仁 編
●1430円

疎開日記 谷崎潤一郎終戦日記
谷崎潤一郎
●1100円

統帥乱れて 北部仏印進駐事件の回想
大井 篤
●1320円

人格者

佐藤青南

書き下ろし

伝説のコンマスとして、誰からも愛されたヴァイオリニストはなぜ、殺されたのか――。あの『連弾』の異色刑事が、再び謎に挑む！慟哭の本格ミステリー。

●770円

剣神 神を斬る

神夢想流林崎甚助1

岩室　忍

書き下ろし

出羽楯岡城下で闇討ち事件が起こった。父を殺された六歳の民治丸は仇討を武神スサノオに誓う。居合の始祖・林崎甚助の生涯を描く大河シリーズ始動！

●880円

新装版 ナ・バ・テア

None But Air

森　博嗣

伝説の撃墜王は戦闘機乗りには珍しい大人の男。彼とともに出撃する喜びを覚えるキルドレのクサナギは……クサナギ・スイトの物語序章。〈解説〉吉本ばなな

●836円

中央公論新社　https://www.chuko.co.jp/
〒100-8152 東京都千代田区大手町1-7-1 ☎03-5299-1730（販売）
◎表示価格は消費税（10%）を含みます。◎本紙の内容は変更になる場合があります。

けど、触れば傷つきそうでねえって。美加絵さんがそう言ってた。寂しげな目でさ。言ってたねえ」

「ああ。そうなんだ」

　やおら、手を伸ばして絆は鴨下の手から二万円を受け取った。

「わかりました」

　深くは聞かない。

　美しくも切ない鴨下の思い出は鴨下の物で、その思い出を壊さないようにするのが絆の務めで、守るのが警察官の役目だ。

　札を伸ばして畳んで、絆は手の内に握り込んだ。

「そうだ。パーティー。がぁさん、そう名乗る奴のこと、知らない？」

「知らないねえ。誰なんだい？」

「それを言われるとつらいんだけど。ただ、言ったのは間違いなく、俺も驚くほど、感情を動かさずに人を殺せる男でね」

「へえ。怖いねえ。気に掛けておくよ。ああ。これはサービス。その代わり、さ。――」

　鴨下は顔を背けるように動かした。

「今度さ、あのお店がどんなお店か。見てきてくれないかねえ」

　視線の先を追えば、新しくもない〈新世界〉のテナントサインが瞬くように明滅した。

第四章

一

翌日になって、絆は中野を訪れた。

駅前から賑やかなサンモールを抜けた先に、〈自堕落屋〉は存在した。

早稲田《わせだ》通りを渡った斜向《はすむ》かいにある、七階建ての細長いビルがそうで、中は丸ごと目的のネットカフェだ。

広告規制ギリギリの派手な装飾でビルの前面を飾り、上から下まで全フロア全個室が売りだという。

しかも個室は、全室占有面積七㎡確保の完全防音で、かつハイエンドマシンの複数台設置を謳い、コアユーザーの間では〈聖地〉として有名らしい。

この日の絆の目的は奥村金弥《きんや》というハッカー、いや、自堕落屋の社長だった。

奥村はハッキングに関して天才ぶりを発揮し、事実その証明のように、かつては警視庁のハイテク犯罪対策総合センターに招聘《しょうへい》されたこともあったようだ。

一風変わったというか、どうにもひん曲がった性格が災いして長くは続かなかったというが、ちょどその頃に金田洋二と出会い、付き合いが始まった男らしい。

つまり、絆にとってはこの奥村金弥も、亡き相棒から引き継いだ得難いスジだった。

奥村のデジタルに対する才能はハッキングだけに留まらず、その造詣と愛を深めて今や、情報解析収集ソフトを自作するまでに至っている。

使いようによっては汎用型検索エンジンを遥かに凌駕するこのソフトを、奥村は〈トリモチ〉と命名した。

デジタルに対する深い造詣と愛は、この命名からは微塵も感じられないが、それが天才の天才たる所以《ゆえん》なのかもしれない。

絆はこの日の朝、奥村に連絡を取った。

そもそも、一ケ月に一度は来いと遠回しに言われている。

奥村は生来の〈話好きの寂しがりの強がり〉だと絆は理解していた。

案の定、朝に掛けたアポイントの連絡に対し、

「いつならいいですか」

——そうだな。いつでもいい、と言うファジーは物事を何も前に進めないな。今日だ。今

から来い。すぐに来い。

「え、ちょっと事務処理が溜まってまして。午後でいいですか」

――なんだ。使えん奴め。

「すいません」

そんな会話になって、午後になった。

実際には、昼を跨いだりすると食っていけとなり、ややこしいので午後にしたという側面もないではない。

食っていけと言われても、食うのは社長室や応接室ではない。

自堕落屋に応接室はなく、奥村は社長であっても社長室を持たない。

奥村はＩＣセンサーが内蔵された〈社長室〉のマグネットプレートを持って、客と同じ個室を時間単位で動くだけだ。

ＩＣセンサーは持つ者、張られた部屋をビルの防犯カメラから除外するという。

かくて自堕落屋の中にいる限り、奥村はデジタルの中だけの存在になる。

そんな関係上、食うのは完全防音かつ、ハイエンドマシンが複数台設置された七㎡程度の個室で、奥村と二人だ。

コアユーザーには聖地でも、〈社食〉としては使えない。

午後一時を超えてから、絆は自堕落屋に入った。

和《かず》ちゃん、と呼ばれる事務方の女性に五階を指示された。

もう和ちゃんも絆も、互いに慣れたものだ。

エレベーターを降りると、一番奥の部屋に〈社長室〉のプレートが見えた。

ドアをノックした。

「来たか。入れ」

完全防音のドアを開けた途端、廊下中に響く制御の利かない大声は、これも奥村の特徴だ。

絆が入室すると、奥村はモニターに向けていた顔を斜め後ろに振り上げた。

細身で声がでかい癖毛の白髪、高い頬骨となお高い鼻梁《びりょう》に二重瞼のドングリ眼。

それが自堕落屋の社長、奥村金弥だった。

ドアを閉めると、大音声で奥村が何かを捲し立てた。

近況報告だとわかったのは少なくとも十秒は経って、耳が慣れてからだった。

最近の客層、株価、先物相場から、離日した第四十五代アメリカ大統領の評判まで。

話は尽きないようだった。たっぷり十分は話しただろう。

和ちゃんがコーヒーを運んできてようやく、一方通行の会話は止まった。

「うん。和ちゃん、美味い」

そう褒める奥村の一瞬の隙を突き、絆はコピーの束を奥村の前に置いた。

これも武道における、いわゆる後の先かもしれない。

置いたのは当然、N医科歯科大学アメリカンフットボール部の創部三十年記念誌だ。

「ん？　なんだ、これは」

「西崎次郎が所属していた運動部の記念誌です。なんかキナ臭い噂、あったらお願いします」

「ザックリだな」

「数が多いもので」

そう。三十年史はつまり、三十代を数えるということだ。一学年に十人だとしても、総勢は三百人を超える。実際にはもっといた。

「わかるが、それにしてもザックリだ」

「すいません」

思いっ切り頭を下げた。負い目があるのはわかっている。

奥村は手に取り、軽くページをめくった。

「時間が掛かるぞ」

「はい。覚悟してます」

「全部を揃えてとなったら一ケ月以上だ。それこそ、年を超えるかもしれない。あけおめだ」

「えっ。そんなにですか」

さすがにそこまでとは思わなかった。

まあ、これは多分に、奥村の能力におんぶに抱っこの推測ではあったが。

「実はな、今月は明日から、ほぼ月末まで俺は出掛けるのだ」

「へえ。出不精なのに。珍しいですね」

奥村は大きく頷いた。

「仙台《せんだい》で、ネット仲間のオフ会があるのだ。そう言った意味では、今日お前が来たことは運がいいと言わざるを得ない。面倒だが、紙の書類を押し付けられてやることが出来た」

「その言い方の方が面倒でしょう」

「ん？　何か言ったか？」

「いえ」

絆は咳払《せきばら》いで誤魔化した。

「それにしても、オフ会って」

「ああ。一年か二年か三年ごとに一度の、恒例の生身の会だ」

「そっちこそザックリですね」

「主催者の気分とやる気に拠るところが大きくてな。それでもオリンピックよりは間隔が短いのは、この会の自慢だ」

「デジタルの人達なのに、気が長いですね」

「だからこそ、リアルに顔を合わせることの意欲が希薄なのだ。音頭を取る人間がどれだけ、生の〈触れ合い〉を大事に考えているかで決まる。それが一年から三年の幅を作るのだな」

なるほど、真理のような、詭弁《きべん》のような。

「あれ。じゃあ、今回が仙台ってことは」

「うむ。主催は陸自のあの男だ。早くやれといつも一番煩《うるさ》いが、まあ、あの男の場合は〈触れ合い〉と〈馴れ合い〉が常にごっちゃだからな」

「わかります」

奥村は名簿をデスクの上に投げた。

「どうする？　この名簿、学年単位でもまとまったら教えるか？」

「そうしてください。けど、その都度は払えませんよ」

「相変わらずドケチだな」

奥村はコーヒーに口をつけた。

「しがない公務員ですから」

絆もコーヒーを飲んだ。

目的はこれで達成だった。序《つい》でに、パーティーのことも聞いてみた。

「人の名前か」

「聞いたらそう名乗ったってことで」

「知らん。知らんが、覚えておこう。トリモチにも掛けておこう」

「お願いします」

　それで絆は、〈社長室〉を辞去した。

　外へ出ると、陽はまだ高かった。

　タイムスケジュール的には、ほぼ絆の考える通りだった。順調だ。

　この日は〈直帰〉、と隊のホワイトボードには書き込んできた。

　この後は一旦、湯島に回るつもりだった。

　中野からなら湯島まで、ＪＲとメトロを乗り継いで三十分から四十分くらいか。歩きを入れても、住処《すみか》の片桐探偵事務所まで一時間は掛からない。

　それでも、湯島坂上に到着する頃には夕焼けの時刻になっていた。

　四階にゴルダはいなかった。

　ゴルダは最近になって、件《くだん》の懲りない〈バスソルト〉ビジネスに進展があったらしく、まめに動き回っているようだ。

　少々の手荷物をまとめ、エレベーターに乗り、下に降りる。

　外に出ると、坂下に差す夕陽の中に赤々とした二人がいた。

十年一日の黒のパンツスーツにソリッドカラーのスリム・タイ。長い手足。マッシュボブの髪型。瓜実《うりざね》型の小さな顔に大きな目のはっきりした顔立ち。

総じて、本人も認める〈色気のないボーイッシュ〉、アイス・クイーン小田垣観月管理官で間違いないが、もう一人は絆の見知らぬ老爺《ろうや》だった。

一瞥で嫌な予感と、まだ離れているにも拘わらず、絆には総毛立つような感覚があった。

老爺の周りで、夕焼けが陽炎《かげろう》のごとく揺れているように観えた。

絆の〈観〉に触れるほどの気配は、坂下から坂上に吹き上がり、松籟《しょうらい》のような圧力と鋭気を伴っていた。

わざと作り出すものではないと絆は知る。備わって滲《にじ》み出る、その片鱗《へんりん》だ。

まさしく、某かの武道を極めた、達人クラスの気勢だった。

知らず、絆は丹田《たんでん》に気を落とした。剣士として〈観〉が騒ぐ。

滅多にないことだった。

「あら、お出掛けかしら。今夜は、どこの署の摘発？」

坂を上がってきた観月がそう言った。

「あの、なんで俺が出掛けようとすると摘発なんですか。そんな物騒なだけの男じゃないですが」

「えっ。摘発じゃないの？　じゃあ、罷《まか》り間違ったデートかしら」

「そんな浮いた話、この生活であると思いますか」

「ないって言えるわけないでしょ。これでも部下を持つ管理官だし」

「自分の胸に手を当てて、自分の生活を振り返っても、ですか」

観月は表情の伴わない顔を、斜めに動かした。

考えた、と言う仕草だろう。

「ないわね」

そんな会話をしつつも、絆は観月の隣が気になった。

背丈は、ほぼ観月と同じくらいの老爺だった。

地味なジャケットに同色のスラックス。それにしても、よく陽に焼けて肌は真っ黒で、ボルサリーノから覗く白髪が印象的だった。

決して太くはないが、巌《いわお》の身体つき、理に適《かな》った重心の位置。

見事なものだ。

極めた武道は、柔術か。

そう言えば、観月の技も関口《せきぐち》流古柔術だった。

もしかしたら、その師匠筋か。

「そんなに構えんなよ。取って食ったりはしねえよ。へへっ。大体、俺に食えんのかなあ。あんた、凄いわ」

老人の声に我に返る。声にさえ力強さが圧倒的だった。

「管理官。このご老人は」

「えっ。うん。ちょっとね」

観月は言葉を濁した。

深くは聞かない、追わない。

言いたくないことは誰にでもある。

「東堂君。それで、どこにお出掛け？」

観月の言葉で目的も思い出す。

どうにも、この二人とはこの場面では拍子が合わないか。

「ええ。成田の実家に。明日、爺さんが退院なもんで」

へえ、と声を発したのは老爺だった。

「今剣聖の。聞いたよ。重傷だったんだってね。一度、お会いしてみたいと思ったもんだが。そうかい。退院。そいつは良かった」

有り難うございます、と頭を下げ、絆はその場から坂下に向かった。

（それにしても、あの爺さん。誰だろう）

用事があることと、あまりに特異な老人がいたことで日常を失念した感じになった。

そもそも、なんで観月が湯島にいるのだろう。

老人は名前さえ聞いていなかった。

（なんだったんだ？）

坂下から一度振り返ったが、夕焼けの中に二人のシルエットはもうなかった。

二

翌日は朝から晴れて、気持ちのいい一日だった。

南からの風がそよ吹く一日だ。沼辺のススキが歌うように騒いでいた。

退院に伴う大きな荷物やかさばる物は、昨日まで隣家・渡邊《わたなべ》家の真理子《まりこ》・千佳母娘が千佳の軽自動車で持ち帰ってきてくれていた。

有り難いことだが、渡邊家の真理子・千佳母娘には、祖母を亡くしてからの典明の世話を頼みっ放しだった。

そんな関係が、もう十年近くも続いている。

真理子は今日も朝から、出勤する千佳の弁当のついでだと言いながら、絆の分も朝飯を作って運んでくれた。

そもそも、夜に予定されている典明の退院祝いの宴席も、料理の腕を振るってくれるのは真理子だ。

本人は面倒くさがりもせず、むしろ楽しんで引き受けてくれるのが救いと言えば救いで、大いに感謝しなければならない。

「絆君。お昼は何がいい？ リクエスト聞くわよ。午前中に、夜の分の買い出しに出るから」

運んでくれた朝飯を美味《おい》しく頬張っていると、真理子が聞いてきた。

「いや。おばさん。昼は爺さんを迎えに行きながらと思ってるから。あんまり、俺だけのときには気にしないで――」

話の途中で、玄関の引き戸が音を立てた。

東堂家の廊下に足音がした。

「母さん。絆、起きてたぁ？」

軽い足音は、千佳だった。

〈観〉によって、わかっては、いた。

「起きてるわよ。今は御飯中。バタバタしないのよ」

「オッケー」

すぐに居間に、千佳は愛らしい顔を覗かせた。

「おはよ」

「お、おう」

千佳は元カノ、ではあるが、隣同士の幼馴染みで、幼稚園から高校までの同級生でもある。縁が切れることはない。

切れることはないが、その〈縁〉が、かえって〈復縁〉の足枷《あしかせ》にもなると、今は歯がゆくも、なんとはなしに実感しているところだった。

「絆。あんた今さ。お母さんとなんの話してたの?」

千佳はシャツブラウスにダークネイビーのタイトスカートという姿だった。

ジャケットは愛車に置いてきたようだ。外からかすかに、千佳の軽のアイドリング音が聞こえていた。

「なんのって、別にだな」

「あれでしょ」

千佳が腰に手をやり、顔を絆に近付けてきた。

セミロングの黒髪が揺れ、石鹸《せっけん》と若草の匂いがした。

「またあんた。水臭い話してたんでしょ」

図星と言うやつで、ぐうの音も出ない。

千佳が絆の言葉を聞いていたわけでないことは、そのときの気配の位置で分かっている。

何故わかるのだろう。

読まれていたということか。

いや、昔から侮れないとは思っていたが——。

「気にしないの」

言いながら千佳は絆から離れた。

「大体、典爺なんて図々しいの極みなんだから。極意って言うの？　迎えなんて行かなくていいと思うけど」

典爺とは自分の家の、渡邊の爺さんがまだ健在だった頃、自分の爺さんと分ける意味で千佳が呼び始めた典明の愛称だった。

いや、それは今はどうでもいいか。

「——なんだって？」

千佳が何について何を言っているのか、よくわからなかった。

次から次へと、虚を衝《つ》かれた感じだ。

「いいわよねえ。母さん」

千佳は真理子に振った。

真理子は少し困ったような顔をしながら、

「私も行かなくていいとは思うけど、図々しいの極みって言うのは、ちょっと言い過ぎじゃない。可愛げがないって言うか」

取り敢えず否定はしなかった。

「可愛げなんてないじゃない」

千佳は腕を組んだ。

「あのう」

絆は会話に割って入った。

よく、どころではなく、まったくわからなかった。

「つかぬことをお聞きしますが。今日、爺さん、退院だよね」

「――ふぅん」

千佳が腕を組んだまま目を細め、また絆に顔を寄せた。

「もしかして、聞いてないの？」

絆は思わず身を反らせた。

「えっと。――おう」

色々、負い目のある身ではあった。

千佳は溜息交じりに、髪の裾を揺らした。

「典爺ね。本当はもう一週間以上前に退院だったのよ」

……。

……。

……。

「ちょっと、絆。聞いてる?」

「ん? ああ」

聞いては、いた。

ただ、よくわからなかっただけだ。

耳に浸透しないというか、入ってこない感じだ。

厳密に言うと――。

「なんだ、それ」

呟くと、真理子が噴き出した。

明け透けの笑顔だった。

「典明さんらしいわねえ。いつまでもお元気で。うちのお父さんも、この悪戯っ気、少しは見習ってくれたら楽しいのに」

「ちょっとお母さん。それとこれとは別」

「あの、それで」

疑問符だらけだった会話に棹を差す。

千佳が話すところに拠れば、典明は驚異的な回復を見せ、本当にもう一週間以上前に、主治医から退院の許可が下りたらしい。

――もう大丈夫でしょう。入院は窮屈でしょうから。いつ退院しても結構ですよ。後は定期検診にさえ通ってもらえれば。

　ということだったらしい。

――やだ。

　これが典明の返事だったという。

「いつ退院してもいいってことは、今じゃなくてもいいんだろ、なぁんて揚げ足取っちゃってさ。小学生かって言うの」

　千佳は絆から離れ、腕を組んだまま憤慨した。

　どうやら、居心地がよかったみたいでねえ、と言葉を継いだのは真理子だ。

「看護師さんの若い子の一人が、とっても良くしてくれたみたいで。なんて言うの？　キャバクラ？　ほら、駅前の。そこで働かないかって、典明さんは熱心にスカウトしてたみたいよ」

「ええっと」

　頭を掻き、絆は居住まいを正した。

「ご迷惑、掛けます」

　いいのいいの、と真理子は手を振った。

「主治医の先生もね。居たければ居ればいいって、二つ返事で仰って下さったから。入院は窮屈でしょうって言うのは、先生の本音だったみたい。聞いたら、本当はもう少し入っててもらった方が安心なんだって。そうじゃなきゃ、いかに典明さんでも追い出されてるわよ。そんな話」

「でもお母さん。典爺、断られたんでしょ。その看護師の子に」

「そうよ。だから、帰ってくるみたい。月曜日に洗濯物とか届けに行ったらさ」

ベッドの上に胡坐《あぐら》を掻いて座り、憮然《ぶぜん》とした顔で窓の外を見ていたという。

――もう帰る。つまらん。

真理子にそんなことを言ったらしい。

「それで絆君に連絡したの。どう？　それでも迎えに行く？」

「やめます」

真理子は大きく頷いた。

「それがいいわ。かえって面倒臭いわよ。だって、元気なんだもの」

茶碗《ちゃわん》と箸を持ったまま、絆は頭を下げた。

聞けば聞くほど、迷惑を掛け通しで、その分、爺いは元気なようだ。

「じゃ、母さん。今日は半休申請してあるし、なるべく早く戻ってくるから。そうしたら手伝うね」

千佳が背を向けた。

「でも絆。よかったね。何はともあれ、典爺さ、帰ってくるよ」

顔を上げた。千佳が笑っていた。

帰ってくる。

その言葉こそ大事だった。

千佳と真理子が去った後で、絆は一人、道場に入った。

外廊下の蔀戸《しとみど》を開けて、陽射しを呼び込む。

神韻とした雰囲気を湛《たた》える道場は、変わらずそこに在った。

だが、やはり主不在《あるじふざい》の道場は、少しばかり剣戟《けんげき》の道場としては苛烈さに乏しく、穏やかに眠りについているようだった。

絆は長押《なげし》から木刀を取り、中央に進み出て青眼《せいがん》に位取った。

そこから上段、炎の位に木刀を回し、丹田に集めた気を剣尖《けんせん》に縒《よ》り集める。

風が木の葉を連れ、道場に忍び入った。

次の瞬間、

「いええええっ！」

裂帛《れっぱく》の気合と共に繰り出された袈裟懸《けさが》けの一閃《いっせん》が、木の葉ごと風を割ってなおあまり有り、剣気を以て道場に活を入れる。

大きく踏み込んだ一足は、音でなく衝撃として伝わり、床板を大きく震わせ、道場全体を軋ませる。

「主、いざ、間もなくの、帰還」

残心の位取りから微動だにせず、気合いの余禄を言葉にして吐く。

それで、道場は剣道場として、久し振りに息を吹き返すようだった。

剣の道に夢を賭けた兵の霊威がそこここから立ち上り、染み出し、触れただけで心身が浄化され、背筋が伸びる思いがした。

これでこそ、正伝一刀流第十九代正統、東堂典明が護る道場だ。

それから道場の拭き掃除、庭の掃き掃除に精を出し、「少し早いけど」と言いつつ真理子が運んでくれた昼飯に舌鼓を打つ。

食事を終え、後片付けをし、道場の板の間に座し、瞑目《めいもく》して〈帰還〉を待つ。

一度真理子が顔を出し、遅いわねえと言ったが絆は動かなかった。

そこから三十分。

間もなく一時になろうかとする頃だった。

やおら、絆は立ち上がって縁側から庭に降り、裏手の土手へ向かった。

土手を降りれば、小橋《こばし》川と田んぼに挟まれた広い空地になっている。

絆はそこに立って、左方に続く田んぼの向こうに目を細めた。

そちらには、表道路の国道から分かれた農道が沼辺まで走っていた。

十一月に入ると、すでに刈り取りの終わった田んぼを渡る沼風は自在だ。遮るものはない。

今、農道側から田んぼの畦《あぜ》を踏み、風に吹かれる者があった。

その巨大な塊のような気は、最前の道場内からも観えていた。

作務衣《さむえ》を着て、飄々《ひょうひょう》とした足取りでこちらに歩いてくる。

左の袖が、風にはためいていた。

本当は、文句の一つも言ってやろうかと考えてはいた。

おばさん達に迷惑掛けるな、病院で恥ずかしいことするな、少しは自重しろ、大人しくしろ。

考えればそれこそ文句は無数にあった。

だが——。

東堂典明が、風の中を帰ってきた。

お帰り。

それしか言えず、それで十分だったろう。

「おう。ただいま」

典明が、右手を絆の頭に置いた。

時間が繋がる。

思い出と一直線だ。

「寒いな」

典明がそう言った。

「そうだね」

顔を見せないように背け、絆は先に立って土手に足を掛けた。

三

少し歩いてきた、らしい。

「一ケ月以上も病院に入ってた。寄る年波を押し返すには、こりゃあ骨が折れそうだ」

そう言って、典明は笑った。

足腰の〈程度〉を測ってきたようだ。十一時半過ぎには病院を出たという。

高低差のある約六キロメートルの道程を、一時間半は掛かっていない計算になる。

七十七歳という年齢と、左腕切断の術後だと言うことを考え合わせれば驚異的ともいえるが、今剣聖には歯痒《はがゆ》いのだろう。

それでも腐らず、骨が折れそうだと笑う。

気概や良し。

逆にこの心映《ば》えこそ、今剣聖の剣聖たる所以かもしれない。

業前の美麗さや強さだけが、剣士の位階を決めるのではない。

三十分寝る、と言って典明は自室に引き取った。

さすがに、いきなりの歩行はくたびれたようだ。ただ、この一足一足は、きっと千足万足の回復を促す呼び水となることだろう。

その間に、タクシーに乗ってゴルダがやってきた。

今剣聖に比べれば、一時期は内弟子だったくせに、不良な外国人だ。

「Ｏｈ。何か言いたそうな顔ですねぇ」

不良外国人だが、最近はよく機微を読む。

「いや。別に」

「そう言えば、若先生」

勘ぐりをいなそうとすると寄ってきた。

「知ってますかぁ。昨日から爺さんがまた一人、湯島に住み込んでますねぇ」

「ん？　そうなの」

「イエス。関口さんと言いますねえ。一緒に、どら焼きとお茶、頂きました」

「へえ。関口さんって言うんだ。――ん？　どら焼き？」

聞き返せば、ゴルダが大きく頷いた。

「なんか、一緒にいた手足の長いレディーが、無表情で〈引っ越し甘い物〉、くれました。このお爺さんがしばらく住むので、よろしくと言ってましたねえ。その後で、関口さんと一緒に、どら焼きを食べました。どら焼きは甘々でしたけど、関口さんは何？　凄々《すごすご》のお爺さんね」

「ああ」

すぐに理解した。

あの、ボルサリーノの老人と小田垣観月管理官だ。関口と言う名前も、聞けば納得だった。やはり老爺の極めた技は、関口流古柔術で間違いない。

と、そう思えば別のことも理解出来た。

湯島のビルは芦名春子が名義人であり、孫であるJ分室の小日向純也が関わっている。つまり、何かがあって小田垣管理官が小日向警視正に泣きついたか、何かのバーターだとか言って、小日向警視正が頼み事の枠に小田垣管理官を嵌《は》めたか。

なんにせよ、凄腕の潑溂とした老人が、湯島のビルにまた一人増えた。そういうことだ。

（朝がきっと、厄介だな）

どこかで、典明を会わせてみてもいいかもしれない。化学反応はきっとある。

ゴルダとそんな遣り取りをしていると、典明は本当に三十分で起き出してきた。

そのまま、風呂に入る、と言った。

絆とゴルダは、どちらから声を掛けるともなく一斉に動いた。

絆は典明の着替えやタオルの用意で、ゴルダは湯を沸かす準備だ。

特別なことは何もない。

典明がいて絆がいてゴルダがいればそうなる、普通の生活だ。

典明が風呂から上がると、戻ったかい、と大島の爺さんが自慢の鶏卵を山盛り持って現れ、おみっちゃんを始めとする薙刀《なぎなた》の婆さん連中も顔を出し、口々に典明の退院を喜びながら、某かを置いていった。

典明は道場の見所《けんぞ》に身を置き、いつになく笑顔で黙って応対した。

皆が帰る頃になると、道場の奥、見所までは初冬の陽が入らなくなった。

「どうする？　冷気は身体に障るけど」

まだ午後の二時を過ぎた頃だった。

普段なら何も考えないが、病み上がりだ。蔀戸を閉めようかと、絆は外廊下から聞いた。

そうだなあ、と言って、見所から典明が立った。

長押から木刀をひと振り取り、絆に投げて自分もひと振りを取る。

「付き合え」

やおら、典明は道場の中央で半身になった。

道場に出れば、何がどうであろうと剣士だ。

――どうもぉっす。

――こんばんはぁ。

――ええっ。この度はぁ。

ちょうど、大利根《おおとね》一家の面々が母屋の外から回って庭先に姿を現した。

組んだ竹の木戸が上げる軋みを合図とするように、絆も木刀を手に道場に進んだ。

典明は右腕一本で木刀を青眼に位取り、揺れる袖の左半身を裏に隠すようにした。

木刀の剣尖に典明の剣気が炎と燃えて観える、強い位取りだった。

絆は静かに、相青眼に位取った。

典明が滾《たぎ》る武を燃やす赤い炎なら、絆は慈を以て多生を得る青い炎の剣だ。

青眼は、弥陀《みだ》の誓願《せいがん》に通じる剣でもある。

絆は典明の剣気に呼吸を合わせ、少しずつ、少しずつ誓願の炎を増した。

天地間に一人在り、大地から吸い上げる生きとし生けるものの生気を、心身を媒介として放出する。

絆の炎に、今こそ限界は有り得なかった。

「Ｏｈ。ジーザス」

ゴルダが道場の隅で見ていた。

——凄え。

言ったのは大利根組の、東出《ひがしで》だったか。

代貸格の野原《のはら》、一番若い二十一歳の加藤《かとう》、二十三歳コンビの吉岡《よしおか》と永井《ながい》、親戚でどちらも親がヤクザだという二十六歳の立石《たていし》と二十九歳の川崎《かわさき》、半農半ヤクザの東出。

庭で棒立ちになっている大利根組の連中の、一人一人が絆にははっきり観えていた。

古稀《こき》を超えた親分の綿貫《わたぬき》蘇鉄《そてつ》だけが、さすがに典明の一番古い弟子でもあり、絆と典明の対峙に負けなかった。

蘇鉄は、外廊下に上がってきた。

「へへっ。大先生。元気だねえ」

そのとき、青い炎が朱い炎を巻き込んだ。

現《うつつ》にも一陣の風が、道場の中を席巻《せっけん》した。

「ふん。ここまでか」

典明が位取りを解き、木刀をからりと板の間に放った。

そのまま、見所に退いた。胡坐をかいて座る。

「どうせだ。お前らも稽古、付けていけ」

——ぶぇっ。

声は一つに揃っていた。まず、驚愕だったろう。

――きょ、今日ですかい。
――出所祝いじゃあ。
――馬鹿。一緒にすんな。退院だ、退院。
――び、ビール引っ掛けてきちまったぁ。
誰が誰でもよかった。
絆は木刀を肩に担ぎ、手招きした。
束脩《そくしゅう》は八人掛ける五千円で、締めて四万円か。
いや――。
締めて四万五千円。
「ゴルさん」
四つん這いになって道場から出ていこうとするゴルダに、絆は優しく声を掛けた。
――も、もう駄目だぁぁっ。
――でぇえっ。
――ビール、の、呑んで来なきゃなぁぁっ。
――馬ぁ鹿。変わん、ねえだろうがぁ。

――そりゃ、そうだぁぁっ。

これももう、誰が誰でもよく、誰が誰だかわからない。

締めて四万五千円の稽古の後、道場の床では刺子の稽古着から湯気を立ち上らせる者達が大の字になり、息も絶え絶えに喚いていた。

典明は、もう一度入ると言って風呂に向かった。

絆も井戸端で水を浴びようかとして、ふと思い至った。

「誰か、パーティーって奴、知らないかい？」

床で大の字になった全員の首が、床板と平行に左右に動いた。

「なんです。若先生。パーティーは、日本語で何？　宴会？　Ｏｈ。楽しい楽しい人の集まりね。私はチキンを焼きましょう」

と、一人だけ大の字の状態から床を転がって迷惑なゴルダが言った。

「宴会かあ。チキン。ぐえっ。――いいなあ」

ゴルダの巨体に押し潰されつつ、野原は少しばかり夢見心地だ。

「宴会っすか。おっと。――ああ、自分のことを宴会って言ってたの、居たっけかなあ」

と、ゴルダを避けながら立石が言った。

「そりゃ、宴会部長だろ。宴会なら、俺ぁ、歌っちまおっかなあ」

と、川崎がゆっくりと立ち上がる。

「じゃあ、俺ぁ踊るわ」

続いたのは東出だ。

「若先生、それがどうしたって」

蘇鉄は井戸の水を浴びる気満々のようで、すでに上半身が裸だった。

「ちょっと待って！」

道場に冷えた鈴の声を鳴らしたのは、煮染《にし》めの大鉢を抱えた千佳だった。

大利根組との稽古中に、千佳が帰ってきたのは観えていた。

そう言えば、半休を取ったとか言っていたことを思い出す。

早々に真理子の手伝いに入ったようで、出社した格好のままエプロンを着けていた。

「全員、井戸！」

逆らう者はいなかった。

順番に全員が水を浴び、さっぱりとしたところで典明の退院祝いになった。

主役の典明も湯から上がって戻った。

真理子が腕に縒りを掛けた料理が、大利根組の連中も手伝って次々と運ばれた。

煮物、揚げ物、漬け物のアラカルトだ。

庭の一部では枯れ葉を集めて火を熾《おこ》し、ゴルダが串に刺した肉を焼き始めた。鳥の形をしていた。

すぐに酒も運ばれ、宴《うたげ》が始まった。

まだ陽が高かったが、気に掛ける者はいなかった。

本当に川崎が歌い、東出が踊った。

それから、三十分も経った頃だった。宴もたけなわ、に差し掛かった頃か。

絆の携帯が鳴った。

液晶に浮かぶ相手の名は、Ｊ分室の小日向純也警視正だった。

さて、出るか出ないか。

どうしましたかぁ、とゴルダが寄ってきた。

「いや。胡散《うさん》臭い人から電話でね」

絆の携帯を覗き込み、ゴルダは首を傾げた。

「偉い人ね。どこが胡散臭いんですかぁ」

「胡散臭いから、警視正なんだ」

「Ｏｈ。哲学ですねえ」

それだけ言って、ゴルダは離れた。

出ないわけにもいかず、出た。

「――なんでしょう」

小日向はいつもの、有無を言わせぬ〈ソフトさ〉で、とあることを提案してきた。

　ごちゃごちゃしてるね、と純也に言われた〈宴もたけなわ〉な方へ、絆は提案をそのまま投げた。

「ああ？　俺の快気祝いに、石和《いさわ》温泉だ？」

　床の車座の中で、コップ酒を舐めるようにしていた典明が、片膝を立てて聞いてきた。

　要するに、前のめりだ。

　その声をどう捉えたものか、電話の向こうから純也は条件を追加した。

　明日からで、明日から限定で、明日から来てくれるなら無期限で、何人でも同伴ＯＫで。

　絆は典明に向けて正直に伝えながら、自分の正直な気持ちも伝えた。

「胡散臭いよ」

「無期限だぞ」

「でも、胡散臭いから」

「同伴ＯＫなんだぞ」

　何を言っても、典明の前のめりは変わらないようだった。

「――分室長。行くって言ってます」

　それから何言かの遣り取りがあり、純也との電話を切った。

　宴席の典明を見れば、なぜか立ち上がっていた。

　目線は斜め上に上がって早、まだ見ぬ石和に飛んでいるようだった。

「蘇鉄。行くぞ。お前もこい」

「へい。合点で」

「ついでに、お前も来い」

典明は右隣に座る吉岡の肩を叩いた。

「ぶぇっ。お、俺もっすか」

「右隣に座っていたのが運の尽き、いや、大当たりだ」

「ええっ。爺いの荷物持ちっしょ。マジっすかぁっ」

――わはははっ。

典明と蘇鉄が笑い声を揃えた。

いつの間にかゴルダが庭で、また鳥を焼き初めていた。

かくて、快気祝いの宴はこのまま、陽が暮れても続いた。

四

翌日、絆は成田から組対本部に戻り、夜は新宿署の摘発に同行だった。

新宿署の組対は前年の春、絆が池袋の特捜隊に異動になる直前に、つまり最後に所属していた所轄だ。

そのとき、直属の主任の苫米《とまべ》は異例特例を煙たがらない、絆にとってはいい上司だった。恵まれたといってよかった。

思えば半年毎に、絆は色々な警察署を回った。大河原組対部長の肝煎り、秘蔵《ひぞ》っ子《こ》と言えば聞こえはいいが、〈依怙贔屓《えこひいき》〉と言われれば返す言葉は絆にはなかった。

各署への赴任当初は、どこへ行っても毛嫌いも腫れ物扱いもされ、酷いときはスパイ扱いもされて避けられた。

考えれば、それぞれの署内における絆の〈味方〉は、その昔は現在の五分の一にも満たなかっただろう。

それでも、警視庁四万強の警察官のうち、五分の四が絆を毛嫌いしたとしても、渋谷署の下田やこの新宿署の苫米のように、八千人以上の仲間がいる計算にはなった。

ただの数字だが、何もわからない当時としても心強いことだった。しかも、赴任当初の〈味方〉は数えるほどでも、次の署に異動するまでの間に確実に増えたという実感もあった。

その他、絆の正伝一刀流に祖父典明張りの教練を頼む署も増え、本庁公安外事第二課の高遠《たかとお》や宗方《むなかた》を初めとする弟子も間違いなくいて、それは現在も進行形で確実に増えていた。

赤坂署にもいる。

そんな〈味方〉の中の一人、新宿署の苫米主任は、たしか今年で五十歳だったか。

大柄で寡黙で口下手で、その上いかつい顔つきでは、どこから誰が見ても強面《こわもて》の刑事かヤクザの親分だが、昔から実は、気は優しくて力持ちを地でゆく好漢だった。

配属になったばかりの絆に、

――警察署のな、内側を向く警察官は、駄目な警察官だ。そんなのに負けるな。警察官はお巡りさんだ。外を向いて、外を巡ってナンボで、警察署の外にしかな、東堂、俺達の仕事はないんだ。

そんな励ましをくれたものだ。

この言葉は苫米から絆が聞いた一番長い言葉で、今でも絆の芯にあるものだった。

階級は一緒になったが、苫米は今でも時折電話を掛けてきては、気に掛けてくれる。

寡黙の口下手は相変わらずで、

――どうだ。

それしか言わないが、意外にそれだけというのは貴重で、胸によく染みるものだった。

この新宿署主導の摘発の待機時間にも、話すのは主にというか、ほぼ絆だった。

鴨下に聞いた匠栄会の動き、夜の銀座、六本木、沙羅というホステス、五条国光、東京竜神会。

目的が散漫な場合、一人だとどうにも動きが取れない、というか不自由でもどかしい。

説明というよりは、ほとんど愚痴だった。捜査に純化した愚痴だ。

これは新宿署当時からのことでもあり、寡黙で動かない苦米に向かって話しつつ、実は自分に返しているようなもので、口にすることで整理整頓が付くことも多かった。

この夜、絆達が向かったのは、西新宿のとある駐車場だった。大部分は地下だが、五階建ての立体駐車場も同じ敷地内に持つ、大きな時間貸し駐車場だ。

そこに不定期だが、大量の危険ドラッグを売り捌く〈移動売店〉が出るという。

〈移動売店〉は、以前から名称としては新宿署の中に上がっていたらしいが、どうにも捕まえることは出来なかったようだ。

それを、ようやくこの夜で間違いないと突き止めたのは、新宿署組対課の地道な捜査の賜物だろう。

午前零時を回った頃、Ｐフォンに指揮担当係長から連絡があった。

――若い連中が集まり始めてる区画がある。二班は立駐進入口から、三班は立駐出口方面から押し込め。

苦米が駐車場内の待機場所から、人員を引き連れて動いた。

苦米は二班の班長だった。

絆はその場を動かなかった。これは打ち合わせ通りのことだ。

パーキングには立駐側と地下からの上がり口と、その他、無人精算機の出口が三ケ所あった。人員をその三ケ所に分けて張っているのが第一班になる。

担当係長の指示から三十分ほどが過ぎた頃、インカムの向こうが騒がしくなった。

――警察っ。

――現行犯だ！

摘発が〈移動売店〉と客の、一網打尽に動き出した瞬間だった。ほぼ同時に、サイレンを鳴らし、外から場内に入り込んでくるＰＣもあった。

左腕のＧ‐ＳＨＯＣＫで時間を確認し、絆は背後の人員に合図をした。

この夜は、絆にも人員が付けられていた。

「遊班。東堂主任と動きます」

誰かが自分のＰフォンで、そう係長に連絡した。

一団になって向かったのはしかし、立駐方向ではなかった。地下の駐車スペースだ。

摘発が立駐なら地下へ、地下なら立駐へ。

それが、絆の受け持ち範囲だった。

スロープの地上側に捜査員を待機させ、絆はまず一人で地下に降りた。

捜査員は、三分後に動く手筈《てはず》になっていた。

およそ五十メートル四方はある地下駐車場は、ざっと見にも空いているスペースは半分もなかった。

百台分近くは埋まっているだろうか。さすがに西新宿、副都心の駐車場だ。

それにしても、地上、立駐の喧騒をよそに、一音がコンクリートに染み入るほどの静けさだった。駐車車両も闇に沈み、眠るように見えた。

ひと息吸い、ひと息吐き――。

絆はそれを三度繰り返し、四度目に吸った息を丹田に落とし、全身に巡らせた。

それで、観の冴《さ》えは一入《ひとしお》の域に達していた。

気の網を前方に投げ掛ける。

ここまでで約三分だった。

スロープから、駆けてくる足音が聞こえた。

絆が歩き出すと、全員が背後に従った。

駐車場は、向き合った車止めに互いにバックで駐車している場所もあれば、両方が空いているスペースもあった。

十五メートルほど進み、絆はこちら向きに停められた一台を指差した。背の高い、今風の軽自動車だった。

「そこ」

絆はひと言だけ告げ、歩みを止めなかった。

一団から二人が別れ、ゆっくりとそちらに向かった。

周回する場内車道を進み、都合四台を絆はピックアップした。

「そこの軽バンですけど、中に潜んでるのは一人なんで、いけますか」

四台目を、背後に残った一人に指示する。

一台目と二台目では、すでに捕り物が始まっていた。

新宿署では、〈移動売店〉の、大量に、という点が大いに引っ掛かったようだ。

大量に売り捌くということは、大量に運んでいるということだ。

そこで新宿署では、何夜か連続で近くの都道に検問を仕掛け、駐車場から出てきた車両を軒並みチェックしたらしい。

だが、怪しいと踏んだ車両があっても、現物が出ることは一度としてなかったという。

おそらく一台ではない、あるいは、少量積載で売り切り、在庫は別の車両が保管して補充していたとしたら――。

何日も前から駐車場に入り、何日も後に出庫しているとしたら――。

あるいは、月極《つきぎめ》で停めっ放しの車両を倉庫に使い、そこから商品を出し入れしているとしたら――。

新宿署の中では、今回の摘発を前に鳩首《きゅうしゅ》した結果、そんな推論がまとまったようだ。

ただ、だからと言って駐車車両の全台チェックは、誰が考えても無謀の極みだった。

仰々しく動いて成果が上がらなかったら、この場所での〈移動売店〉が閉じてしまう恐れもある。

そこで、この推論を一気に裏付けるべく、呼ばれたのが絆だった。

「舐めんな。コラァッ」

「ぶち殺すぞ。オラッ」

推論は正しく、大当たりだった。ただ、思うより台数が多かった。

「現逮っ」

一台目の逮捕劇から、捜査員の勝ち誇ったような声が聞こえた。

絆は、上り口に向かうスロープに近い方にいた。立ち止まった目の前のスペースが空いていた。

その奥に、駐車中の黒いハイエースのバックドアが見えた。

車体だけでなく、どうやら内部も黒々としていた。息を殺し、ただ絆の動きを注視する、複数人の胡乱な気配だった。

正確には、三人だ。

おい、と声を掛け、絆は半身になって待った。

神速を生み千変万化に応じる、自然体の位取りだった。

五秒、十秒――。

長く重い十五秒ほどが過ぎたとき、いきなりバックドアが開いて三人の男らが飛び出してきた。手に手に、ナイフの刃が光った。

だが――。

絆は待たず、逃しもしなかった。

背腰のホルスターから振り出した特殊警棒が唸りを上げたのは、飛び出した先頭の男の足が地面に着く前だったろう。

ナイフを持った手首を打ち据えた特殊警棒は、軽い唸りを上げて続く男らの間を走った。

全員、何が起こったのかもわからず、またわかったとしても何も出来なかったろう。

三人が三人とも手首を押さえてナイフを取り落とし、膝から砕ける頃、絆は早くも男らの背後で、ハイエースの内部を覗き込んでいた。

中サイズの段ボールが五箱、積まれていた。

一つを開ければ、中にはめっきり数の減ったティアドロップのブルーがダース箱で幾つか詰め込まれていた。他にはやけにカラフルな錠剤、ＭＤＭＡを二十錠ほどワンパックにされたビニル袋が無数に入っている。

末端価格で段ボールひと箱、一億円ほどか。

絆が特殊警棒をホルスターに仕舞うと、スロープの上から予備隊が駆け下りてきた。

「預けます。よろしく」

手伝いの絆の、出番はここまでだった。

新宿署に徒歩で向かった。

ユニットバスでシャワーを浴び、仮眠室を借りようとすると、苫米が廊下に立っていた。

「あ、お戻りですか。お疲れ様です」

頭を下げて通り過ぎようとした。

「あのな。東堂」

「は？」

「抱え込むな」

「えっ？」

苫米は、二度は言わなかった。背を向けて組対の大部屋に去った。

なんだかわからなかったが、絆はそのまま仮眠室に入って寝た。

起き出したのは陽も高く、十一時になった頃だった。

顔を洗い、署内で借りた充電器に繋いだ携帯を開いた。

「おわっ」

不在着信と着信メールの多さに、思わず声が出た。

――東堂。苫米さんに聞いたぞ。匠栄会の動きだな。一人二人なら割ける。いや、割く。

――水臭い。言ってくれればいくらでも動く。こっちの業務の合間合間になるけどな。

――銀座はテリトリーだ。気に掛けてみる。

――六本木は任せろ。目ぇ光らせとくわ。

――東京竜神会がなんか盗られたって？　見物だな。高見じゃつまらねえからな。なんかあったら、いつでも言ってくれ。

その他、何件もあった。何十件もだ。

目が潤んだ。

だから、もう一度顔を洗った。

仮眠室から、組対の大部屋に出た。

現場の捜査員がデスクに四人ばかりいた。

若い一人は知らなかったが、残りの三人は旧知だった。

三人とも、かつては絆に無視を決め込んだ者達だ。

「あの、苫米班長はどこでしょう」

「ああ。班長なら」

若い一人が立ち上がり、ガサ入れの事後処理を済ませ、さっき帰りましたと言った。

「そう。じゃあ。――有り難うございました」

絆は折り目正しく腰を折った。

「これ、伝えといてくれる？」

若い課員は慌てて自分も腰を折り、わかりましたぁと言った。

帰ろうとすると、「東堂」と声が掛かった。

――助かった。
――お疲れさん。
――お疲れぇ。
残る三人が口々に言った。
誰が誰でもよかった。
「いえ」
絆は、先より丁寧に腰を折った。
外に出ると、腹が鳴った。
正午は大きく回っていた。
何を食おうかと算段していると、今度は携帯が鳴った。
――もしもぉし。若先生っすか。
潑溂とした声は大利根組の、立石のものだった。

五

同じ日の夜だった。
絆は、仲町通りのすぐ裏手にいた。

絆の住む湯島からは、上野の仲町通りは一番近い繁華街になるが、当然遊興のためではない。

いつも通り、業務の一環だ。

絆が向かったのは、最上階に魏老五の事務所があるビルの四階だった。本人が経営する、チャイナ服主体のチャイニーズパブだ。

本来はテナントビルだったが、リーマンショック以降、賃料との折り合いからなかなか借り手が見つからなかった。業を煮やした魏老五がオーナー経営の店で全フロアを埋めたのだが、これが割合に上手くいって、そのまま現在に至っていた。

賃料よりも実入りが良い、といつか魏老五が豪語していた。

ビルのシステムとして、一階から二階、二階から三階と、ワンフロア上がるごとに確実に金額は高くなる。

絆が入ったパブは、どちらかといえば高級店だ。上野という場所柄、日本人のサラリーマンがターゲットだが、そんな連中が呑める上限がこの四階だった。

五階からは店の中で交わされる会話に中国語が多くなり、最後は、七階の魏老五の根城に行き着く。

そういった意味では、四階が下階と上階、日本と中国、あるいは、世間一般と闇社会のボーダー、とみなすことも出来た。

この日の午後、絆は特捜隊本部で細々とした事務処理に追われた。

隊長の席から、

「溜めるからだねえ。自業自得だねえ」

と、浜田が毎度のことを楽しげに口にした。

わかってはいるのだが、どうにも後回しになった。

──外を向いて、外を巡ってナンボで、警察署の外にしかな、東堂、俺達の仕事はないんだ。

苫米の言葉は、悪い意味でも絆の芯に根を張っていた。

作業にようやく目処《めど》が立ったのは、夕方になってからだった。

ひと息ついていると、携帯に着信があった。

魏老五からだった。

この日、昼過ぎに掛かってきた大利根組の立石からの連絡を受け、そのまま魏老五に電話を掛けた。

すぐには繋がらなかった。

連絡が欲しい、とだけ伝言を残した。

「はい」

掛かってきた電話を取ると、今まで飛行機の機内で、空の上だったから、と魏老五は言った。

——羽田《はねだ》に着いたのでね。爺叔の息子。なんの用事？

「聞きたいことがある」

長々と話すつもりはなかった。単刀直入に言った。

——ふむ。知っていることなら、と気前のいいことを言いたいけどね。お人好しは馬鹿を見るのが道理。ただでは教えないよ。

「何が欲しい」

——そうだね。

考えるように一瞬黙り、その後、魏老五は小さな一人笑いを漏らした。

——ま、たまにはうちの店で呑んでくれれば。私も、上海の友人と一緒ね。これから事務所に戻って、それから下で呑むよ。四階にいるね。健全な店。

「うわ」

四階と聞いて、知らず身体が自然に動いた。思わず仰け反った。

四階は個室が多いパブだと知っていた。

個室が多いパブは、高いと絆の中で相場は決まっていた。

「一階にしろ。せめて二階。どうだ」

——聞きたいと言ったのはそっち。それに、下はプライバシー、ただ漏れよ。健全な店ほどワンセット料金もボトルも高い。それが自由資本主義ね。

絆は唸った。

唸ってそれから、もう一度唸った。

――何？　そんなに悩むこと？　爺叔の息子は本当に、化け物だけど小っちゃいね。

魏老五は呆れたように溜息だ。

――まあ、無理にとは言わない。切るよ。

「待ったっ。――行く」

――じゃあ、待ってるよ。ただ、無理はしないことね。これも、自由資本主義の鉄則ね。

と、絆が夜になって四階のパブにいるのには、こんな経緯があった。

魏老五に頼みたいのは、パーティーのことだった。

昼に立石から掛かってきた電話の、その先についてだ。

――若先生。一昨日《おととい》聞いたパーティーって、やっぱ宴会部長のことじゃないっすね。本当にそう名乗ってたのがいたって、聞いたら覚えてんのがいたんで、間違いないっす。大丈夫っす。

回り諄《くど》いが、立石は電話の向こうで胸を叩いた。鈍い音がした。

「どこの誰」

――仲間っす。マッドスネイルんときの。

「ああ。田螺《たにし》の。走り屋の田螺」

――そうっす。そんで、スケアクロウ。畑山《はたやま》がいた、あのチームの。覚えてますか？

「覚えてるよ。案山子《かかし》だ」

畑山はジャスミンの事件の折り、関わった半グレの名前だ。そして、死んだペリエのママ、沖田美加絵が残したＰＣに残された文章の最後に、

〈ジャスミンに誑かされた彼、畑山って言ったかしら。彼のことは、最初からとあるヤクザさんに頼んだ。どうなったかまではは っきり知らないけど、とってもイヤな奴だったらしいから、東京湾か、樹海とかかな。ふふ、これは私からのオマケ〉

と記載のあった男でもある。

この一連は絆にとっても、覚えているというより忘れ得ない、苦い記憶だった。

――そう。案山子っす。そこの佐田《さだ》ってのが。ああ。案山子の佐田っすよ。へへっ。面白くないっすか。佐田の案山子の方がいいっすかねえ。

「どっちでもいいけど」

――ああ。じゃあ先に進めますけど、辿ってったら、その佐田が、自分のことを〈宴会〉って言ってたっす。

よくわからなかった。

「どういうこと？」

——そうっすよね。聞かれると思ったっす。俺もわかんねえんで、聞いたんすよ。そしたら。

元、怒羅権《ドラゴン》っす、と立石は言った。

「怒羅権。チャイニーズドラゴンか」

——そうっす。

その名称には絆も覚えがあった。

発生当初の怒羅権は、中国残留孤児二世のグループだったという。

おおもとのグループが結成されたのは、たしか葛西だったと絆は記憶していた。

葛西にはその当時、中国残留孤児帰国者の一時入所施設、常盤《ときわ》寮があった。つまり、残留孤児二世が大勢住み、育った場所だ。

時代は、校内暴力が大いに話題に上った頃だった。

怒羅権は最初、近在の不良グループと、多くの中国残留孤児二世が対抗するために結成したグループだったらしい。

それが時代と共に不良化、肥大化し、最大時には都内に葛西怒羅権や府中怒羅権、赤羽《あかばね》華龍《かりゅう》などの暴走グループとなり、神奈川や大阪、福井や福岡などにも派生グループが存在するようになったという。

そして、彼らの多くは成人すると暴走グループからは卒業し、蛇頭《ジャトウ》や東北幇《トンペイバン》などのチャイニーズマフィアと連携し、暴力を請け負う半グレ集団としてさらに闇に潜っていった。

その闇社会の中で、怒羅権は出身地や利権によって、大偉《ターウェイ》グループや金山《キンザン》グループなどに細かく分派したらしい。

チャイニーズドラゴンというカタカナ表記は、分派した怒羅権の総称として警察庁が通達を出したものだと、絆に教えてくれたのはたしか、元相棒の金田だった。

――けど、若先生。大本はそこでも、俺が知ってるのはすぐに分かれた方っす。ドラグーン。

「ああ。チャイニーズドラグーン」

その名称も絆は記憶していた。

怒羅権の闇。絆にはそんな印象だった。

それにしても怒羅権同様、集団としては半グレだ。

二〇一三年に、チャイニーズドラゴンが準暴力団に指定されたと時期を同じくして、ドラグーンもチャイニーズドラグーンとして認定を受けている。

組織内には分派したグループが多数あり、動き方も半グレと同じで、目的によってはグループを超えて集散を繰り返し、袂《たもと》を分かったチャイニーズドラゴンや、チャイニーズマフィアとも共闘するらしい。

それが立石の言うところの、ドラグーン、竜騎兵だ。

――その中のグループの一つが、〈同窓会〉だって佐田が言ってました。ただこれは、グループ名ってぇよりは、どうも愛称みてぇなもんだってことっすけど。

「ふうん。愛称ね」

この〈同窓会〉の愛称を、葛西出身の佐田は昔から知っていたらしい。

――競走連合の八王子近辺を根城にしてる奴らに目ぇつけられたとき、佐田は、俺ぁ葛西の〈同窓会〉だぜぇって言ったらしいんっすよ。そしたら、尻尾《しっぽ》巻いて逃げてったって。そんでですね。

調子に乗って、佐田は〈同窓会〉の愛称を何度か使ったらしい。

それがやがて〈同窓会〉の知るところとなり、呼び出されて散々な目にあったようだ。

――そのときに、佐田が向こうの連中に言われたのがっすね。〈同窓会〉、〈同級生〉、〈謝恩会〉、色々あるが、中でも、

――パーティーは使うな。死ぬぞって、そう言われたらしいんす。んで、それからは一人、宴会って名乗ってるって。本人的にはもう時効で、笑い話だって言ってましたけど。んでも、そんときに折られたあいつの腕は、今でも真っ直ぐには伸びないんっすけどね。

これが、立石に聞いた話だった。

チャイニーズドラグーン、〈同窓会〉という愛称のグループ、パーティー。

ここから先に話を進めるために、絆の頭に浮かんだ男が、魏老五だった。

四階のパブに入り、広い中央の一般席に場所が決まると、絆は勝手に奥に向かった。

魏老五がいるのは悲しいかな、絆が与えられた庶民の席と違い、ＶＩＰルームだということは最初からわかっていた。

ノックもせず、ＶＩＰと書かれた部屋のドアを開けた。

部屋には、広く円形に並べられた柔かい皮のソファと、中央にソファと高さを合わせた大きな円卓が置かれ、窓はあったが、すべてドレープも美しいベルベットの遮光カーテンで覆われていた。

その窓を背にして魏老五が座り、一席ずつ空けて王拍承と蔡宇が座っていた。

絆に背を向ける位置には、上等なスーツ姿の見知らぬ男がいた。

それが、上海からの友人なのだろう。

「なんだね。商談中だけど。呼んだら来る、くらいの頭はないかね。爺叔の息子」

「長居はしない」

魏老五はいいとも駄目だとも言わなかった。特に友人の紹介もない。

だから、ドラグーン、とだけ言った。

「知ってるよな」

魏老五は軽く肩を竦めた。

「もちろん、知ってるよ。昔は可愛かったけどね」

「今は違うんだな」

「今はそう、目の上の瘤《こぶ》、かな。少し痛い、違う、怖い」

「へえ。あんたが」

「ドラグーンは、チャイニーズで半グレ。ヤクザとチャイニーズ・マフィアを手玉に取り、その隙間を泳ぐ。日本の半グレとも通じて、ネタ元の幅は広い。その情報網は、私も馬鹿に出来ないね。だからどこにでも居て、どこからでも手を出してくる。そう言う連中は厄介。厄介は、少し痛い。違う、怖い」

「なるほど」

　魏老五は手元のグラスを取り、傾けた。

　部屋がいいと、酒も上等に見えた。

　これは庶民の卑しさか。

「爺叔の息子。それで？　何をしに来たって？　長居はしないは、警察お得意の嘘か」

「ドラグーンの中の〈同窓会〉。中でもパーティー。宴会じゃないぞ。こっちはどうだ」

「さて。どうだったか」

〈同窓会〉〈同級生〉〈謝恩会〉は知っている。大きなグループだから。ただ、パーティー、そんなハイカラな名前、名乗ってるのがいたかどうか。

　そんなことを魏老五は言った。

「同胞に聞いてみよう。ただし、爺叔の息子。言ったよね？　今日のお前の、お金の使い方次第ね」

「ああ」

絆は胸を叩いて見せた。

「それなら任せとけ」

言いながら後退《あとずさ》り、ドアを開けたまま通路の脇に身を寄せた。

それで、ＶＩＰルームの中から一般席が見渡せた。

魏老五がそちらに目を凝らし、

「へえ。これはこれは」

と言って手を叩いた。

絆の示す方には、両脇をホステスに挟まれつつ、背筋を真っ直ぐ伸ばし、腕を組んで動かない矢崎がいた。

「あれで、彼は楽しんでるの？」

「さっき聞いた。本人的には十分に楽しいらしい」

魏老五は大きく頷き、

「パーティーのこと、ちゃんと聞いてみるよ。すぐにね」

珍しく、そんな確約を口にした。

六

翌週の月曜日だった。

国光はこのところ、連日連夜の銀座通いになった。

六本木で拾って囲った一番新しい女、優奈のところへは、今のところ行く気になれなかった。

見れば沙羅の顔がちらつき、その奥に浮かぶような、宗忠の目が気になるのはわかり切っていた。

銀座通いは、酒疲れ、酒倦《さけう》みをまた酒で解《ほぐ》すような日々になったが、それはそれで付き合いでもあり、多少なりとも気は紛れた。

八日から一昨日まで、国光は身体の空く日がないほどに忙しかった。

東京竜神会への挨拶だとして、四条畷に集まった面々が入れ代わり立ち代わりに東京へやってきたからだ。

国光が東京に戻った翌日にはもう、アポイントを入れようとする電話が上野毛の事務所に入った。

「適当にやっとけや」

事務所番でもある岸和田四方会の北山と井筒組の島崎に、安易にハンドリングを任せた。そんなに数がまとまると思わなかったのも事実だ。

が、これが上手くいかなかった。

そもそも国光が東京に出るに当たり、国光のボディーガードとして両組に出させた連中だ。北山や島崎は当面の間、ただ愚直に肉の盾であればよかった。

どちらも頭が切れるわけではない。特に北山などは、脳味噌まで筋肉で出来ているような男だった。

一人目のアポイントを受けたら、その後で立て続けに電話が鳴り始めたらしい。それも良くなかった。

北山と島崎は各々が勝手に電話をとっては、相手の都合通りに何も考えず、こちらの予定を埋めたようだ。

せめて事務所の壁に掛かったホワイトボードくらい使えばと思うが、後の祭りだった。

国光の予定は、そのままではぐちゃぐちゃだった。栃木《とちぎ》でゴルフをする日の昼に銀座の寿司屋が予約され、その日の夜に同じ寿司屋が予約されたりしていた。

「クソがぁ。私の顔に、どんだけの泥塗りたくっとんのやっ！」

さすがに、この一喝で二人も考えたようだ。

ただ、無い頭はいくら絞ったところで、汗と脂くらいしか出はしない。

さてどうしたものかと膝を付き合わせている所に、

「おう。北山、島崎ぃ。何しとんねや」

木下が顔を出したらしい。

これ幸いと、二人は木下に泣きついた。

小面憎いが、木下の事務処理能力の高さは認めざるを得ない。そうでなければ、竜神会本部の本部長は務まるものではない。

木下は各組織にもう一度こちらから電話を掛け、都合を聞きつつ均等に割り振り、それをゴルフ場や料亭、ホテルにも手際よく反映させた。

――すまんけど。私の顔、立ててくれんかぁ。

木下は最初から聞くべきは聞き、最後まで譲れないものは譲らなかった。

相手方にしても、北山や島崎などの小者と違って、本部本部長がなぜか東京竜神会の仕切りをし、言葉だけでも頭を下げるとなると、聞かないわけにはいかなかっただろう。また、聞かないとごねる組などは、おそらく木下の一存で後回しだ。

筋肉馬鹿からインテリの手に移って三時間と経ず、国光の顔も予定もクリアになった。

そうしてまずこの一連の東京詣での初日、八日に顔を出したのは祇園狸の杉本だった。

「わざわざ、なんや」

「挨拶ですわ。近々、正式に親狸になりますんで。そんな挨拶も兼ねまして」

「ふん。元々、勝手に来て勝手に帰ったんやないか。勝手にすればええやろ」

「そないなわけにはいきしませんわ。なんたって東京代表は、東京と付きはしても、竜神会の名ぁ背負ってますやろ。やっぱり、うちらのナンバーツーや。木下なんぞのボケとはちゃいますやろ」

この言葉は気に入った。

鬱屈《うっくつ》した気分も少しは上がったが、遅れて次の日には、申し合わせていたかのように金獅子会の平橋もやってきた。

二人が揃うと、エグゼの話になった。

このとき一番聞きたくもない話だったが、二人にしたら探りたい話、だったのかも知れない。

「そういや、あん目薬ごたパッケージ。東京代表も貰ったとかね？」

平橋が探るように聞いてきた。

さぁてな、と惚けてお茶を濁そうかと思ったが、

「持ってますやろ。ちなみに、ＴＳ興商の田中も、先代のお別れ会の後にもろたって聞いてまっせ」

ふいに、事務所に顔を出した木下がそう言った。

六本木を気に入り連日連夜で、この日もどこぞのキャバ嬢と同伴の約束をしているはず

だった。

　木下の行動は、そう月岡から聞いていた。

（ちっ。余計なことをっ。馬鹿がっ）

　木下が田中のエグゼを知っていることの是非より、まず内心で、ベラベラしゃべったことを毒づいたものだ。

「おう。持っとるで。当たり前やないか。あれは、兄ちゃんも言うてたやないか。新生竜神会、一蓮托生の証やで」

　せめて怒りはおくびにも出さず、努めて無表情に言った。

　杉本が身を乗り出した。

「ほんなら、会長はティアドロップ、涙形と匂わせてから、劇薬言うてたけど、あれはぶっちゃけ、なんでっしゃろ。東京代表は知っとるんとちゃうかって、平橋とな」

　なるほど、やはりそういうことか。

　国光はゆっくりと頭を振った。

「知らんし。知ってたって言わんし」

「そない殺生な。わざわざ奈良から来ましたんや。平橋なんか、福岡からでっせ」

「呼んだわけやないで。勝手に来たんやろが。ええか。兄ちゃんが言わんかったんや。それを、俺がベラベラとしゃべるわけないやんか。少しは考えろや」

「考えとるばい」

平橋は腕を組んだ。

「けどなら、わからんまま、持っとくっとか？」

「せやろな。劇薬なのに指紋まで付けて手ずから渡す。それを、実際にはようわからんと持っとく。これでまあ、五分やろ」

「なんかくさ。違う気もしよるが」

平橋はなおも不承な顔だったが、切り上げ時だったろう。

近くに木下がいた。

どうせならこの際、使わない手はなかった。

「なあ、平橋、杉本。こないな話、するだけでも危ないんちゃうか。どこで兄ちゃんが聞いとるか見とるか、わからんで。のう、木下。お前、直《ちょく》やしな」

木下が気まずそうな顔をした。

杉本も平橋も、それでどうにか黙った。納得したわけではないだろうが、木下の存在を気に掛けたのは間違いない。

この二人を手始めに、それから挨拶の連中が一昨日まで二週間近くも続いた。

見たくもないスカイツリーも乗りたくもない人力車も、行きたくもないゴルフも裏カジノも付き合った。

目的がなんにしろ、挨拶だと言われればいい顔の一つも見せなければならない。

銀座も、そんなこんなで連日連夜になった。

〈ラグジュアリー・ローズ〉はさすがに避けた。それでも、小箱にはなるが旧沖田組が関係する店は他に何軒もあった。

木下もケチの真骨頂か、これ幸いと、新規開拓だとか言ってついてきた。

こうなると、エグゼを国光が持っていることを木下が知り、田中のことも聞いていると先に知ることが出来たのは、僥倖《ぎょうこう》と言えるだろう。

今後の木下との話にも、自身の行動にも注意出来る。いや、注意しなければならない。

そんな、四条畷に集った連中の挨拶も、一昨日のゴルフでようやく終了した。

すると、東京竜神会も国光の周囲も、いきなり潮が引くように静かになった。

木下の姿も消えた。自腹の六本木に戻ったようだ。

それから中一日を経ると、気になるのはやはり、沙羅のことだった。

「どないなっとんのや」

考え始めるとじっとしていられなくなり、島崎を運転手にして銀座に回った。

久し振りの〈ラグジュアリー・ローズ〉だった。

まだ従業員すらまばらな店のVIPルームに、匠栄会の高橋を呼び出す。

事態がまったく動いていないことはわかっていた。月岡からは聞いていたし、高橋からは連絡報告の一本もなかったからだ。

押っ取り刀で現れた高橋を怒鳴り散らす。

そのときだった。

国光の携帯が鳴った。

沙羅からだった。

――私を探してるみたいね。

「あ、せ、せや。会いとうてな」

――嘘ばっかり。つまんない。ねえ。買って欲しいものがあるんだけど。

ＥＸＥってパッケージ、と沙羅は言った。

「ああ。ええで。ええで」

どうとでもなる。

――なら、借用書を書いて。自筆で、もちろん実印で。あ、印鑑証明も付けてね。正副二枚作って、捨て印も打って。相手の名前は無し。でも、金額は書き込んで。一億円って。

「一億。そんなもんでええんか？」

どうとでもなる。可愛いものだ。

――そうよ。でも勘違いしないでね。それを一セットずつ、その辺の一人一人に渡して。

あとの連絡は私が勝手に取るから。

「その辺てなんや」

――鈍いわね。その辺って言ったら、あなたの周りよ。私を気にしてる人達。匠栄会の高橋でしょ。あのマンションの、どこ組だっけ？　とにかく島崎でしょ。それに月岡、六本木の青木と、ふふっ。入り浸ってるんでしょ。〈ラグジュアリー・ローズ〉。そこの店長、佐川さんとさ。あとさ、ここからが大事、本命。

「本命？」

――そう。そこに今在席している女の子達、全員に一セットずつ。

「ああ？」

急に、沙羅が何を言っているのかわからなかった。

だが一瞬だ。一気に頭に血が上った。

「な、なんやてぇ」

国光の驚愕がＶＩＰルームに充満し、高橋や佐川が唇を歪《ゆが》ませた。

――もちろん、女の子達の身元確認なんて無しよ。免許証のコピーとかも駄目。コソコソやったってすぐにわかっちゃうんだから。東京竜神会の代表さんでしょ。太っ腹なとこ見せてよ。

「ちょ、ちょっと待てやっ」

――手書きだし、印鑑証明のことがあるから今週一杯でいいわ。あなた、マイナンバーカード持ってなかったものね。そのくらいは待ってあげる。でも、その間に絶対全員に渡してね。そうしないと、これ、そうねぇ。警視庁のさ。ふふっ。組対の偉い人にでも、届けちゃおっかなあ。

「お、おどれぇ」

――脅しても駄目よ。このＥＸＥ？　これ持ってきた、あの千切れ掛かった人の方が、ただ怒鳴り散らすだけのあなたよりもっと怖かったもの。

　沙羅は冷静だった。

――月曜日にまた掛けるわ。

　それで、電話は一方的に切られた。

　暗い静寂がＶＩＰルームに落ちた。

　高橋も佐川も、固唾を飲んで国光の次の言葉を待っているようだった。

「探せ」

　声は自分でも驚くほど低く、嗄《しわが》れていた。

「探せ。なんとしても。高橋、なんとかせいやっ。おどれのせいやぞ、コラァッ！」

　言葉が尻上がりに荒く、言えば言うほど怒りを増幅して声もデカくなった。

「へ、へい。すぐに」

「けっ、携帯の会社。沙羅も使ってた大手の。そこの偉いのにも、うちの組で鼻薬嗅がせてますから。じ、ＧＰＳとか」

「ほう。やるやないか」

吐き出せば、少しばかりの落ち着きが戻った。

「なら、すぐにやれや。次はないで」

「へ、へい」

「おい、佐川」

ソファに座り直し、顔を店長に向けた。

「この店、女は何人おる」

「え。い、今っすか」

「金払っとる全員やっ」

「し、新人や掛け持ちの子まで入れたら、よ、四十人は。いや、もっといるかも」

高橋ら五人＋四十人オーバー。

五億円＋四十億円オーバー。

さすがに、気が遠くなる数字だった。

それにしたところで――。

心配はない。

心配はないだろうが、額が額だ。

心臓の鼓動が早くなった。

国光は前のめりになり、胸を抱えた。

そうして締め付ければ、せり上がってくるのは仄暗《ほのぐら》い怒りだった。

「探せ。――いいや。もういい。ブツごと始末しろ。ええか。どんなことがあっても、始末しろやぁ」

怒鳴ってはみたが国光の前にはもう、すでに高橋や佐川の姿はなかった。

第五章

一

水曜になった。

絆は定時の出勤から、この日は〈通常勤務〉の一日となった。

高崎の爆破殺人事件の方は、捜査本部の三枝係長にそれとなく聞いてみたが、今のところ進展は見られないようだ。

――情報はねえのかよ。おい。例のパーティーだかなんだか、結局なんなんだ。言い出しっぺはそっちだろうが。

遅々として進まない現状に、焦れる部分はあるのだろうが、明快な答えは絆にもない。

すいません、と言う他はない。

――いや。別に、そういう積もりじゃ。ま、なんかあったら、いつでも教えてくれや。

三枝は最後には猫撫で声でそう言ったが、この辺は駆け引き、かもしれない。

聞かなければ教えてもらえない。聞いても教えてくれない。

このことは、出来ることと出来ないこと、すべきこととしてはならないこと、つまりはルールの話を背後に隠し持っている。

警察という機構の、正義の実行に関するルールだ。

三枝にしても、地取り鑑取りの詳細を絆に話したところで益があるとは思っていないだろう。かえって時間の無駄だと踏んでいるかもしれない。

ならば絆にしても、チャイニーズドラグーンのことを話したところで、群馬の三枝に何が出来るわけではないのだ。

N医科歯科大学アメリカンフットボール部の、OBリストにしても然《しか》り。

その他、旧沖田組関係、そこから上野毛の東京竜神会本部。

警視庁と県警には、管区管轄という境界線、超えられない壁がある。責任の所在と言い換えてもいいだろう。

情報の共有は物事を動かす原動力にもなるが、漠然と広く流布しだすと方向性を見誤る、あるいは誘導される危険を孕む。

だからこそ、特に〈正義〉を執行する警察機構には、常に責任の所在を明らかにするルールが必要だ。

厳然とした管区管轄は、そのための大前提だろう。なくなればどんな捜査も取り締まりも野放図になり、私見が混じり、やがて正論は悪にまみれる。

高崎の件は、今のところ進展がないということだけを押さえ、それで良しとする。

取り敢えずこの日は、組対本部にいると午前中に自堕落屋の奥村から連絡があった。といっても、ただ送り付けてきたに等しい一方的なメールだ。

奥村は仙台にいた。たしかに、この十六日から月末まで、ほぼ仙台だと言っていた。

〈アメフト部のOBチェック、半数完了。目立ったクロ無し。グレーのみ。もっとも、完璧なシロなどこの世に存在するはずもなし。全数チェック終了後、グレーをさらに濃淡に分ける。目処年内。返信拒否。――追伸。仙台はいいな。陸自のあいつ、和知《わち》が異動していなくなればもっといいが〉

仙台の奥村も、取り敢えず進展がないということだけを押さえ、ひとまず良しとする。

(まあ、自力に勝るものなしっていうことかな)

気を取り直し、この日は、夕方になってから匠栄会を当たることにした。

現在、匠栄会を動かしているのは若頭の高橋だ。沖田丈一が沖田組の組長になったときに、現会長の真壁清一《まかべせいいち》は後任に高橋を指名し、一線を退いている。

この日、高橋は会長がメンバーのゴルフ場に行っていた。月一で同コースを回るのは会長の恒例で、高橋も運転手として常に同行するという。毎回九時のスタートで、遅くとも五時には西高島平《にしたかしまだいら》にある会長の自宅に戻る。

それから成増《なります》か、荒川を渡って縄張りである美女木《びじょぎ》か戸田で呑むのが、これもまた恒例のようだ。

昼前にはこの日もそんなスケジュールに間違いはないようだと、高島平署の刑事組対課から情報が入っていた。

――東堂。苫米さんに聞いたぞ。匠栄会の動きだな。一人二人なら割ける。いや、割く。

苫米係長の呼び掛けに呼応し、そう言ってくれた係長が、高島平署にいた。

――夕方四時半に行けば、確実に高橋を捕まえて話は聞けるぞ。必要なら行けばいい。

こういう情報は格別だ。空振り空クジがないのがいい。

――匠栄会はここ何日か、本腰入れて女を探しているようだ。組員が血眼になって駆けずり回ってるってよ。

そんな話も同時に聞いた。

気を入れて人員を回してくれるなら、警視庁という組織は実に心強い。

こうと決めた捜査員達一人一人の〈侠気《おとこぎ》〉は、〈弱きを助け強きを挫《くじ》く〉ことを放棄した現代ヤクザなど、足元にも及ばない。遥かに凌駕する。

都営三田線の西高島平には、四時少し前に着いた。

そこから新大宮バイパスを渡ったところに、匠栄会会長・真壁清一の住居はあった。

「おや」

初めて訪れた絆は、思わずそんな言葉を漏らした。

真壁の家はヤクザの親分らしからぬ、実に開放的な日本家屋だった。

古民家にも近いか。絆の実家を彷彿《ほうふつ》とさせた。

垣根の結い方も同じようなもので、背も低い。一般的な女性でも、広い庭が隅々まで見渡せるだろう。そんな家だった。

三台は入るガレージは立派なものだったが、シャッターは開いていて車は埋まっていた。

真壁は帰宅している、ということだ。

ガレージ脇の幅広い門扉は、両サイドの柱がコンクリートの打ちっ放しで二メートル以上あった。垣根との繋がりが妙にアンバランスな気もしたが、人の家にはその人の趣味もある。

取り敢えず柱の一方に寄り、カメラ付きのインターホンを押した。

年配の女性が出た。

真壁が独り者だということは知っていた。それで、内縁関係の女性かとも思ったが、取り次ぎを頼む途中で家政婦、ないしはお手伝いさんだとわかった。

一分ほどたっぷり待たされ、門扉が音を立てて開いた。自動開閉の扉のようだった。

門扉から内に真っ直ぐ延びる石畳を踏む。

真壁は芝生の庭に面した部屋にいるようだった。人の気配がそこに集中していた。

玄関に向かわず、芝生に足を踏み入れた。

古民家のようでいて、蔀戸の代わりにアルミサッシの総引き戸になっているようだった。

断熱省エネという意味では、現代的だ。

総ガラスのサッシの、一部が開いていた。陽が暮れる頃で、中には明かりが灯《とも》っていた。

絆はそちらに足を向けた。

広い居間だった。ソファに二人の男が座り、一人が立っていた。

立っている若い男が絆を睨んできたが、どうということはない。よくいる手合いで、よくあることだった。

L字のソファの主の位置にいるのが、年格好から言って真壁に違いなかった。

なるほど、真壁は武闘派で鳴らした組の親分だったことがよくわかる身体つきをしていた。大柄で骨太で、座り方などは、昔は隆々としていた筋肉を思わせるものだった。

ただ、そのまま萎《しぼ》んで、今は見る影もない。

残り少ない頭髪は白、顔に刻まれた皺は本数は少ないが深く、染みは色素の薄さを数でカバーするように多かった。

「あら。あなた、そんな所から」

声を尖らせたのは居間に顔を出した先程の女性だった。

「ああ。佐藤さん、構わねえよ」

真壁は七十歳を超えたはずだが、ドスの利いた〈いい声〉だった。

「でも。旦那さん」

「大丈夫、大丈夫。ああ、佐藤さん、少し早いが、もういいよ。今日はほら、ゴルフの日だから、外に出るしな」

「はあ。——じゃあ、お言葉に甘えて」

佐藤が去ると、真壁は絆に目を据えた。

「へえ」

いい眼光をしていた。枯れてなお、衰えを知らない目だった。

「上がりゃあいいやな」

「結構」

「こっちが寒ぃってんだよ」

「どうせこれから出るんだろ。慣れとけよ」

手前ぇ、といきり立ったのは若い衆だった。これも真壁が制した。

「なら、何の用事だい。とっとと済ませろや」

「用はあんたじゃない」

絆は高橋に向き直った。

「なんか、バタバタしてんだって？」

「ああ？　なんのこった」

「なんのって言われれば、そうだね」

銀座、六本木、沙羅というホステス、五条国光、東京竜神会。

「特に、沙羅。組中で探してるんだって？」

「知らねえよ」

高橋はそっぽを向いた。

「なんか盗んだって？　それで、大宮の雇われホストを脅したらしいじゃないか」

高橋は目だけ動かした。

「手前ぇ。どっから」

「さあてね」

「ふん。聞いてんなら、そうなんだろうよ。けどな、それだけだ。俺ぁ、なんにも知らねえぜ」

「なんだよ」

「探せって言われたんだ。それだけだ」

「だから何を」

高橋は身を乗り出した。

「知らねえって言ってんだろうが！」

おいおい、と割って入ったのは真壁だ。

「近くででけぇ声出すなよ。今ぁ耳が悪ぃから気にならねえが、昔だったら手前ぇ、蹴り飛ばしてるところだ」

「――すんません。つい」

高橋が頭を下げた。

真壁は手を振り、柱の掛け時計を見た。

「そろそろ出かける準備だ。おい、三郎。エンジン掛けとけ」

呼ばれた若い衆は一瞬戸惑ったようだが、高橋も頷いたので、そのまま頭を下げて玄関に向かった。

「おい。高橋。お前ぇは、台所の奥にとっときのブランデーがあったはずだ。取って来いよ。今日の店で呑もうぜ」

「――会長」

「俺の一存だ。いいから。お前ぇは聞かなくていい」

高橋が出ていくと、真壁はテーブルの上の煙草を取った。

「医者には、止めろって言われてんだけどな。高橋にも」

火を点ける。

「沖田の頃、特に剛毅《ごうき》さんの頃ぁよ。俺ぁ、別に沖田組は嫌いじゃなかった。ボンボンはまあ、神輿《みこし》として担ぐ分にはな。俺ぁ好きじゃなかったけどよ。ま、それで俺ぁ引いたんだ。高橋に任せてな。——だから、家だってよ、こんなふうに垣根にしてよ。昔ぁ、バリケードみてえなコンクリートの壁だったが、取っ払った。へへっ。ご近所に馴染んでよ。これからの余生は、ゴルフ三昧《ざんまい》で行けると思ったんだがな」

恐らく、真意だった。

真壁は煙草を吸った。

「なあ。組対。聞いてたが、百聞は一見に如《し》かずだ。あんた、本物の化け物だな」

言葉が紫煙と共に、庭からの風で流れた。

「だから言うわ。おう。組対。追っ払ってくれよ。西のあいつら。——沖田までだ。俺が頭下げんなぁ、沖田までで十分だ」

「あんたに言われる筋合いはないけどな」

「そりゃそうだ。まあ、タダじゃあなんだよな」

真壁はまた煙草を吸った。

「だからよ。ひとつ、教えといてやるよ」

「なんだ」

「西から来た大将な。女に、その沙羅ってのか？ それになんか盗まれてよ。それで脅されて、ずいぶんな数の借用書を書くはめになったらしいぜ。なんのためだか、どう使うのかは知らねえが」

「ああ？」

うちの高橋、西から来た金魚のフン、昔見たことがある千目連の連中。その他、店のホステス四十人強。それぞれに一億円。

「その、バラマキのリミットが今週一杯なんだってよ」

「はあ？」

さすがに突拍子もなく、それが知らず、声になった。

「いい情報だろ」

真壁は笑った。ごつい男ほど、笑うと懐っこい顔になる、その典型のようだった。

絆は頭を掻いた。

「恩には着ないけど」

「じゃあ序でに、盗んだ物ってのは？」

「そいつも知らねえ。高橋も詳しくは聞いてねえって言ってるよ。なんか、形見だとか言ってたってのは聞いたが」

「形見？」

「そう西からの大将が言ったって話だ。ただよ、それをブツとも言ってるってよ。形見ってなぁなんにしたって、丁寧に神妙に、心で扱うもんだ。それを、ブツってよ。そんな口は、俺ぁ信用出来ねえな。それとも、それが関西の流儀か？　俺ぁでぇ嫌《きれ》えだ。なあ、組対。どうあったって、なんとかしてもらわねえとな」

「ふうん。――なあ、真壁。色々話してくれたが、これを俺が五条に告げ口するとか、そんなのは考えないのか」

「青臭え正義で働く奴ぁ、生臭ぇことはしねえってな、相場は決まってるぜ」

「外れたら」

「手前ぇが腐れ警官に堕《お》ちてくだけだろうよ。簡単な図式だぁな」

「経験則から？」

「ああ。嫌ってほど見てきたぜ。――さ、もう帰れよ。これ以上は、何にも出ねえぜ」

言って真壁は、テーブルの灰皿で吸い掛けの煙草を揉み潰した。

二

真壁の家を辞する頃には、もうすっかりと夜が始まっていた。

「さて」

絆は一旦、特捜隊本部に戻ることにした。

三田線を巣鴨《すがも》でＪＲに乗り換え、池袋駅の西口から出て右手に歩く。

途中で、いつもの喫茶店〈マグニン〉の前を通り掛かった。

《セール》、と書かれたボードが出ていた。

夕方を過ぎるとここのマスターは、時々〈見切り品〉をセールに掛ける。この日はパスタの単品を頼むと、もれなくダブルサンドイッチセット（サラダ＋ドリンク）が付いてくるようだった。

「おっと」

見ただけで腹が鳴り、鳴った瞬間に手はドアに伸びていた。

腹ごしらえは必要だ。

隊本部には、時間が空いたから立ち寄ろうとしただけで、この日はこの後に、まだ予定が詰まっていた。

ワーカホリックの夜は、まだまだ終わらない。

カウベルを鳴らせば、絆を知る馴染みのマスターが、揉み手でかつにこやかだった。

「ははっ。当たったよ。組対の人が、誰かは来るんじゃないかと思って出したんだ」

「えっ。あれって、俺ら専用メニューですか」

「専用ってわけじゃないけど、この時間から喫茶店であの量を食べてくれるのって、この辺で他に誰か居る？」

「えっと。工事の人とか」

「工事の人より、組対の人の方が絶対にたしかだよね」

「それ、褒めてます？」

「さあ。でも、お礼は言うけどね」

　出来立てのナポリタンを味わい、パサついたサンドイッチと乾いたサラダを〈煮出し〉たコーヒーで流し込んで腹を満たし、マスターのお礼に送られ、絆は隊本部に顔を出した。

　出入りが常にあり、決して全員が席に着くことはない大部屋だ。

　この日も通常勤務は三人ほどで、張り込みやガサ入れにこれから向かう隊員達がその倍はいた。

――セールだったな。マグニンで食ってからいくか。

――おう。

　やら、少し時間が経つと、

――マグニンでセールやってたぞ。食ってきた。もうすぐ無くなるぞ。

――マジか。売り切れってのは珍しいな。

――いや。賞味期限がとか言ってたんでな。

と、当直の隊員が絆同様に引っ掛かって出勤し、話題を提供したりした。

（なるほど。特捜隊はマグニンの掌の上か）

絆は改めて、マスターの営業力に感心した。

腹ごなしに書類と格闘し、絆が隊本部を出たのは午後八時になった。

この夜、まず絆が向かうつもりにしていたのは六本木だった。

目的は〈六本木ファンシー〉の黒服、元千目連の青木から直に話を聞くことだ。

昼間に住まいや会社を訪ねるという選択肢も普通ならあるが、青木の場合は絆からすると特殊だった。

なんでも、決まったヤサは持たず、仲間内や女のところを転々としているようだ。同じ場所に二日と続けて帰ることもないという。

会社は当然〈六本木ファンシー〉で、どうしたところで、青木に話を聞くなら夜の六本木、ということになった。

だから所定の時間に六本木に向かいさえすれば、青木の居場所は簡単にわかった。

雇われである以上、店の営業時間には店にいる。〈六本木ファンシー〉に限らず、二十時から深夜一時までというのがオーソドックスなスタイルだ。

ただし、青木が忙しいのはオープン前後の一時間で、あとは営業中でも関係なく、三十分に一度は外に出てきて、同業者連中と談笑しながら煙草を吸っているらしい。

これは、麻布《あざぶ》署生安課に勤務する若い主任が上げてくれた話だった。元は三田署の大川《おおかわ》係長の部下だった男だという。

相棒の金田が亡くなって以降、異例特例の絆は特捜隊の中でもさらに異例特例を発揮して単独行動を続けている。

が、続けられるのはこういう、一人ではないと実感出来るときが多々あるからだろう。

一人は無力だと分かっている。金田を救えなかった慚愧《ざんき》は、今も胸に鮮明だ。

だからこそ一人で動き、一人の無力を味わい、一人ではないことを噛み締める。

それが絆の、心身の置き所だった。

青木は、すぐに発見出来た。

鴨下が蹲《うずくま》っていたという空地は、割合に広かった。表の華やかな商業エリアから隠れ家の風情がある裏手に続く路地にも近接していて、一種エアポケットのような空間だった。

絆が着いたときにも五人が煙草を吸っていたが、そんな場所だから、近くの連中が勝手に喫煙所にしているのだろう。

思い思いに持ち込んだに違いない、バラバラなスタンド灰皿が五台設置され、その他に二台が地面に転がっていた。

あばた面の若い男に胡散臭げな目を向けられたが、気にせず入って奥の方に立った。

向かってくるような紫煙の流れにはやや閉口したが、煙草を吸わない以上、居場所はその辺しかなかった。

闖入者を気にする視線も気配も五人分に増えたが、そのまま彫像と化して動かなかった。

青木が煙草を吸ってすぐ中に入るなら、逆息継ぎのような喫煙の一瞬はうろついていては捉え切れない恐れがあった。

五分、十分も待てば果たして、黒服の青木は誰かと話しながら、テナントビルから脇の空地に現れた。

絆は青木に向けて手を上げた。

自ら寄って前に出た。

「よお」

青木は眉根《まゆね》を寄せて怪訝《けげん》な顔をした。

「あ、手前ぇは」

すぐにわかったようだが、寄せた眉根は開かなかった。当たり前だろう。会って楽しい間柄ではない。

「月岡と会ってたって」

早速に用件を切り出した。

絆にしても、長く戯れる気はなかった。

煙草の臭いがきつかった。空地に、すでに喫煙者が青木も入れて都合十人はいた。

「さあな」

煙草を取り出し、青木も火を点けた。

「なんの話だい？」

「それを聞いてるんだけど。二週間くらい前の話だ。忘れる歳でもないだろ」

「大した話はしてねえよ」

「だから、なんの話だって」

「へっ。大した話じゃねえって言ってんだろうが。そっちこそ、耳が遠くなる歳でもねえだろうに。なあ」

周りに振れば、同調の下卑た笑いが紫煙を濃くした。

「あれ？　青木さん」

表通りから、粗暴を滲ませた声が掛かった。

〈スタジアムジャンパー〉で括った若い連中が、五人ばかり連れ立っていた。

まず半グレで間違いないだろう。

五人とも、それぞれに外国人の女を肩抱きにしていた。その場所らしくと言っては偏見が過ぎるだろうが、女は全員が中南米系に見えた。

「なんすか。そいつ」

そう言っただけで、先頭の二人が互いに顔を見合わせいきなり突っ込んできた。

喧嘩っ早い、喧嘩上等にもほどがあるが、絆には観えていた。

女や青木らに〈いいところ〉を見せたい。そんな気配がありありとしていた。

向こう見ずもいいところで、そんなものは所詮、ガキの喧嘩で、つまりは児戯《じぎ》だ。

「あ、馬鹿っ」

青木の動揺する声が走ったが、そのときにはもう遅かった。

絆に向けて、左右から繰り出される拳がすでにモーションに入っていた。

「うらっ」

「よっ」

喧嘩慣れ、だけはしているようで、躊躇いは皆無だった。

だが――。

当然の結果として、二つの拳は交差しつつ空を切ることになる。

無動から拳が当たる寸前に挙措を起こして拳に向かい、拳より早く動いて絆は二人の空隙を擦り抜けた。

恐らく二人の感覚には一陣の風でしかなかっただろう。

居並ぶ全員にも、絆の動きを捉え切れた者は絶無に違いない。

背後に抜けて振り返り、絆はそれぞれの左右の肩に手を置いた。

強く摑んだ。

「公務執行妨害にしようか」

マッポかよ、という声が二人から上がった。

「冗談だよ。なあ。青木さん」

二人を青木の方に突き放す。誰からも声はなかった。

三人ばかり、持ったままの煙草から灰が落ちた。

青木の腕を取り、引くようにして空地の奥に連れ立った。抵抗はなかった。

なくなるほどのモノを見せた自負はあった。

そこで、〈大した話〉の詳細を聞いた。

実際、内容については鴨下から聞いている。

知りたいのは、その整合性だった。

「沙羅、知ってるかって、元〈ラグジュアリー・ローズ〉の。そんなことを聞かれたんだ」

そこから、月岡との会話は始まったという。

たしかに、細かい話はなかったようだ。

「悪いようにはしねえってぇから、了解ってよ。ただ、それだけだ。何もしてねえよ」

「なんだ？」

「顔の広いあの人がわからねえで、店付きの俺にわかることなんかねえよ。きっと。それにだいたい、俺も忙しいんだ。雇われだしな」

過不足はなかった。鴨下から聞いた通りだ。

「そうか。——ま、そんなもんだろうな」

青木を解放し、時間を確認する。

順調に事が進んで、まだ九時を回ったところだった。

「月岡は、銀座だっけか」

「知らねえ。けど、そうなんじゃねえの。あっちがテリトリーだしよ」

「そうか。——どうせだ。行ってみるか」

青木から離れ、駅に向かった。

それから、東京メトロで銀座に回った。

銀座なら任せろと言ってくれた刑事が、絆も配属になったことがある築地《つきじ》署にいた。通りと言う通りの小店、花売りに、何人も〈知り合い〉がいるという情報通だった。

イレギュラーだったので、銀座に着いてから連絡してみた。

当直らしく、本人が署にいた。

「月岡って、今日は銀座、出てるんですかね」

ちょっと待て、と一旦電話を切られて三分後だった。

——今なら並木通りの、ヴィトンの前にいるってよ。

ここにも、絆を支えてくれる一人がいた。

有り難うございますと礼を言って、それから二分と経たなかった。

月岡は、聞いたままのところにいた。

素人感は微塵もないが、相変わらずいい男だった。

「久し振りだな」

「ああ。組対の犬かい。口だけだと思ったが、本当にきやがった」

ということは、青木に聞いたのだろう。

「俺が犬ならそっちはネズミだろ。沈没船から逃げるだけなら可愛げのあるネズミだけど。夜に出戻ったら、さあ、ネズミはどうなるのかな。ひょっとして、ドブネズミか？」

「なんとでも言えよ」

「東京竜神会の五条。慌ててるんだって」

「俺に聞くなよ」

「沙羅探し。お前も噛んでるって」

「行き掛かり上だ。取り入って損はない相手だろうが」

「ふうん。――で、何を探してるって。教えろよ。何を盗《と》ったんだ」

「本人に聞けよ」

「顔広いんだろ」

「広くたってな。知らねえ女のことは知らねえよ」

「――なんだ。知らないのか」

「へっ。夜に働く全部の女を知るわけじゃねえや」

「そうか」

もう少し掘りたかったが、月岡がどこかの店の店長らしき男に声を掛けられた。

仕事の話をし始めるが、気配からして真面目な男のようだった。顔も知らない。

その場から離れ、G・SHOCKで時間を確認した。

この日は下田と合流しなければならず、渋谷に回る予定だった。

まだ少し早かったが、早さはみんなの協力に拠る、順調さの証に他ならなかった。

三

詰め込みのスケジュールは、月岡に会うというイレギュラーもありながら順調に進んだ。

ひとえにこれは、協力を惜しまなかった〈侠気〉の者達のお陰でもある。

なんにせよ、最後は少し時間が余る感じになった。

一時間程度ではあったが、無理に捻出したわけではない空き時間とはいいものだ。現実的、即物的な余裕だけでなく、心にゆとりをもたらすものだと知る。

この夜、絆が最後に予定していたのは、渋谷署の生安と組対が組んで設定した大掛かりな夜警、巡邏《じゅんら》だった。

渋谷署の下田に誘われたものだ。

——一緒に回るぜ。

夜回りに誘われたのは初めてではない。そのたびに、昔を思い出すように下田とはコンビになる。

巡邏や捜査の別なく、動くときは常に署内同係の二人一組が原則だが、存在自体が異例特例の絆は、どこに行ってもメンバーの一人に数えられた。

それだけの協力もし、功績も上げているからこそではあるが、これは迎える側の言い分であり、思えば全部の要請に応えていると寝る時間がないばかりでなく、同時に三人くらい存在しなければこなしきれない場面もある。

必然として、選ばなければならないときもあるが、比較的渋谷署の応援要請は受けることが多い。

付き合いの濃淡、深浅もなくはないが、事件の多寡、重要度や凶悪さのレベルということこそ基準であり、同行が多いということは、実はあまり喜ばしいことではない。

絆が呼ばれるということは、治安が悪いということとどこかイコールだ。

だが、こういう夜回りは少しばかり毛色が違った。

――犯罪を追って、ただ闇雲に街中を駆け抜けてばっかりだとよ。街本来の匂いってものを忘れるんじゃねえのか。忘れた者は、プカプカとな、浮き上がっちまうよ。浮き上がったら、真下で泣く者、隅っこでコソコソする者、それこそ、腹ぁ空かせた野良犬や野良猫の一匹も見えなくなる、いや、目に入らなくなるってもんだ。どんな達人でも、これぁ、異例特例のお前でも同じだぜ。忙殺ってなあ、そもそも心を亡くすって書くんだからな。

その昔、下田はそんなことを言っていた。いや、そんなことを教えてくれた。

下田も新宿署の苫米同様、ときに絆に薫陶《くんとう》を与えてくれる、いい〈お巡りさん〉の一人で間違いなかった。

この夜、下田に集合場所として絆が指定されたのは、渋谷のハチ公前広場に隣接する、渋谷駅前交番だった。

そこからセンター街を中心に、広く宇田川町までを巡邏するという。

十時過ぎにはハチ公前広場に着いた。

この夜は、翌日に勤労感謝の日を控えた、祝日前の晩だった。風も穏やかで、あまり寒さを感じなかった。

六本木も銀座も、人出があって賑やかだった。渋谷も負けず劣らず、大した賑わいが予感された。少なくとも、立錐《りっすい》の余地もないほどだった。

大小ひっくるめて、間違いなく犯罪には事欠かない夜だ。

駅前交番に向かえば、先着の下田がハコ長と談笑していた。

「よお、早いな」

そんなことを口にはするが、下田は自身がすでにＰフォンを身につけていた。やる気満々のようだった。

「東堂。早いってことは、今日はここまで滞りなくってことかい？」

「そうですね。だから、いつでも行けますよ」

「そうか。ま、いつ動き出しても悪いってことはねえけどな」

ほらよ、と下田が絆に貸与されるＰフォンを差し出した。

「飯は食ったのか」

「タップリ」

受け取ってインカムを装着し、Ｐフォンを設定し、右腕に〈渋谷警察署〉の腕章を付けた。

絆の場合はその他、背腰のホルスターに特捜隊の特殊警棒がセットされている。

それで出発の準備は整った。簡単なものだ。

下田と二人でワンセットで、この夜は渋谷署夜回り隊の第三班ということだった。

ハコ長が、交差点向こうのドラッグストアで栄養ドリンクを買ってきてくれた。差し入れだ、頑張れよという応援と一緒に飲み、絆は下田と夜の渋谷にその身を晒した。

センター街は思った通り、人また人でごった返していた。若者の熱気と安い香水と、かすかに生ごみの臭いが混じり合って一種独特のアロマだった。

センター街の匂い。下田が忘れるなと言ってくれた匂いだ。

縫うように人混みの中に入り、隅々に目を配り、意識を傾ける。

澱《よど》みと吹き溜まりに、悪意はよく凝縮する。

特段に大きな悪意は感じられなかったが、風に舞う木の葉のような引っ掛かりは幾つもあった。

とあるテナントビルの入り口の隅で、十代と思《おぼ》しき少女が泣いていた。

そのすぐ近くに、同じく十代と思しき少年が立っていた。

絆達が近寄っていくと、少年は走って去り、少女は歩いて去った。

酔っ払って互いの胸ぐらを掴み、大声で喚いているスーツ姿の男達がいて、囃《はや》す者達がいた。

絆達が寄っていくと、囃す者は散り、スーツ姿の二人は顔を寄せて肩を組んだ。

その他、本当に引っ掛かりはいくつもあった。どれも他愛《たわい》のないものだったが、素通りは出来ないものだった。

ただどれも、浮き上がったら目に入らなかったかもしれない。

一歩一歩の大切さを、地道にたしかめるような夜回りが続いた。

人混みを掻き分け人波を泳ぎ、やがてセンター街を抜ける。

そこからは東急ハンズ前に出て神南小学校下から東武ホテル裏へ抜け、左右どちらかから回って何度かハチ公前へ戻る。そんな巡回コースだった。

何もなければ、巡回を時間一杯まで繰り返すだけで終わる。

何もなければ——。

五週目、おそらく最後の周回だった。

時間的にはもう、夜よりは朝に近い頃合いだろう。

渋谷という街自体から、ようやく雑然とした賑わいが消えようとする頃だった。

人混みも人波もだいぶ減っていた。

そんなセンター街の、仕舞いの路地と言っていい脇道が目の前だった。

そこから、ゆっくりと漂い出てくるような、これまでとは格段の悪意が絆には観えた。

建物と建物の隙間のような路地だ。たしかに、悪意が溜まるには格好のスペースだったろう。

「シモさん」

ひと声で下田を抑え、絆がまず路地の入口に立った。

路地は薄暗く、乗用車一台も通行は困難な隘路だった。

その奥、ちょうど向こう側との中間点の辺りに、男らが四人いた。その内、一人を囲むようにしている三人から、剣呑《けんのん》な気が立ち上っていた。

囲まれた一人は、間違いなく怯えていた。

チンピラ、あるいは半グレと、サラリーマン。

絆はそう踏んだ。いわゆるカツアゲの現場、現行犯で間違いなかったろう。

「おい」

ひと声掛けると、

「ああ？　んだ、手前ぇは」

マル害を挟んでこちら側に立つ二人が、肩を揺すって寄ってきた。

薄暗い路地から適当に明るい通りは逆光めいて、絆の腕の腕章は見えなかったかもしれない。

引き付けるだけ引き付けて、絆は動いた。

相手もようやく気付いたようだった。

絆が動いたのはその瞬間の、機先を制した形だ。

「て、手前ぇ。マッポかよっ！」

答えることはしなかった。

圧を掛けるように寄っていけば、押されてか、相手は一人がポケットから光り物を取り出した。バタフライナイフだ。

かえって証拠を押さえる手間が省けたというものだ。望むところだった。

「銃刀法違反。公務執行妨害」

それより、ナイフの二人が騒いだときの残る一人の気配が気になった。

剣呑さは鳴りを潜め、かえってひっそりと沈んでいた。

（全部置いて、逃げる気か）

手前の二人が、ただ邪魔だった。

「うらっ」

ナイフの男がまず隘路でナイフを振ってきた。絆にとっては溜息が出るほど雑だった。右の掌底《しょうてい》を突き出した。相手には、ナイフを掌で受けたように見えたろう。

絆は人差し指と中指の間に、刃の冷たさを感じるほどの見切りでナイフを通した。通して相手の拳を摑み、捻《ひね》り、ナイフを取り落としたのを確認してそのまま引き寄せる。

これすべて一瞬の出来事、流れる一連だ。

わけもわからず引かれた男は、バランスを崩して泳いだ。

出てきた男の鳩尾《みぞおち》を、靴の爪先で蹴り上げ、摑んだ手を離した。

「ぐえっ」

前のめりになって倒れる男の肩を踏み、絆は背後に飛んだ。

一番奥にいた男が、やはり向こう側に逃げようとしていた。

「シモさん。頼みます」

宙で二人目の男の人中《じんちゅう》辺りを蹴り、その背後に降り立った絆は躊躇いもなく地を蹴った。

地べたに蹲るマル害の様子を一瞥する。

大事がないとだけ見極められれば今は十分だった。だから飛び越えた。

三人目が隘路から向こう側に出ようとするところだった。もう三メートルもなかった。

大通りに、人の往来が見えた。

紛れ込まれたら厄介だ。凶器を所持していれば怪我人が出るかもしれない。

絆は咄嗟に、背腰のホルスターから特殊警棒を抜き取った。

大きく身体を使い、男に向けて縮めたままの警棒を打った。印字《いんじ》打ちの要領だ。

唸りを上げる警棒は、逃げる男の後頭部に一直線に飛んだ。

「ぐあっ」

男は頭を抱え、アスファルトに倒れた。

手を伸ばせば大通りに届く、ギリギリの辺りだった。

歩速を落とし、ひと息ついた。

背中側では、

「おらっ。大人しくしろよ。――こちら三班っ。指揮本部っ」

下田がカツアゲの連中を押さえつつ、Ｐフォンで応援を呼んでいた。

絆は地面の特殊警棒を拾い、ホルスターに戻した。

呻いている男の襟首を摑み、引き上げる。

大通りからの明かりに浮かぶ男の顔には見覚えがあった。

「あれ」

名前までは知らなかったが、男はかつて、黒川組の下部組織、松風会に所属していたチンピラだった。


渋谷署の応援が到着したのは、それから約三分後だった。

大掛かりな夜回りということで、こういう事態への対応はそもそも準備があったのだろう。素早いものだ。

現行犯逮捕した松風会の男は、根本《ねもと》という名だった。下田が知っていた。

その他の二人はわからなかったが、並べると根本が兄貴格のようだった。

「けっ。また松風会かよ。どこにでもいやがんなあ」

下田はぼやきながら、連行されていく三人を見送った。

「貧すれば鈍すか。エムズの山﨑《やまざき》もそうだったしな。ああ。そう言えば、昨日な、坂原が起訴されたようだ。グズグズしてやがったみてえだが、これでもう逃げ隠れ出来ねえ、鉄板の公判待ちだぜ。執行猶予無しへの一本道ってな」

「坂原ね。――坂原？」

ふと、絆の胸に引っ掛かるものがあった。

「坂原、ですか」

「どうした」

「いえ。じゃあ、坂原はどっちっすか。留置場、拘置所」

「拘置所だ。けど、なんだよ」

下田は怪訝な顔をした。

「いえ。ダメ元で、ちょっと本人に聞いてみたいことがあって。――明日、行ってみようかな」

「けっ。働くねえ。相変わらずお前は」

「感謝してくださいよ。今日は勤労感謝の日ですから」

「んだよ。お前だけじゃねえぞ。俺だって徹夜だよ」

「――誰か、感謝してくれないですかね」

「なんだよ。いるじゃねえか」

「えっ」

「成田の千佳ちゃん」

「帰ります。お先に」

　貸与の一式を下田に渡し、絆はその場を後にした。

四

　祝日明けの金曜は、朝からどんよりとして暗かった。

　早朝に降り出した雨は夕方まで止まず、この日は終日を通して肌寒い一日となった。

「うらぁ。お前ら、舐めんなやっ。どないなっとんのや！」

　午後七時前の、〈ラグジュアリー・ローズ〉だった。

　国光はＶＩＰルームで荒れた。大理石のテーブルを蹴飛ばした。

　足に響く鈍痛が、また怒りを助長した。

　目の前のソファには、神妙な面持ちで身体を丸める高橋が座っていた。

　でかい身体を縮こめると無様だ。馬鹿ばかりが目立つ。

　その両脇には、取り敢えず雁首《がんくび》だけは揃えた島崎と北山の、とばっちりだと言わんばかりの顔があった。

　それも、いや、どれもこれも、怒りの対象だった。

本来なら女達が座る席に、男ばかりが座っている。

「おう。高橋っ。発信元の特定はどないなっとんのや。あんときお前、偉そうに出来る言うたやないか」

どうしようもなく、またテーブルを蹴った。

高橋がさらに小さく縮こまる。

「それがその、サツが馬鹿やったお陰で、あれっす。社内がっすね。例年になく、ピリピリしてるってんで。GPSだけじゃなく、正式な理由がねえとすぐには無理だって、その」

どうにも言葉が重い。聞くに堪えない。

「けっ。GPS。あれかい」

この年の三月、令状無しのGPS捜査は違法だという判決を最高裁が下した。改めて個人のプライバシーを侵害することの違法性を示した形だ。

国光も、その判決は知っていた。

今後の〈稼業〉に有利な判決だと、警察の失態を揶揄《やゆ》しつつ、聞いたときは手を叩いて喜んだものだ。

その判決が、この期に及んで我が身にも伸《の》し掛かって来るとは思わなかった。

いつのしっぺ返し、なんの意趣返しだ。

部屋の扉がノックされた。

「ああ？」

「東京代表。そろそろ、あれです」

店長の佐川が入ってきて囁いた。

「時間ですので」

「ふん。さよか」

つまりは、静かにしろということだ。

ようやく、ホステスが出勤してくる時間のようだった。

それを待って、国光はこの部屋に入っていた。遊ぶためではないし、それどころではない。

ラテックスの手袋をはめ、目当ての女達の出勤を待った。

すでに要求された借用書は印鑑証明付きで用意し、昨日までに女連中の半数以上には配り終えた。

残りは、この夜だった。この夜で終えることになる。

金曜の晩は、どの店でも一週間で一番の書き入れ時になる。

というか、金曜の夜だけが別格だ。特段に忙しい。

夜に羽ばたく蝶が、蜜を吸うのは平日の夜と決まっている。土、日の夜はない。

週末は、昼間に生きる連中に場所ごと終日明け渡す。

それが、銀座という場所だった。

沙羅は今週一杯待つと言ったが、そんな理由で土、日の週末は、今週にカウント出来ない。したところで誰もいないのだ。

沙羅を探すには有効な二日間だが、逆に言えばこちら側がノーダメージで有効にするためにも、借用書の配布はこの日、この夜中がタイムリミットだった。

金曜の夜にだけ出勤する女達が、十人いた。

直近の一週間以上出勤がなく、この夜も予定がなかった女連中は店長の佐川に強引にでも呼び出させた。

合わせて十七人、十七億円がこの夜の分だった。

出勤してきた順に、

——持っとけや。けど、いいか。絶対に忘れんなや。これぁ、持っとるだけや。持っとるだけやけど、ただの紙切れとちゃうでぇ。後生大事にしてな。折れ線の一つも付けよったら、そんだけでな、東京湾で裸踊りや。この時期は冷たいでぇ。そんで、二度と上がってこれんでぇ。

まずは三人ほどに、そんな因果を含めて直々に手渡した。

いや、実際には手渡そうとした、というところ止まりだ。

当然というか、全員に要らないと言われた。誰も手を出そうともしなかった。

二人などは、地団太踏んでその場で泣き始めた。

なんの苛《いじ》め、私が何したって言うの。

事情が飲み込めていない女達には、たしかにいい迷惑なだけだっただろう。

ただのポーズなのかも知れないが、四十人以上もいると国光にはよくわからない。

その三人には取り敢えず、捻じ込むようにして渡した。

折れ線の一つ、どころか皺くちゃになったが仕方ない。

ただ、店長の佐川はあからさまに苦い顔をした。

「あの、今後の営業に関わりますが」

腹は立つが、もっともな言い分ではあった。

そこでもう、因果を含めることは止めた。割愛だ。

——なあ、これな。私が返してくれ言うまで、ちょっと預かっといて欲しいんや。中身は大した物でも危ない物でもないで。見てもろてもかまわん。ただの紙切れや。ペラッペラのな。

それで、女達には渋々受け取ってもらう格好になった。

（クソ呆《ぼ》けがっ。なんで俺が小娘どもに頭下げてまで、借用書配らなならんのやっ）

配った借用書がどうなるのかは今のところ不明だ。沙羅の意図も分からない。

五条の名を書いた借用書が、街金に流れるとは到底思えなかった。真っ当な銀行系列の信販会社でも同様だ。

それでも万が一を考慮し、すべての用意は手袋をして行った。指紋はひとつとして付いていない。手渡すときも同様にした。

持って行かれた、宗忠の指紋がついたエグゼのパッケージは教訓だ。同じ轍《てつ》は踏まない。

その他、万全にすべく、印鑑証明も変えた。

ただし、偽造などのへまはしない。私文書偽造など、阿呆のすることだ。

火曜にまず印鑑証明を多めに取り、水曜の日付で借用書を書き、実印を押した。

この一連では間違いなく判子は実印で、印鑑証明は有効だった。

そうして水曜になってから、実印そのものを変えたのだ。

つまり、水曜の日付の借用書は、火曜までの実印での押印となり、添付も火曜までの印鑑証明ということになる。

それでも五条国光の自筆は借用書に残り、印鑑証明にも法的な有効期限が設けられている以上、どこまでこの足掻《あが》きが、〈借用書の無効〉に対して効力を発揮するかはわからない。

単なる開き直りと取られるだけかも知れないが、何もしないよりはマシだ。

眠れずに呑む寝酒の一杯くらいは、間違いなく減るだろう。

遅番の女連中にも〈いい顔〉をして借用書を押し付け、十七億円分すべてが終了したのは十時過ぎだった。

紙切れを配っただけだが、濃い疲労感があった。

「おい。店長」

一杯くれと言おうとしたところで、携帯が振動した。

憂《う》げに手に取り、目を見開く。

宗忠からだった。

――ああ。国光。あんな、今冬の走りのクエがってな。馴染みのとこから連絡があったんや。だからな。帰っておいで。

一緒に鍋でもつつこうや、とのんびりとした口調で宗忠はそんなことを言った。

「あ、あんな、兄ちゃん。今ちょっと立て込んでてな。帰れんのや。少ぅし待ってくれんか?」

――なんや。そない、てんごう言うなや。和歌山の天然物、キョウモドリやで。手に入ったとして、お前の用事が終わるん待っとったら、鮮度はどうしたって落ちるやないか。そしたら、その辺の回転寿司と変わらんようになるで。

「せやけど、兄ちゃん」

国光、と宗忠は遮った。

久し振りに聞く、いや、滅多に聞かない、斬るような声音だった。

——兄ちゃんが帰って来いて言うたら、お前は帰ってくればええんや。

「あ。——おう」

他に答えようはなかった。否を吐けば、それこそ本当に斬られるかもしれない。

——ふふっ。大丈夫。なぁんも心配いらんて。前にも言うたやろ。私はな、お前のことはなんでもわかるんやで。

「わ、わかるて。なんや。——あ、せや。木下か。あいつが、なんかコソコソと嗅ぎ回って」

違う違う、と言って、宗忠は笑った、かもしれない。

兄のことは、よくわからない。

——兄ちゃんはな、マジシャンなんや。しかもな、腕のいいマジシャンやで。どこにでも居って、なんでも知っとって、そんでな、なんでも出せるし、なんでも消せるんや。

すぐおいで、四条畷で待ってるで、と言って宗忠の電話は切れた。

暫時携帯を見詰め、睨み、国光は細く息を吐いた。

おもむろに、ソファの近くから自分のセカンドバッグを引き寄せた。

手を入れ、取り出した封筒の束をテーブルにぶちまけた。

「お前らの分や。大事に取っとき」

まず初めに高橋が手を伸ばし、神妙な顔で受け取った。

「なんやなんや」

島崎が身を乗り出し、斜に構えた。

「東京代表。まさかこの非常時に、大阪でっか」

どうにも鼻につく物言いだった。

マンションの一件を喚き散らした彼《か》のときから、どうにも舐められている気がした。

怒りが沸点に達した。

達すると冷えるものだと、この歳でこれらの経験を積んで、初めて知った。

「ならな。島崎」

国光は銀フレームの眼鏡を外し、

「言うてみいや。会長に。ふざけたこと言うなて。こっちはこっちで忙しいんやて。言えたら、そう」

顔を寄せ、島崎の目を覗き込んだ。

「譲ったるで。東京代表の座。言うてみいや」

自分の声が遠かった。

青い顔で、島崎が震えた。

五

同日の、雨中だった。

絆は下田に告げた通り、東京拘置所に収容された坂原の元を訪れた。

池袋の隊本部を出てきたときにはまだ薄ぼんやりとした思考は、坂原に会ってはっきりとした色が付いた感があった。

この日は珍しく、絆は覆面ＰＣを借りて隊本部を出た。朝から煙るようだった雨が、十時を過ぎて強くなり始めたからだ。

絆は傘を手に出掛けようとすると、隊長席から浜田が、

「風邪《かぜ》引くよぉ。使っていいよぉ。空いてるよぉ」

と、手を上げて声を掛けてくれた。

都内の場合、普段なら公共交通機関が圧倒的にフットワークに寄与するが、こういう雨の強い日にはＰＣは助かる。

電車で動こうとすると、東京拘置所の最寄り駅は、東武スカイツリーラインの小菅《こすげ》になる。

駅を出ると、東京拘置所そのものは目の前に見える。

が、拘置所の内外を分ける面会者入口所まで、実際にはそう近くない。

駅を降りた瞬間から塀ばかりを見て、優に十分は歩くことになる。足下を気にしなければならない雨の日なら、まず十五分は掛かるだろう。

なんといっても東京拘置所、通称〈小菅〉はただっ広い。

こういう日の〈小菅〉は、さすがに車移動が便利というか、楽だった。

その代わり三度ばかり渋滞に嵌まり、午前の面会時間にはまったく間に合わず午後に回されたが、これは都内の車移動の代償だ。どうと言うこともない。

それに、本当に緊急なら覆面ＰＣの場合、パトランプを回転させ、サイレンを鳴らせば済むことだ。

この日の面会は、特に難しいことを聞きたいわけではなかった。逆に渋滞に嵌《は》まり込み、その間に考えをまとめれば、聞きたいことは数項目に集約された。

絆が質問するより、坂原の回り諄い答えの方が遥かに長かったくらいだ。

それでも、二十分とは掛からなかった。

〈小菅〉を後にし、そのまま絆は隊本部に戻った。

道は、復路の方が時間が掛かった。

往路と同じルートを戻ったが、雨の影響もあってか、渋滞箇所も詰まり方も倍以上に増えていた。

池袋に到着する頃には、三時を大きく回っていた。
隊が借り上げた半地下の駐車場に入り、所定のスペースに覆面PCを停めると、携帯が振動した。

液晶画面を見て、片眉を上げる。

「へえ。本当だったんだ」

電話の相手は、魏老五だった。

矢崎に〈連れて行って〉もらってチャイニーズパブで呑んでから、ちょうど一週間だ。このくらいならまあ、〈すぐ〉と言う単語の有効範囲だろう。期限も近いが。

内容は当然、矢崎の金で絆が頼んだ、パーティーについてだった。

——その呼び名ね、チャイニーズドラグーンの中にあったよ。ただし、爺叔の息子。お前が言うような、〈同窓会〉〈同級生〉〈謝恩会〉と同じじゃないね。それらは単にグループ。彼らの一派。パーティーはまったくの別物。暴力を生業にするチャイニーズドラグーンの中でも、生粋の暴力。純粋の凶器。凶器にして狂気ね。

「勿体付けるな。わからない」

電話の向こうで、魏老五はあからさまな溜息をついた。

——ああ。爺叔の息子。それは単に、お前の理解力が乏しいだけじゃないの？　それとも、聞く力？

「ああ。言い方が悪かったか。——前置きが長い」

——ふうん。まあ、いいだろう。私はわかっているから。エコノミック・アニマルと言われた頃から、先を急ぎ過ぎるのは日本人の特性ね。だから嫌われる。本質だけ知って、それですべてをわかった気になる。

「悪いか」

——いい悪いではなく、マナー。だから嫌われると言ったよ。好き嫌いの問題。なんにでも、本質にはね、至った理由、至るための道があるね。土足でどこからでも近づいていいわけではないよ。これは、民俗学的アプローチかもしれないね。

「へえ。あんたの口から民俗学かい。実践的経済学や犯罪心理学じゃないんだ」

——いやはや。この国でも柳田國男《やなぎたくにお》、南方熊楠《みなかたくまぐす》、折口信夫《おりくちしのぶ》。尊敬に値する人物は多いというのに。なんとか言う民間伝承にも近い古武術を操る男が、爺叔の息子、その体たらくとはね。

「擦り替えは結構。それこそ本質を見失うってもんだ。で、凶器にして狂気。その意味するところは？」

先を促す。

ＰＣから降り、絆は地上に向かった。

——パーティーはね。彼らチャイニーズドラグーンの拳《こぶし》。抗《あらが》う命と言ってもいいかもね。

歌って踊って、好きなことをして、そうして、いざというときに、チャイニーズドラグーンの拳になる。命と言う拳ね。人柱、いや、人身御供《ひとみごくう》かな。

「なんだって」

——最初の、大本の怒羅権達は、正々堂々とした残留孤児二世ね。そこから二世だけでなく三世、在日中国人なども混ざって、組織はずいぶん拡大したね。でもね。

爺叔の息子、と区切ってから、魏老五は以下のことを説明し始めた。

最初の怒羅権は、全員が、〈正式〉な日本人、あるいは中国人だった。それは間違いのないことではある。

全員が公立の中学に通い、そこが怒羅権の発祥の地になったというのは、これも公然の事実だ。

ただし、残留孤児や残留孤児二世の全員が日本に馴染めたわけではない。在日中国人もだ。

行き場を求めて得られず、馴染もうとして馴染めず、病を得たり心のバランスを崩したり、最悪は死を選んだり。

そう言う者達の子供、表に出てこない闇の二世、三世も、ニュースにならないだけで間違いなくいたのだ、いや、いるのだよと魏老五は言った。

戸籍を得ることなく産み落とされたり、生まれてすぐそんな親と、〈死別〉したり。

つまり、闇に生まれた命達だ。

ドラグーンの連中は、そういう闇に生まれた命達にも食を与え、居場所をグループの中に作った。

そうして育ったのが、パーティーだという。

ただし、ドラグーンの慈悲や慈母の感情が、パーティーを育てたわけではない。

パーティーの命は、いざと言うときに捨てるための命だった。

死ぬために生きる、それこそすなわち、死兵だ。

闇の二世、三世のうち、格闘にセンスのある男児には、格闘鍛錬さえ怠らなければ好きなだけの贅沢を許したらしい。年頃になってからは女も欲しいだけ与えたという。

贅沢三昧のすべてはすなわち、いざと言うときのためだ。

そのときが来れば、パーティーはチャイニーズドラグーンを守るために働くのだ。

殺を躊躇わず、死を厭《いと》わず。

そういう教育をした。

いや、無慈悲を好み、死を夢想さえする。

そういう思想を叩き込んだ。

いやいや、それしか知らない生き物に育てた。

来《きた》るときのために、〈飼われた命〉。

逆に言えば、来るときさえ来なければ、病死・老衰のその日まで悠々と〈飼われ続けるだけの命〉。

それがパーティーの正体だった。

「なんだ、それ。それが人の――」

――することだよ。

爺叔の息子、と魏老五が先回りした。

――かつては我が国にも、この国にもあったね。人々は禍《わざわい》逃れに、か弱き処女の身を捧げたじゃないか。白羽の矢。それが村の中の娘や自分の娘に当たることを嫌う村や分限者は、崇《あが》めるようにして行き倒れや食い詰めの稀人《まれびと》を飼っていたともいうよ。稀人は贅沢三昧を許される代わりに、襲い来る災禍の大きさに応じて身体の部位を捧げるね。小禍には鼻を削《そ》がれ、目を抉《えぐ》られ、大禍には腕一本を捧げ、足一本を捧げ、捧げる部位が無くなったら、命そのものを捧げて穢《けが》れを祓い、荒神を鎮めるね。これこそが人の営み。民俗学の解き明かすところね。

だから怖いよ、と魏老五は続けた。

――強いかどうかは、知らない。ただ、こういう輩は、私でも怖いね。

「ふうん。あんたにも、怖いものはあるんだ」

――私も人の子。人の兄、ね。

電話の向こうで、魏老五はかすかに笑った。冷めた、とわかる笑いだった。

——だから、怖いね。そう、この前、私はお前に、彼らの情報網を少し怖いと言ったね。言ったけど、本当のところは怖くはないね。それは可愛いものよ。けど、パーティーはダメ。純粋な殺意、いや、殺意さえない純粋な目的意識。そんなものは理解出来ないね。だから怖い。

「へえ。本気だな。怖い、か。本気で。じゃあ、質問」

——なんだね。

「そんなのが出てきたら、あんたならどうする？」

決まっている、と魏老五は即答した。

——まずは、手を出さないこと。手を出さなければ咬《か》み付かれない。これは、中国的民俗学かもね。

「なるほど。なら、質問の二」

——ふん。ついでね。聞いてあげようか。

「万が一でもいいや。あんたをして、迂闊にも手を出してしまったとしたら？」

これも、決まっている、と魏老五は即答した。

——逃げ出すね。こちらも死兵を撒《ま》いて。そう、これはなんと言ったかな。

「また民俗学か」

——近いけど違う。ああ、三枚のお札。昔話ね。

「ああ。そう」

半地下から地上に出たところで会話は終わった。

雲の切れ間に夕焼けが見えた。

絆は目を細めた。

「パーティー。そういう人間。そういう生き物」

対峙してみてわかるもの。

対峙すれば自《おの》ずと見えるもの。

対峙しなければ観えないもの。

剣士なら備わっていて然るべきもの。

絆ならではのもの。

〈自得〉に、体験、実践、体感、思考、あらゆるものが収斂《しゅうれん》する。

「うん。なるほどな。筋は通っている。辻褄《つじつま》は合う」

呟きを、天から降る光芒《こうぼう》に投げる。

いつのまにか、すっかりと雨が上がっていた。

六

日曜日の四条畷。

宗忠の別荘だ。

前日の夕方に、国光は宗忠に言われた通り、この四条畷の別荘に入った。

しかし、呼んでおきながら主の宗忠はいなかった。

今回の留守番兼世話係らしき竜神会本部の連中に聞くと、一枚のメモに走り書きのような宗忠の伝言を見せられた。

〈日高《ひだか》に行って来るで。ごっついキョウモドリ釣り上げて、持って帰るからな。大人しく待っときや〉

日高とは、和歌山最西端の日高町のことだろう。

たしかに日高町は〈天然クエの町〉で、クエは磯釣りのターゲットとして釣り好きに人気だが。

「なんや釣るて」

どこかからもらってきた物があるのかと思っていたが、思えば会話の中で、宗忠はそんなことは一度も口にしなかった。

「乗せられたんか。ようわからんが」

宗忠のすること、言うことはよくわからない。何もなくクエ釣りに出掛けることはあるだろうが、何もなくクエ釣りに絡めて国光を呼ぶことはないだろう。

これも一つの、マジックか。

着いたその夜は、だからまた酒を呑んだ。

結局、四十八枚。締めて四十八億円の借用書が、頭を離れることはなかった。

これはおそらく、最終的に全ての回収、あるいは明確な破棄を確認しなければ、消え去ることのない胸のつかえ、心底の澱《おり》だろう。

酒で寝て、寝て起きてを繰り返して陽が高く上り、気が付いたときには宗忠が帰っていた。

でかいクエを、キッチンに運ぶところだった。

国光も知る料亭の大将が出張で来ていて、クエを受け取った。

「お早う。国光。どや、ごっついクエやろ」

宗忠は満足げに笑った。

兄ちゃん、と声を掛けたが、このときはここまでだった。

「夜中、磯場におったんでな。さすがに疲れたし、少し寝るわ」

宗忠は伸びをし、上げた手を下ろしがてら国光の肩を叩いた。

「もう、少し待っとってや。国光、私が起きたら、美味い鍋、食べよな」

大将、頼むでえ、とキッチンにも声を掛けつつ、宗忠は自室に入っていった。

そうすると所在もなく、国光はまた、広すぎるリビングで酒を口にした。

少し寝る、と宗忠は言った。起きたら鍋だとも言った。

いつ起き出してくるかわからない以上、あまり真っ当に腹に溜まる物を食うわけにもいかず、酒量だけが悪戯に増えた。

それで、気が大きくなるかと思ったら、かえってささくれ立った。

一向に鳴らない携帯電話が気になった。

東京の事務所に掛けた。

――ああ。東京代表。

北山が出た。

どないや、と聞けば、

――ええ。無事でっせ。借用書の分配は、六本木の奴の分も含めて、昨日のうちに全部済ませましたわ。

これが返事だった。

これだけが返事だ。

　沙羅の話はない。何が無事だ。

「そないなこと聞いてへんわ。沙羅や。沙羅は、どないした」

――ああ。そっちでっか。ええ、関係しそうなとこだけでなく、借用書渡した女ども全員にも若いのを貼り付けましたで。時間の問題や思いますが。ただ、高橋や島崎はなんや、誰も動かんてブツブツ言ってましたな。

　のほほんと、のほほんと。

　何が時間の問題や思います、だ。

　本物の阿呆が、電話の向こうにいた。

　国光の頭に一気に血が、アルコール混じりに上った感じだった。

　熱かった。

「ふざけんなボケがぁっ。岸和田からの借り物かて、使えんやったらゴミや。クズや。東京湾でも大阪湾でも、好きな方選べや。いつでも沈めたるぞコラァッ」

　自分で怒鳴った声が、自分の耳に響いた。

「五月蠅いのう」

　宗忠の声がした。

　慌てて携帯を切ると、リビングの隅にラフな格好の宗忠が立っていた。

「腹ぁ、減ったやろ。飯やで」

佇まいにも声のトーンにも魅《ひ》かれ、国光はダイニングに向かった。酒に熟《う》んだ結果かもしれない。

大将の料理が所狭しと並び、ダイニングにはいい匂いが充満していた。

さすがに、空腹を覚えた。

皮の湯引き、揚げウロコ、臓物の酢味噌あえ、刺身、蒸し焼き、唐揚げ、鍋。

そして、上等なひれ酒。

クエの料理は、余すところがないと言う。

釣果に関する宗忠の自慢話を聞きつつ、腹を満たす。

それにしても、ひれ酒が美味かった。

「けど、兄ちゃん。クエは幻の魚や言うで。その割りに、釣る前からえらい自信満々やったやないか。これ、ほんまに兄ちゃんが釣ったんか」

「ああ。釣ったで。まあ、これはほんまや。ただな、釣れんかったとしても、兄ちゃんはマジシャンや言うたやろ。クエの一匹や二匹、マジックでどうとでもなるんやで。だから、お前を呼んだんや」

宗忠はひれ酒を口にした。

そういえば、宗忠が日本酒を呑む姿など、初めて見た気がした。

「兄ちゃん。釣れんかったときのクエ、誰かに頼んだんか？」

「ふふっ、バレたか」

　宗忠は肩を竦めた。

「船団、仕掛けてん。お前に美味いクエ、食べさせてやりたかったんでな」

「はあ？　船団て。なんやそれ」

　思わず箸が止まった。

　宗忠が面白そうに国光を見ていた。

「なんやて、タネや。マジックのな。ははっ。これはさすがに、バレバレやったけどな」

「えらい大掛かりやな」

「いいや。そうでもないで。――ようけ釣れたら釣れたで、祇園や芦屋や岸和田、堺な。手近なとこに配ってもええと思っとってん。そろそろ脂も乗って、クエの美味い季節や聞いたんでな。みんな喜ぶで。これもマジックや。題して、一石二鳥マジック。ま、タネが割れれば、どんなマジックもしょぼいもんやけどな」

　宗忠はまた、ひれ酒のコップを傾けた。

　傾けて干し、空のコップを高く掲げた。

「国光。まあ、せこせこあくせくせんで、見ておいでや。お前は私の弟なんやからな。こう、どぉんと構えとったらええんや」

　国光は一瞬黙り、一瞬考えた。

また、この兄は何かを言おうとしているのだろうか。

少し前にこの別荘のテラスで、月光の下で聞いた、あの死兵の話のように。

「その分な、私は色々やっとるでぇ。そんで今や、フェイクもトラップも自由自在や。易如反掌にして融通無碍や」

「易如反掌で融通無碍て」

「ふふっ。国光、わかるかい？」

「そりゃ、どっちもまあ、なんでも簡単なことやっていう意味で」

宗忠は頷いた。

「せや。国光は賢いなあ」

「いや。褒められても――」

嬉しくはない。

褒められたところで、東京での事態の本当のところがその耳に届けば、国光の居場所はどこにもなく、命の保証もどこにもない。

「大丈夫やでぇ」

宗忠は唐突にそう言った。

何がだ。

何が大丈夫だ。

何がそんなに、楽しいのだ。

「全部や。国光。私の掌の上で起こること、踊る奴ら。死んでいく奴ら。全部や。わかるかい、国光。全部なんよ」

ドキリとした。

見透かすように言われた。

実際、宗忠は見透かしているのかもしれない。

国光も掌の上。

駒の一枚。

国光も死兵。

頭を振った。

強く振った。

そんな様子を、宗忠は空のコップの向こうから見ていた。

大丈夫やでぇ、と宗忠はもう一度言った。

「お前はなあ、どぉんと構えて見とけばいい。それだけでいいんや。人はな、正義も悪も、餌さえ撒けば欲ずくでようけ動く。惑う。下世話なもんや」

「欲ずく、やて？」

「せや。正義の執行も金儲《かねもう》けも、兄ちゃんには同じようなもんに見えるで。つまり、どっちも人の欲求や。我慢しようとして、どうにも我慢ならんもんや。きっとお前の、せこせこあくせくしとる悩みもなあ」

「正義、金儲けて。同じて」

全部が同じ、国光の悩みすら同じと言われれば、答えは一つのところに収斂してゆく。

「まさか、エグゼて」

「ふふっ。やっぱり国光は、賢いなあ」

宗忠はそう言って笑った。

「あんな小さな形で、ようけ働く。兄ちゃんには、いい玩具や。いや、マジックの種。いや、これこそフリやな」

「フリ？　フリて」

「私がな、新しい組長達に配ったパッケージもそう。お前と田中に渡したパッケージもそう。ボーエンに使うたエグゼもそう。ああ、せや。サーティ・サタンのリー・ジェインに持たせたんもそう。――みぃんな、兄ちゃんのフリでトラップでフェイクや。みんな、クエと同じや。餌さえ撒いとけば勝手に動く。そんでいつか、こうやってな。釣られて喰らわれるんや」

だから、国光――。

「放っておけばいいんや。細工は流々、仕上げを御覧《ごろう》じろや」

「わからんわ。お手上げや。兄ちゃん、一体なんの話をしとるんや」

付いていけない。あまりに不可解だ。

国光は実際、両手を上げた。

言うことの大半はわからなかった。

煙に巻かれた気分、いや、包まれた気分だった。

ただ――。

翻弄され、踊らされ、振り回され、それでいつの間にか、心は逆に落ち着いていた。

先程までの憂慮や怒りが嘘のようだ。

宗忠は本当に、マジシャンなのかもしれない。

死のマジシャン、いや、闇のマジシャン。

(おう。我ながら、言い得て妙や)

腑《ふ》に落《お》ちた。

闇は覗いても、底が見えなければ怖くはない。

ただ黒いだけだ。

「せや。それでいい」

宗忠は国光の様子を見て、大きく頷いた。

「賢い子は、余計なことはせんもんや。せやから、近々、ご褒美にな。ええこと教えたるわ」

「ええこと？」

国光もひれ酒を吞み干した。

だいぶ酔っている自覚があった。

「兄ちゃん。なんや」

「焦るな。近々言うたやないか。――もう何日か待ちぃ。そしたら教えたる。ふふっ。きっと驚くでぇ」

「そ、そうなんか」

「せや。なんたってな」

パーティーはもう、始まっとるんやからなあ。

国光には宗忠の声が、やけに遠く聞こえた。

（酔っとるからかな）

それはそれで、納得出来た。

第六章

一

十一月最後の月曜日、その晩だった。

ずいぶん陽の入りが早くなり、陽の出が遅くなった。

（もうすっかり、冬の太陽だね）

この日、鴨下は馴染みの〈職場〉である、東五反田の繁華街にいた。

ペリエから繁華街の奥に二十メートルほど入った辺りだ。パチスロ店があり、その正面が風俗店の始まりで、通りのそちら側は暫《しばら》く似たような風俗店が並ぶ。

午後の四時から鴨下は、パチスロ店とテナントビルの境目に〈出勤〉していた。

パイプ椅子を持ち出し、プラカードの裏に入り込む。

風俗店何軒かが分割で名を連ねるプラカードだ。それぞれのスペースにクーポンチケットのケースがついている。

景気のいいときは、一軒一本のプラカードだった。繁華街のあちこちに、この広告媒体の仲間がいた。休憩時間には集まってくだらない話もした。飯も酒も、ときには一緒に行ったものだ。

大体こういう広告媒体の掲出希望時間帯は限られてもいるし、決まってもいる。同じ頃に座り、同じ頃に帰る。

季節によって掲出業種や希望時間帯の違いはあれ、仲間達との勤務時間には大した〈ずれ〉はない。

夏は蒸し暑く冬は芯まで凍る仕事だけれど、鴨下には天職であり、仲間もいて、本当にいい仕事だった。

それが今ではもう、鴨下一人だけが生き残り、他には誰もいなくなった。

不景気と淘汰《とうた》は、こういう広告商売には付き物だが、一人というのはいかにもわびしいものだ。休憩時間に話す相手もいない。必然として、同じ場所で空を見上げて缶コーヒーを飲むくらいで、パイプ椅子から動くことはない。

飯も酒も、同じだ。どこに行っても何をしてもプラカード裏と同じく、鴨下は一人だった。

最近は〈職場〉に着き、〈勤務時間〉に思うことは、それなりに楽しかった昔のことばかりだ。

逆に言えば、昔のことを思って時を過ごせば、いつの間にか仕事が終わる。

今の仕事は昔の仕事の繰り返し、蒸《む》し返し——。

そう思うと、鴨下はプラカードの裏で一人笑えた。

この日は、座って大体三十分後には残照の時間となった。その間、誰も鴨下の存在に気付くことはなく、十人くらいがクーポンに手を伸ばし、躊躇いながらも五人ほどが持っていった。

時間的には、寄ってくる者達はまだ酔客ではない時間帯だ。

この後、夜が深まるに従って次第に客筋は悪くなる。

クーポンに伸ばしてくる手が乱暴になるくらいはいい方で、すぐ近くに火の点いたままの煙草を捨てたり、時には寝たり吐いたりする奴も出る。

この夜はひとまず平穏に、十時過ぎまで〈勤務〉した。

大まかには八時から九時までが〈書き入れ時〉で、大体三十人はクーポンをポケットに仕舞った。

十時を過ぎると鴨下の携帯電話が鳴り、近くで煙草を吸っていた若いサラリーマン風の男が飛び上がって驚いた。

「な、なんだよ。人がいたのかよ」

この隠形こそ鴨下の真骨頂だが、いきなり降って湧いたような気配と姿に、酔客に絡まれることもないではない。

電話は、プラカード媒体会社の社長からの勤務終了を告げるものだった。いつもの流れだ。

この会社の社長との付き合いも、もう四十年を超える。思えば付き合い始めの頃は、先代の社長がまだ生きていた。

――ご苦労さん。明日はさ、神田《かんだ》でお昼からね。○×ホールの新台入れ替えだって。店に直接行って、プラカードもらって駅前ね。いつもの場所。今日のプラカードはいつも通り隣のビルに入れといて。ああ、忘れずにクーポンは取って、がぁさんが持っといて。明日、三時には神田に顔出すから、そのとき回収するわ。

ほいほい、お疲れ様、と了解して電話を切った。

ちょうど、パチスロ店もシャッターを下ろす時刻だった。

電話の内容通り、鴨下はプラカードの表に回り、各店のクーポンを抜き取った。

後は、プラカードを隣のビルの一階の隅に立て掛けておけば、今日の仕事は終わりだが、鴨下はもう一度、裏に回ってパイプ椅子に座った。

昔ならすぐにプラカードを仕舞い、同じように上がりの仲間と呑んだものだ。

最近では、呑んだつもりになってプラカードの裏から、自分の終電ギリギリまで街の様子を眺めるのが日課だった。それが好きでもあった。

楽しい酒、苦しい酒、苦《にが》い酒、美味い酒、不味《まず》い酒。

男女ともども、悲喜こもごも。

——けっ。やってらんねえよ。馬鹿部長が。

（そうだねえ。辛《つら》いねえ）

——私よりさ、あの女がいいんだって。

（また、きっといいこともあるさ。泣くことは、無いねえ）

——先輩、もう一軒、行きましょうよ。いいっしょ。

（身体、壊すよぉ。酒は適量なのが、いいねえ）

聞こえてくる他人《ひと》の会話に自分を添わせる。

プラカードの向こうの往来にこそ、鴨下にとって今の仲間達が大勢いた。

やがて、午後十一時を回った頃だった。

緩やかな風が、繁華街の奥から駅側へ、人々の帰宅の背を押すように流れ始めた。

鴨下は、往来の左右をゆっくりと眺めていた顔を、駅側に動かして止めた。

止めて、元々細い目を極限まで細めた。

どうにも、夢を見るようだった。

ジーパン履いて、薄汚れたＭＧＳのバッグを肩に引っ掛けて、化粧っ気のない顔でガム嚙んで、〈ペリエ〉の看板を睨むように見上げる蓮《はす》っ葉《ば》な女の子。

（いやいや。これはまた。いやいや）

鴨下は何度か目を瞬《しばたた》いた。

それだけで、女の子は姿を変えた。

ワイドパンツを履いて、革のブルゾンを肩に掛け、遮光の入った眼鏡をアッシュグレーの差し色を入れた髪に挿し、〈Ｎｅｗ Ｗｏｒｌｄ〉の看板を懐かしげに見上げる、水商売に染まった女性。

鴨下が夢を見るように見たのは、その女性の本質だったろうか。

沙羅だった。

鴨下は思わず立ち上がった。

それで、沙羅もこちらに気付いたようだった。小さく手を上げ、近づいてきた。

鴨下はまた、パイプ椅子に腰を下ろした。

やおら、ポケットから携帯を取り出し、触ってすぐに戻した。

「あは。がぁさんだ」

沙羅が隣に来ていた。

ワイドパンツの裾を摘み上げ、膝を揃えて蹲る。

ペリエから客を送って出てきた後、戻る前に少し話をした、あの頃と同じ姿勢だった。

慣れない酒に酔って足元が覚束《おぼつか》なくて、鴨下のプラカードに寄り掛かってきた。

それが、沙羅と鴨下が話をする切っ掛けだった気がする。

抜けないお国訛りを馬鹿にされたと、化粧をぐちゃぐちゃにして泣いていたのを覚えている。

「まだいたんだね。久し振りじゃない？　ねえ、がぁさん」

あの頃と何もかもが変わっていて、何も変わってはいなかった。

隣に来て見上げる、子猫のような姿勢だ。

東京に染まり切れない、蓮っ葉な女の子がそこにいた。

「そうだねぇ。――沙羅ちゃんはどうだい？　元気だったかい？」

「元気だったわよ。ええ、元気くらい、満タンになくっちゃさ。全然やっていけなかったもの」

沙羅はそう言い、ペリエを離れてからの取り留めのない話をした。

「そう。がぁさんって、あの頃も聞いてくれたよね。あたしも話をしたしさ」

「そうかねえ。あまり、覚えてはいないけどねえ」

「そう？　したんだよ。がぁさん。ここには短い間しかいなかったからさ、数えるくらいだったけど、あたしは覚えてる。話しやすかったんだね、きっと。――ははっ。数えるくらいだから覚えてるのかな。あたし、頭悪いから」

　鴨下はゆっくり、首を左右に振った。

　有り難ね、と沙羅は言うと、それから膝に手を添え、顎を載せ、〈Ｎｅｗ　Ｗｏｒｌｄ〉の方を見た。

「美加絵さんが死んじゃって、沖田の組長さんも死んじゃったじゃない。あれからさ、色々あったんだぁ。それこそ、あり過ぎるくらいに。——大阪の人間は一杯来るし。千切れ掛かっても生きて、死んだ人もいるし。もうどうでもいいやって。そんなふうに思ったらさ。人間って、結構なんでも出来るもんだね。なんでもさ」

　そのとき、沙羅がどういう顔をしていたのかは知らない。

　けれど、細い肩は少し、震えていただろうか。

「なんか、やったんだね」

　沙羅は向こう向きのまま、頷いた。それで何かが吹っ切れたものか、

「あたしさ。今まで、東京竜神会の親分に囲われてたんだけど。そのマンションの手金庫から、その、さ。小っちゃな物なんだけど、盗っちゃってさ」

　そう言ってこちらを向き、舌を出して小さく笑った。

「小っちゃな物って？」

「わかんない。でも、二重になったビニル袋の中にさ。多分、「イー、エックス、イー」って目薬みたいなのが入っててさ。なんだっけ？　そうそう。〈宗忠の指紋〉って書かれ

た付箋も入ってて。わかんないけどさ。手金庫にそれだけ入ってるんだもの。大事な物なのかなぁって。そう思ったらさ、いつの間にか手に取ってた。それでさ、持って出ちゃった」

「なんとまあ」

　鴨下は驚いて見せた。

　宗忠のことは、鴨下は知っている。絆や死んだ金田との付き合いがあったからだろうが、ヤクザ社会には人並み以上に付き合いもあれば詳しくもある。

　宗忠とは、竜神会会長の五条宗忠で間違いないだろう。

　そんな物を盗むとは無謀もいいところだが、激動に流され、翻弄され続けた生き方が、そんな物に手を出させたということか。本人も、半ば自棄《やけ》でもあったようだ。自分でそう言っている。言ったばかりだ。

――もうどうでもいいやって。そんなふうに思ったらさ。人間って、結構なんでも出来るもんだね。なんでもさ。

「じゃあ、沙羅ちゃん。こんな人目に付くとこにいちゃ、危ないんじゃ」

「そうかもね。でも、出てきちゃった」

「まさか、その盗っちゃった小っちゃな物。それ、今も持ち歩いてるのかい」

「ううん。持ってない」

沙羅は首を横に振った。

「ある人に、預けちゃったんだ」

「ある人？　沙羅ちゃんのいい人かい？」

「いい人かあ。そうだなあ」

聞くと、沙羅は小刻みに身体を揺らした。

「いい人なのかなあ。――へへっ。あんまり、良い人じゃないけどね」

そういうものかい。

そういうものよ。

沙羅はまた、舌を出して笑った。

二

「ねえ。がぁさんはさ、知ってる？　沙羅双樹《さらそうじゅ》って」

沙羅は膝を抱え、身体を前後に小刻みに揺すった。

「沙羅双樹かい？　お釈迦《しゃか》様の」

「そう。なんかさ、お釈迦様が生まれたところの木が無憂樹《むゆうじゅ》、悟りを開いた場所にあったのが印度《いんど》菩提樹《ぼだいじゅ》、死んだところに植えられてたのが、沙羅双樹って言うんだって。だからさ、沙羅双樹は、仏教？　の、三大聖樹の一つらしいよ。薔薇《ばら》やオレンジやブドウと同じ香り成分が含まれててさ。とってもいい香りがする花が咲くんだって。ジャスミンに似てるって」

「へえ。沙羅ちゃんは、物知りだねえ」

ううん、そんなことないよ、と沙羅は首を振った。

アッシュグレーの差し色が、黒髪の中に見え隠れした。

「死んだママから聞いたんだあ。沙羅は、沙羅双樹の沙羅なんだよって。綺麗な花の、良い匂いの。だから、どこへ行っても人気者だよ。誰からも愛されるよって。あたし、この名前、好きでさ。それで、どこに行っても沙羅なんだ。——どこへ行っても、源氏名って馴染めなくてさ。どこへ行っても、人気者でも、愛されても、馴染めなくてさ」

沙羅はそう言って、膝に顔を押し付けた。

鴨下は暫く、黙っていた。

これも、昔ながらだ。

沙羅はいつも、別に答えが欲しいわけではないのだ。

そういった意味では強い娘だ、と思う。

黙っていれば、沙羅は自分で顔を上げる。

「で、どうでもいいって思ったらさ」

沙羅が顔を上げた。アイシャドウが少し、滲んで見えた。

「なんか、東京にいること自体、馬鹿馬鹿しくなっちゃって。馴染めないのに、無理してさ。だから、小っちゃな物盗って、飛び出して来ちゃった」

「はあ。飛び出してきたんだ。そりゃちょっと、いくらなんでも」

無謀だねえ、と嘆息して見せたら、沙羅は大丈夫、と言い切った。

「これでも、お金は持ってるのよ。銀座のお店でさ、なんだかんだ言ってもナンバーワンだったし。渋チンだけどさ、ヤクザの親分に囲われてもいたし。そのときのマンション、現金で売れたし。もう少し下げなきゃダメかなと思ったけど、昔、同じお店にいた子に声掛けたら、五千万ですぐ買ってくれたわ。見栄もあったみたい。あたしにはラッキーだったけど」

これからどうするんだい、と聞いてみた。

沙羅は、〈Ｎｅｗ Ｗｏｒｌｄ〉の方をもう一度見た。

「田舎に帰ろうかなぁって。そしたら、無性にペリエが懐かしくなってさ」

それで、沙羅はフラフラと五反田の夜に出てきたようだ。

追われる身には無謀としか言い様はないが、わからなくもない。

人それぞれだろうが、避けては戻れない場所が、必ずある。

「田舎、かい？」

「そう。雪深くて。何もなくて。寒くて。でも温かくて。東京にないものがなんでもあって。ちゃんとした春が来て、夏はないかな。でも秋があって、雪が降るんだよ」

沙羅の言葉は真っ直ぐで、鴨下にも夢想出来た。

「ああ。いいねえ」

「いいでしょ」

「そこに帰るのかい」

「帰りたいなあって。ただ、ちょっと寄り道してからだけど」

「寄り道？　ヤクザさんに追われてるんだろ。危ないよ」

「だからさ。危なくないようにするためにさ、寄り道するの」

「どこへだい？」

新潟《にいがた》、と言って沙羅は立ち上がった。

「明日か明後日《あさって》には、行こうかなあって」

新潟の大親分さんのとこで、良い人じゃないとわかっているいい人と合流してさ。

そこで売る物を売って、それからだけど、故郷へさ。

膝を払いながら、そんなことを淡々と言った。

「へえ。田舎へは、その人とかい」

「どうかなぁ。一人が幸せなのはわかってるけど」

「けど？」

「良い人じゃないってわかってるけど、わかってるからこそ、悪さの底が見てみたいって言うか。――へへっ。これって案外、水商売のあるあるかもね」

沙羅は肩を竦めた。

「じゃあ、がぁさん。行くね。さよなら」

「ほいほい。さよなら。気を付けて」

沙羅は一度プラカードに手を添え、鴨下の前を通り過ぎて通りの奥側に去った。

もう〈Ｎｅｗ Ｗｏｒｌｄ〉の方を振り返ることはなかった。

（幸せ、あるといいねえ）

そう祈りながら、鴨下はまたプラカードの裏に溶けた。

もう少しここにいて、人の声に我が身を添わせたかった。

緩やかに吹く風は、南風か。

いい夜だった。

と――。

「ははっ。見ぃつけた。さすがに、俺の仲間達は優秀だね」

やけに楽し気な声がした。

引け際の繁華街には、少し異質な声色だった。

嫌な感じがした。

それで、鴨下はより隠形を強くし、プラカードの奥に溶けた。

長年、繁華街周辺の道端に佇んだ経験が、この場合は大いに生きたということに他ならない。

嫌な予感は、はずれることのない胸騒ぎと言い換えてもいい。

道端に佇み、自身の胸騒ぎに正直に、忠実に反応し、そのお陰で鴨下は四十年以上を生き延びてきた男だった。

十五メートルくらい駅寄りの路上、〈ＮｅｗＷｏｒｌｄ〉の看板の近くに、一人の男が立っていた。

紺のフライトジャケットにカーキ色のチノパンを着用し、シンプルなヘッドホンを装着した男だった。

垂らしていた両手をジャンパーのポケットの中に入れ、男はゆっくりと動き出した。

鴨下のことは、どうやらわからないようだった。

男の視線は真っ直ぐに、繁華街の奥、沙羅が歩み去った方に向いていた。

沙羅がまだ、かすかな明かりと闇の境目を歩いていた。

「へっへっ」

そちらに目を細めて舌舐めずりし、男は拳の指を折って鳴らした。

どうやら、男の目的は沙羅で間違いないようだった。

鴨下のすぐ近くを通り過ぎても、男がプラカード裏の、〈聖域〉に潜った小男に気付くことはなかった。

間近で見る男は、恐らく三十歳は超えているように見えた。

顔は割合に整ってもっと若くも思えたが、何ケ所にも手を入れていることは、これも長年、繁華街であらゆる〈男達〉を見てきた鴨下には一目瞭然だった。

剣呑な気配は特に感じられなかったが、男が通過した瞬間から、鴨下の胸騒ぎは強くなった。

作った歯列を歪ませるような笑顔の形が、下品を超えて下卑の色を成して見えたからかもしれない。

（いけない、いけない）

そう思いながら、いつの間にか鴨下は立ち上がっていた。

沙羅の後を追って先を行く男を、知らず知らずに追い始める。

危険だと、長年の勘が激しく警鐘を鳴らすが、足は止まらなかった。

「美加絵さん」

口はそう、呟いていた。

幻にも、沙羅に美加絵を重ねて見ていたかもしれない。

それにしても、持ったままのプラカードが重かった。

各店がそれぞれにクーポンチケットのケースを付けた分、いつまで経っても馴染めない重さだった。

（昔は、良かったなあ）

通りの最奥から、泥酔したのだろう男達の調子を外した歌声が聞こえた。

面倒を避けるためにか、遠くで沙羅が路地を曲がった。

それを見て、男が走った。

さして間を置かず、男も路地を曲がる。

「いけない、いけない」

思いは言葉になったが、沙羅がか、自分がかはもうわからなかった。

「いけない、いけない、いけない」

息が上がり掛かっていた。呟きが弾んだ。

運動がまったく足りていないしプラカードは重いし、それでも、後悔は先に立たなかった。

少し遅れた。いや、だいぶ遅かった。

小さな悲鳴が聞こえた。

鴨下も路地を曲がった。

五メートルほどの暗がりで、男女が絡んで蠢いていた。

知らなければ見て見ぬ振りで遠ざかっただろうが、そう言うわけにはいかなかった。

知らず、鴨下はプラカードを思い切り振りかぶっていた。

「止めろぉ」

男の後頭部で木製のプラカードの軸が折れた。

わずかに身じろぐだけで、男は振り返った。

沙羅を摑んだ左手はそのままに、空いている右手を後頭部に伸ばした。

「痛いなあ」

眉を顰めるだけで、まるでダメージはないようだった。

これも鴨下の、力のなさか。

見れば、沙羅は口を顎ごと摑まれているようだった。

「そ、その子を放せ」

「ああ?」

「その子を放せって言ったんだっ。な、なんなんだい。あんた」

「ん？　俺か。俺は」

パーティー、と名乗った。

背筋に悪寒が走った。

組対特捜の東堂が言っていた。

あの東堂も驚くほど、感情を動かさずに人を殺せる男。

「あ、あんたがパーティーっ」

「おや？　知ってんの」

沙羅が藻掻《もが》いたように見えた。

男が沙羅を見下ろした。

「もういいや。聞きたいことは聞いたし」

無表情に無情に、フライトジャケットの内側に右手を突っ込んだ。

そのまま手を振り出せば、十五センチはありそうな鋭利な折り畳みナイフの刃が、星影に艶のような光を撥ねた。

鴨下はポケットに手を置いた。

（ああ）

携帯があったが、掛ける暇はなさそうだった。

（東堂さん。任せたよ）

そして、

（カネさん。美加絵さん。また、会えるかな）

鴨下は、夢を見た。景気の良かったころの夢だ。

東五反田の繁華街で昼間からプラカードを持って、休憩時間に仲間が缶ビールを呑んで騒いで、警官が来て怒られて、それを見て笑って、カネさんが寄ってきて話をして、小遣いを貰ってちょっといい物を食べて、夜になって美加絵さんが店に入り、明け方になって店を出てゆく。

やがて嬉しき、やがて悲しき。

(明日も、晴れるかね。——晴れると、いいな)

それが最後に、鴨下玄太というプラカード持ちが、願ったことだった。

三

現状はまだ、暁闇《ぎょうあん》だった。

もう間もなく黎明《れいめい》が訪れると、今日に希望を持つなら、そんな頃と言い換えてもいいだろう。

だが絆が佇む場所には、金輪際《こんりんざい》朝陽が差すことはない。

大崎警察署の、遺体安置室だった。音のない世界だ。自然光もない。

立ち尽くす絆の眼下には、鴨下の遺体があった。顔が蝋《ろう》の色だった。

刑事である以上、遺体との対面は何度も経験していた。

ただ、何度経験しても、慣れないものだった。

ましてや、情の絡む遺体はなおさらだ。

夢であって欲しい、嘘であって欲しい。

それが、捜査に当たる刑事としての目を曇らせるというなら、曇ったままでいい。

情の有りっ丈で一時の激情を募らせ、涙で洗い流し、捜査はそれからだ。

遺体の脇に立ち尽くして、もう五分は経過していた。

鴨下の遺体があり、安置台の脇には壊れたプラカードの一部が立て掛けられていた。

プラカードは常に鴨下と共にあり、鴨下の人生そのものだった。

そのプラカードも、今は壊れて見る影もない。

絆は大きく息を吸い、細く吐いた。

呼吸は熱を生まなかったが、悲しみを全身に行き渡らせることは出来た。

それも、ある意味では力だ。

「がぁさん」

やおら、絆は上着の内ポケットに手を入れ、財布を取り出した。

そこから二万円を抜き、鴨下の胸の上に置く。

しわくちゃの皺を伸ばした跡がある、一万円札二枚だった。

――東堂さんに、頼み賃だねえ。あの娘をさ、助けて欲しいんだねえ。

鴨下がそう言って、絆に返してきた二万円だ。

「約束。守れなかった。返すよ。これ」

鴨下の遺体の向こうには、沙羅もいた。

鴨下同様、もう二度と目を覚ますことない眠りにつき、検視を静かに待っていた。

医師の検案書を待つまでもなく、死因は明らかだった。

二人とも、胸の正面から肋骨の間を抜き、心臓を大型のナイフでひと突きにされていた。

刺創《しそう》はどちらも、背中にまで届いている。

即死が明白であることのみ、この場合、不幸中のせめても、だったか。

しかし——。

眠ることで、動かないことで、二人の遺体は強烈に絆を苛《さいな》んだ。

無力だ。

命を、守れなかった。

約束を、守れなかった。

怒りが静かに、絆の中に渦を巻いた。

知らず、拳を握り締める。

強く、強く。

白むほどに。

血が滲み出すほどに。

遺体安置室の扉が開いた。

「東堂。いいかい」

声が掛かった。

入ってきたのは四十半ばの、口髭を蓄えた猫背の警部補だった。

大崎署刑事組対課の係長、柴田《しばた》吾一《ごいち》だ。合同捜査で何度か一緒になり、絆がペリエで沖田美加絵の遺体を発見した際に、連絡を回した相手でもある。

いいかい、と聞かれ、声にせず頷いた。

柴田に先導される形で安置室を出て、刑事組対課に上がった。

夜明け前の警察署内は、眠ってはいないが静かなものだった。

いや、全体で、非業の死を遂げた二人を悼んでくれているのかもしれない。

連れて行かれたのは、恐らく刑事組対課の会議室だった。

誰もいない部屋の机の上に、一台のノートＰＣだけがあった。

電源が入り、イヤホンが繋がれていた。

「これだ。本物は当然、証拠品だから出せないが」

柴田はポケットから一本のＵＳＢを取り出し、ノートＰＣにセットした。

その中に、鴨下の携帯電話の録音機能による外部音声データが、そのまま入っているという。

二人の刺殺体の一報が入った後、担当したのが柴田以下の二班だった。

携帯を調べた柴田が即断で絆に連絡をくれたのが、鴨下の遺体と対面出来た大きな要因だろう。

美加絵、沖田の組長、東京竜神会。

お前の関わりだろう、と掛けてきた電話の向こうで柴田は言ってくれた。

それで、押っ取り刀で駆け付けたのだ。

柴田に促され、椅子に座り、絆はイヤホンを装着した。

初めて聞く沙羅の声に続き、もう聞くことの出来ない鴨下の声が聞こえた。

久し振り、そうだねぇ、盗っちゃった、宗忠の指紋、いい人は良い人じゃない、田舎に帰ろうかなぁ。

――寒くて。でも温かくて。東京にないものがなんでもあって。ちゃんとした春が来て、夏はないかな。でも秋があって、雪が降るんだよ。

いいねえ、ちょっと寄り道、危ないよ、水商売のあるあるかもね、さよなら。

――ほいほい。さよなら。気を付けて。

そして、

――ん？　俺か。俺はパーティー。

絆は、黙って最後まで聞いた。沙羅の声、そのまま、パーティーと聞こえた。

最後まで聞いて、涙を禁じえなかった。

俯けた顔から、机に置いた手の甲に滴が落ちた。

柴田は見ないでいてくれた。

（そうかい。がぁさん）

無謀だということは出来ない。

鴨下は無我夢中で、沙羅を守ろうとした。

いや、沙羅を通じて美加絵との思い出を、美加絵との思い出を通じて、プラカード持ちとして繁華街に生きた四十数年を守ろうとして、そうして、死んだのかもしれない。

自分の、あまりの無力を、奥歯に嚙む。

イヤホンを外し、絆は立ち上がった。

「行くのか」

柴田が聞いてきた。

はい、と答えた。

「二人のこと、後は頼みます」

「この件は、間違いなくこっちに捜査本部が出来るぞ。入るか」

いえ、と答えた。

「殺しの件以外で、やらなければならないことがありますから。優先順位で」

「竜神会か」

「その絡みで。急ぎます」

「わかった。なら、こっちに入るならその後か」

「そうかも」

「全体には、お前が先に触ってそうだけどよ。パーティーって、おそらくマル被が録音の中じゃ奇妙な名乗りを上げてる。何か、お前の方から、こっちに落としていける情報はないのか」

「そうですね。――なら、チャイニーズドラグーン」

「チャイニーズって。おいおい。東堂、そっちが東京竜神会なら、こっちは竜騎兵かよ」

チャイニーズドラグーンは、準暴力団に指定されている。

当然、柴田もわかっている。

「そうなります。そのチャイニーズドラグーンの中の〈同窓会〉の――」

絆は小さく頭を振り、一度言葉を切った。

「いえ、先走るわけにはいきません。そこまでも曖昧で、パーティーはそれ以上に曖昧です。まずは地取り鑑取り、地道な証拠固めが先決だと思います。中途半端に追い掛ければ――」

「ああ。皆まで言うな」

わかってるよ、と柴田は言って、絆の肩を叩いた。

「ああいう半グレ集団は、逃げ水みてぇなもんだ。追えば逃げて、消えてなくなる。そういうこったろ」

「はい。ただ、群馬県警とは連携出来ると思います」

「群馬だ？」

「高崎警察署の、三枝刑事係長に連絡を取ってみて下さい」

そこまで言って一礼し、絆は柴田に背を向けた。

大崎警察署の外に出る。

まだギリギリ、夜だった。

それにしても、眠れるわけもない。

それにしても、長い夜だ。

間違いなく、さらに長い一日になる。

東の空に、両手を広げた。

仄《ほの》かな光が差した。

東雲《しののめ》だった。

光を浴び、光を抱く。

——悲しみを心に刺すな。向けるな。

身にまとえ、とは、今剣聖・東堂典明の教えだ。

「承知」

低く呟き、真っ直ぐに前を見据えて足を踏み出す。

大地は絆の歩様を、しっかりと受け止めた。

穏やかに、暖かく。

と——。

携帯が振動した。

街は、どう考えてもまだ目覚めには早い時間だった。

液晶画面に目を落とす。

前橋の天神組の組長、下田安也子からだった。

やはり、夜と闇の中で蠢く者達の、最後の足掻きの時間帯か。

「はい。東堂」

——すぐお出になりましたね。ご迷惑な場面では。

「いえ」

——では、想いが胸に詰まった、眠れぬ夜の仕舞いとか。

さすがに、人をいちいち読んでくる。

「鋭い。と言いたいところですが、すいません。心身ともに、あまり余裕はありません、未熟者です」

――では、手短に。

安也子は幾つかのことを、本当に端的に語った。

ほう――。

溜息とも感嘆ともつかない声が漏れた。

絆の口からだ。

「有り難うございます」

――どうしますか。こちらで手を出すなら、今のうちなら。

「いえ」

絆は顔を上げた。

東雲に、広がり始める光が揺れるようだった。

昼は、夜の帳《とばり》を蹴り飛ばし、光は、闇を一気《いっき》呵成《かせい》に駆逐する。

「これは、日中《ひなか》の案件です。夜には退場願いましょうか」

――では、そのように。

安也子からの電話は、それで切れた。

四

十一月二十八日、火曜日。

この日、月岡徹は朝から、御徒町にある事務所兼自宅にいた。

駅で言えば、東京メトロ日比谷《ひびや》線の仲御徒町《なかおかちまち》に近い。上野五丁目の路地裏だ。

昭和通りや蔵前橋《くらまえばし》通りといった表通りに林立するビル群のせいで、朝から晩まで一日中陽の差さない薄暗い場所だった。

そのせいでか、家賃は比較的リーズナブルだった。それで入居を即決した。

実際、不便はない。〈ラグジュアリー・ローズ〉の前で五条国光にも言ったが、職場である銀座界隈までは五キロメートルもない。

鼻歌混じりで昭和通りをブラブラ歩いても、一時間と少しあれば余裕で着く。

多少暗くても、多少狭くても、多少汚くても、問題はない。

成り上がるぜぇ。

立身出世のストーリーの初めは、出来るだけ不遇の方が後で華やかだ。

切っ掛けは、〈宗忠の指紋〉と書かれた付箋が入った、二重のビニル袋だった。

幸運は、沙羅が運んできた。

沙羅はかつての、月岡の女の一人だった。

まだ月岡が千目連にいて、ブイブイ言わせていたとき、縄張りである五反田の店で引っ掻けた。

出入りしていたと言うか、千目連として用心棒のようなことを引き受けていた、美加絵の店からは初めてだった。

沖田組の息の掛かった店の女など、よほどでなければリスクが大きすぎた。

つまり——。

沙羅は、リスクを冒してでも手に入れたい女ではあった。

磨けば光る、と見抜いたのは店のママである美加絵の方が早かったかもしれない。そんなことを言っていたのを聞いた覚えはある。

だが、東北出身だと見抜いたのはおそらく、月岡の方が早かったはずだ。かすかなイントネーションが、月岡には懐かしかった。

磨けば光ると言わせる現状のズブさ、その美貌にヴェールを掛けていた暗さが、無口に起因することが月岡にはすぐにわかった。

なんといっても、月岡自身がそうだったからだ。

近しくなるのに、さして時間は掛からなかった。

近しくなれば親しくなるのはもっと早く、そこからねんごろになるのはあっという間だった。

テクニックは、幾通りも心得ていた。

そう言った意味では、雪深い北国の頃から、顔と言葉で生きてきたかもしれない。

なんにせよ、それで沙羅は月岡の女の一人になった。

〈ラグジュアリー・ローズ〉に勤める頃には男女の関係は切れていたが、それがかえって良かったかもしれない。

沙羅と月岡の昔の関係は、噂にも人の口に上ることはなかった。

女との別れ方は常に、出来るだけ綺麗であることを心掛けた。

いかに後腐れなく別れるかのテクニックも、それこそ幾十、幾百通りも心得ていた。

だからこそ、

――ねえ。しばらくさ。あたしを置いてくれない。

五条に買い与えられたマンションを飛び出した沙羅は、昨日の友達に会うように、御徒町の月岡を頼ったのだ。

そこから先は、ほぼ月岡が思い描いた通りに進んだ。

まず、自身で五条国光に擦り寄った。

銀座で遊ぶなら誰であれ、偶然を装って縁を持つのは月岡にとっては簡単なことだった。銀座は月岡のテリトリーで、生きる場所だった。

東京竜神会本部や匠栄会の連中は、それこそ血眼になって沙羅の行方を追っていたようだが、見つかるわけはない。

東京竜神会や匠栄会の連中から情報が流れる月岡が手引きをして、その日そのときに手薄な場所のビジネスホテルやシティホテルに移動させていたのだから。

（ふん。簡単なもんだ。相手が、脳味噌まで暴力と筋肉の、馬鹿ばっかりでよかった）

朝から数えて五杯目のコーヒーを飲みながら、旅装を整える。

一番大事なＥＸＥのビニル袋は、まず初めにジャケットの右の内ポケットに入れた。

次いで大事な、五条国光の借用書を五通ほど入れた封筒を、間を置くことなく左の内ポケットに入れる。

五通のうちの一通はもちろん、月岡用に渡されたものだが、残りの四通は、〈ラグジュアリー・ローズ〉のホステスに分配されたものだ。

分配され、その後になって月岡のもとに回収した。

これはつまり、〈ラグジュアリー・ローズ〉に現在、少なくとも四人は月岡の女がいるということに他ならない。

（俺はあれだな。スカウティングじゃねえ。悪ぃ男ってのが、俺の商売だな。くくっ。名刺にそう書くか）

手練手管で引っ掛け、絡め取り、言葉甘く巧みに寝物語にも囁けば、クズみたいなダイヤの指輪ひとつと交換に、こうして危険極まりない借用書も、預かると言えば差し出してくる。

女も、馬鹿ばっかりだ。

「さぁて」

今頃、匠栄会の連中はどこを駆けずり回っていることか。噂話として簡単なミスリードをすれば、飽きも凝りもせず、何度も引っ掛かるご苦労様な連中だった。

今頃、島崎や北山といった筋肉馬鹿は何をしているか。東京代表に怒鳴られても、馬耳東風に聞き流し、こちらも飽きも懲りもしない奴らだった。

今頃、五条国光は関西で何をしていることか。会長の兄貴になんで呼ばれたのかは知らないが、ただ指をくわえ、あるいは爪を噛んで、過ぎゆく無為な時間に、どれほど焦れていることだろう。

なんでもいいが、それらはすべて、あと数時間で水泡に帰す。

「へへっ。まずはその、第一歩だぜ」

午後一時を回り、月岡は事務所兼自宅から外に出た。

ジャケットにスラックスに、シープレザーの靴、カシミヤのハーフコート。

手荷物は、小振りのトラベルバッグを一つだけ。

持って出るものはそれくらいでいい。

必要な物はこれからいくらでも、今所持している物より数倍も数十倍も贅沢な物を揃えられる。

家さえも、女もだ。

ＪＲ線のガードに沿って、駅前通りを靴音高く歩く。

何度も歩いた道だが、この日は感触が違った。景色もいつもと違うものに見えた。

（このまま、場末でなんか終わらねえよ）

もう二度と、歩くことのない道だ。

女の上がりを掠めて生きるだけの、根の落ち着かない浮き草のような生活も、もうすぐ終わる。

月岡がそのまま向かうのは上野駅であり、新潟だった。

最終目的地は新潟の、辰門会の本部だ。

さて、五条宗忠の指紋が付いたＥＸＥとやら。

実物は月岡が持っているが、その実際のところも詳細も知らない。沙羅も知らないと言っていた。

だが、弟の国光が金庫に仕舞い、紛失後にはあれほど慌て、五十億円に近い借用書を書いてまで取り返したいと願った代物だ。

さて、粛々《しゅくしゅく》と持ち込む辰門会本部で、大嶺英一《おおみねえいいち》会長はこれを一体、いくらで買ってくれるだろう。

加えて、五条国光自筆の五枚五億の借用書もだ。

実印は変えたのどうのと小細工を偉そうにほざいていたが、私文書としての正当性など月岡にはどうでもいい。

いや、ヤクザにはどうでもいい。

要は、間違いなく自筆による一枚一億円の借用書が五枚あり、それを敵対する組織の、しかもトップから直々に突き付けられたとき、どう対処するかということだ。

脅されて書かされたものだ、あるいは、不備があって法的に有効ではない、などと突っぱねることが果たして、ヤクザの面子に適うものかどうか。

見物《みもの》であり、下手を打てば日本中の極道者の笑いものだろう。

辰門会はさて、この借用書にも一体いくらの値を付けるか。

最低でも半額の一枚五千万くらいは出しそうなものだが、会長の大嶺英一に胆力があれば、一枚に倍額の二億を払ってもおかしくはない。

そうして国光、いや、五条宗忠に突き付け、一枚を五億で買い戻させることも、これも大嶺英一に胆力が備わっていれば可能だろう。

金額はどうでもよく、実は胆力の勝負ということでもある。

新潟に辿り着き、辰門会本部にさえ到着してしまえば、月岡の目論見《もくろみ》が東京竜神会側に露見しようとどうと言うことはない。

大阪の竜神会本部が激怒したとて、その脅威は北陸までは及ばない。

駅前通りを御徒町方面からアメ横プラザを左に見て上野広小路に抜ける。

昔から、上野は悲喜こもごもを取り交ぜた〈北〉からの終着駅だが、今や遥かな〈北〉への玄関口でもある。

「行くか」

月岡はＪＲ上野駅の中央改札口から入り、みどりの窓口に向かった。

特に前もって切符は用意していなかった。

今日か明日というのは、借用書のタイムリミットが過ぎたこともあり、また、新潟での沙羅との合流の都合もあって取り敢えず決めていたが、今という時間の決定には特に理由はない。

トラベルバッグに、荷物の用意が出来たから——。

思いつく理由はそれくらいしかなく、それくらいでいい。

みどりの窓口で購入したのは、新潟までの、戻りのない片道切符だ。

万事上手く事が済んだら、新潟から海外に飛んでもいい。

あるいは、雪深い故郷に、札束を撒きながら凱旋《がいせん》してもいい。

いずれにせよ、さてそのとき、月岡の隣には——。

そんなことを夢想しながら、みどりの窓口からコンコースに出る。

そのまま新幹線乗り換え口に向かおうとすると、

「よう」

月岡が向かうべき先に、場違いなインカムを耳に付けた、組対特捜の東堂絆が立っていた。

五

「けっ。組対の犬かい。奇遇にもほどがあるってもんだが」

吐きすてつつ、月岡が手にしたＪＲのチケットを仕舞った。

「それが、奇遇じゃあないんだけどな」

「ああ？」

「奇遇じゃないんだ」

奇遇であるわけもない。

ただ、絆がこのとき、ギリギリではあったが月岡の動きに追いついたのは、鴨下の携帯に残された録音が決め手ではあった。

いや、鴨下が残してくれた録音、と言い変えてもいい。

――新潟の大親分さんのとこで、良い人じゃないとわかっているいい人と合流してさ。そこで売る物を売って、それからだけど、故郷へさ。

この、沙羅の語った夢が指し示す人物について、実はその前から絆は当たりを付けていた。

それが、月岡徹だった。

一億の借用書のことは知っていた。匠栄会の真壁に聞いた。

気になっていたので、タイムリミットが来る前日のうちから、上野署の組対に連絡は入れておいた。

〈月岡の動きを、張って欲しい〉

任せておけ、とすぐに組対課の係長から返事があった。

交代にはなるが、一班を張り付けてくれるという。

こういうとき、ものを言うのは日頃の関係だ。

動いた、と絆も顔を知る上野署組対課の、実働の主任から直接連絡があったのが、およそ一時間ほど前だった。

小さいが、トラベルバッグで出た。どこかに行くようだ。

主任はそうも言った。

千載一遇と言うか、これぞワンチャンスだった。

沙羅の件に月岡が関わっていることは、推測は出来ても証拠は何もなかった。

恐らく家宅捜索差し押さえ令状も取れるものではない。

その前に、月岡に対しては罪状さえ明確ではなかった。

恐喝の共犯、黒幕――。

すでに沙羅がこの世にいない以上、果たしてどこまでその罪を追及し得るか。

これはまったく、薄いと言わざるを得なかった。

それが、当たりを付けながらも月岡に手を出さなかった理由だ。

実際には、出せなかったと言った方が正しい。

そこに光明を見出《みいだ》してくれたのが、鴨下の残した録音だった。

新潟に向かうその一瞬が、間違いなく勝負だった。

五条国光の書いた借用書の一枚は確実に所持しているだろうが、それはどうでもいい。

それ以上の枚数を持っていれば疑いは掛けられるが、それでも犯罪としての即効性のある決め手には欠ける。

だが、新潟に向かうなら――。

沙羅の語るところに拠れば――。

その支度として間違いなく月岡は、五条宗忠の指紋の付いた、おそらくＥＸＥ、ティアドロップ・エグゼを所持しているはずだった。

だからこそ——。

月岡などというチンピラの成れの果ても、五条国光の借用書などという薄っぺらい紙きれも、実はどうでもいい。

鴨下の録音の中で、沙羅が言っていた。

——二重になったビニル袋の中にさ。多分、「イー、エックス、イー」って目薬みたいなのが入っててさ。なんだっけ？　そうそう。〈宗忠の指紋〉って書かれた付箋も入ってて。わかんないけどさ。手金庫にそれだけ入ってるんだもの。大事な物なのかなぁって。

この言葉の持つ衝撃は、絆にとっても計り知れなかった。

五条宗忠の指紋の付いたエグゼ。最強最悪の、致死のドラッグ。

なるほど、国光が血相を変え、配下に大号令を掛けて探し出そうとするわけだ。

なるほど、一度囲っただけのホステスの恐喝で、五十億円からの借用書を用意するわけだ。

兄の指紋の付いた、エグゼを盗まれたのなら納得だった。

是が非でも、逃すわけにはいかない。

ここで追い込み、追い詰める。

ただし——。

断然、焦りは禁物だった。

みどりの窓口の中はまず論外として、コンコースにも途切れることのない、人々の往来がある。

攻守どちらにも、ターミナルは厄介な場所だ。

逆上させて、一般人に危害が及ぶことはなんとしても避けなければならず、月岡に逃げられて見失うことも、金輪際あってはならないことだった。

「奇遇じゃねえ？　奇遇じゃねえって、どういうことだよ」

月岡の目が吊《つ》り上がり掛けていた。

「気にはなっていたんだ」

出来るだけ穏やかに、絆はそう言った。

「何がだよ」

「お前が青木にした話をな。聞いてた人がいる」

絆はゆっくり、一歩前に出た。

――なんか取っ付きにくい感じだったし。

――取っ付きにくいか。ああ。まあ、否定はしないが。そうだな。お前、生まれはどこだっけ。

――俺っすか。下町っす。葛飾の。

――そうか。東京じゃあな。

「はあ？」

月岡は顎を撫でた。

「そうだったか？　全然、覚えちゃいねえけどな」

「そうだろうな。口先だけで生きてるとそうなる。けどな、裏は取った。青木も言ってたよ。一言一句違いのない話だった。俺には知らないって言ったけど、お前、最初から沙羅を知ってたよな。お前も東北か？　沙羅がお国訛りで悩んでいたって、お前らの話を聞いてた人が、そんなことも教えてくれた。それで、気になっていたんだ」

月岡は答えなかった。ただ、薄く笑った。

「だから、坂原に聞いた」

「なんだ？」

一瞬わからないようだった。

虚を衝いた格好だ。

「坂原？」

「ああ。松風会のな」

坂原を現行犯逮捕した晩の、

——せめて顔さえよきゃ、月岡みてぇに女で稼げんのによ。

——ん？　月岡って、あれか。元千目連の。

──ああ。金松で一緒でよ。
──なんかいい商売やってんのか？　詳しく聞かせろよ。
──ヘッ。別に犯罪じゃねえよ。ただ、女を食い物にしてよ。ジゴロだかホストだか。聞くも話すも、ただむかつくだけだぜ。

　下田と坂原の、そんな会話を絆は覚えていた。

　正確には、渋谷署と夜警に出た夜、下田が坂原の起訴のことを口にして、ふと思い出した。

「それで、東京拘置所に行った。不明なことも多かったが、最低限の確認は取れた」

「なんの」

「お前に関しての色々。お前の色事に関しても色々」

「ああ？」

「坂原にずいぶん、えらそうに自慢話したみたいだな。言った方は忘れても、こういうのは、言われた方は覚えてるもんだ。女の名前も、十人は知ってた。──その中に、沙羅って名前もあったぞ」

　月岡の薄笑いが割れた。歪んだ。

「同郷とは言わないが、やっぱりあんたの故郷も、ずいぶん寒い方だって？」

　割れた笑いが、そのままさらに歪んだ。

いい男なだけに、かえって醜かった。

「そうそう。女に関しては、最近は源氏名を使わない女性も多いって聞くぞ。もしかして今の〈ラグジュアリー・ローズ〉にも、お前の女が何人かいたりして。――聞いてみようか。店に」

月岡の顔に、もう余裕は欠片も窺えなかった。

一歩、二歩、三歩と、怯えたように月岡が後退りした。

その肩越しに、中央改札口の方から無骨な者達が集まって来るのが見えた。

月岡の退路を断つ、上野署の組対の面々だ。

ようやく準備は整ったようだ。

時間稼ぎは終わりだった。

絆は、ゆっくりと右の拳を突き出し、威を込めて開いた。

「エグゼ。あるよな」

戸惑い、恐れ、怯え、怒り。

様々に散らばっていた月岡の気配が、一点に集中した。

ジャケットの右の、おそらく内ポケットだ。

「そこか」

絆は、もう一歩前に出た。

「転《ころ》び公妨《こうぼう》でもなんでもいい。身体検査、させてもらおうか」

月岡の目に、朱が散った。

「くっ」

バッグを放り出して絆に背を向け、月岡は中央改札口の方に走った。

新潟への進行方向を絆が塞ぐ以上、月岡にとってはそうするしか選ぶ道はなかっただろう。

絆もまさに、そうさせるつもりで掛けたプレッシャーだ。

唯一の誤算は、上野署の面々が投網のように展開する前に、山手線や京浜東北線から中央改札へ下りるエスカレーターと階段方面からの人が溢れたことだった。

これは、誰にも読めないことだ。

運不運で言えば、どうしようもない不運という外はない。

——オラッ。

——失礼っ。

——月岡ぁっ。

——退いて！

ラッシュのような人波に上野署の面々の声は紛れ、掻き消されるほどだった。

月岡は躊躇うことなく波の手前を右方、まだ刑事らが埋め切れていない、宇都宮《うつのみや》線のホーム方向に進路の舵《かじ》を切った。

瞬間的には、絆しか追う者のない方向だった。

終　章

一つの答え

「月岡っ！」

逃げる月岡を追って、絆も宇都宮線方面に走った。

中央改札口側から押してくる上野署の一団より先行する形にはなったが、それにしても抜かりはない。

宇都宮線の奥側にも、同署の刑事は配してあった。

恐らく主任からの連絡で、そちら側からも一班がほぼ同時に動き出しているだろう。

絆が追えば、奥側から押してくるその一班と挟み撃ちに出来る計算だ。取り逃がすことは有り得ない。

その後すぐに、絆は中央改札口側から回り込んでくる一団と合流する格好になるはずだった。

中央改札口方面にしろ、宇都宮線側にしろ、絆は獲物を上野警察署の網に追い込む役回り、その予定だった。

功績などどこの物でもいいが、それもあって上野警察の組対はこれだけの人を掻き集めてくれたと認識していた。

月岡までは、二十メートルほどだった。

ホームには停車中の列車もなく、閑散としているのが不幸中の幸いといえた。

ただ――。

走る月岡の前方に、この一階のホームから二階の常磐《じょうばん》線、三階の入谷《いりや》・公園改札へ昇降するエレベーターがあった。

そのエレベーターの昇降ランプが現在、二階から一階へ下降中だった。

嫌な予感がした。

エレベーターは三階で一旦、使用禁止の札を掛けているはずだった。

確認も宇都宮線側の一人がしたはずだ。

そういう連絡がＰフォンを通じて五分以上前にあった。

到着したエレベーターに月岡が乗り込んだところで、扉が閉まる前には追い付く。逃すものではない。

だが、例えば無茶な一般人が下りてきて、窮鼠《きゅうそ》となった月岡が盾に取ろうとしたら――。

そのエマージェンシーにはさすがに、間に合わない距離だった。

エレベーターがホームに到着した。

スケルトン部分の中に人影が見えた。誰かが乗っていた。

（南無）

絆は短い呼気を吐き、万障に対する位取りを整えた。

果たして――。

エレベーターから降りてきたのは、あの男だった。

紺のフライトジャケットにカーキ色のチノパンを着用し、シンプルなヘッドホンを装着した男。

ジャンパーのポケットにヘッドホンのコードが垂れて入り、両手は左右のポケットの中。

対峙して記憶し、鴨下を殺《や》られて刻み込んだ、その姿だった。

「パーティーっ！」

絆の叫びは走り、月岡を追い越した。

だが、月岡は止まらなかった。

それどころか、

「おらぁっ」

と、恫喝《どうかつ》するような声を上げて自分から走り寄っていった。

どうやら月岡は、パーティーのことを知らないようだった。

そうなると、かえってパーティーは第一印象が幼く、優男《やさおとこ》に見えるに違いなかった。

ただ一人で、ふらりと立っているということもある。

御し易《やす》し、そう踏んだに違いない。

警察の人間だか一般人だかは、この際どうでもいいのだろう。

盾にしてエレベーターに乗り込む。

月岡に考えられる次の一手は、誰の目にも明白だった。

「月岡ぁっ」

絆はもう一度、声を張った。

やめろと、そういう意味のつもりだった。

だが――。

間に合わなかった。

月岡が摑み掛かろうとする腕を掻い潜り、背後に回るや否や、パーティーはフライトジャケットの内ポケットから、鋭利な刃物を振り出した。

あの、折り畳み式のサバイバルナイフだった。

振り上げ、逆手に持ち直し、絆にも感得出来ないゼロの感情から、パーティーは無造作にナイフを月岡の盆《ぼん》の窪《くぼ》に振り下ろした。

一瞬の痙攣《けいれん》後、月岡は壊れた人形のように前のめりに倒れ、それきりもう動かなくなった。

「ストップッ」

絆は即座に、エレベーターの奥側から寄せる一班には声を張り、背後から寄せてくる一団には両手を防衛線のように張って全体の動きを制した。

――なに。えっ。

――ウソ、マジかよ。

主に絆の背後、中央改札口側がにわかに騒がしくなった。

その間――。

パーティーは我関せずに、ナイフを突き立てたままの月岡を蹴転がして半仰向け状態にすると、片膝を付いてその身体をまさぐった。

そうして、ジャケットの内ポケットに手を入れる。

取り出したのは、間違いなくエグゼの入った小さなビニル袋と、恐らく五条国光の借用書が入った封筒だった。

顔を上げ、パーティーは絆に向けて色のない笑顔を見せた。

「もーらった」

ビニル袋と封筒をポケットに捻じ込むと、やおら手を伸ばし、月岡の盆の窪からナイフを抜き取った。

溢れ出る血潮が、宇都宮線のホームに複雑怪奇な模様を描いた。

――うわうわうわっ。

――なんなのよっ。ねえ。あれ、ねえっ。

――げぇっ。冗談だろ。オイッ。

――きゃぁぁぁぁっ。

時ならぬ悲鳴と叫喚が、ちょうど掛かった宇都宮線入線のアナウンスさえ掻き消すように巻き起こった。

その焦点に、パーティーはうっそりと立った。

血塗られたサバイバルナイフを手に、ただただ立っていた。

「ねえ。どうする？」

その声が絆には、挑発しているように聞こえた。

――遊ばない？

そうも聞こえた。

そもそも、パーティーが姿を現した瞬間から、絆としてもそのつもりだった。

上野署の刑事達は、抑止力として拳銃を所持しているはずだが、この場所では使えるわけもない。人があまりにも多過ぎた。

抑止力は拳銃より、絆という一孤の化け物が引き受けるべき場面だった。

逃《のが》すまじ、許すまじ。

絆は前に出た。

背腰から金音を立て、特殊警棒を振り出す。

パーティーも、また笑顔を見せて前に出てきた。

今度はかすかに、喜色が窺えた。

絶体絶命、逃れる術のない、といっても過言ではない現状で見せる喜色、遊び心は、やはり脅威に値する。

ただし——。

絆も負けない。

パーティーまで五メートルを切ったところで、絆は立ち止まった。

目を半眼に落とし、左足を引いて腰を決める。

それで、位取りは出来上がった。

エグゼや月岡のことはもとより、田村のことも、鴨下や沙羅のことも、すべてを溶かして、身にまとう。

喜びも悲しみも、すべてはエネルギーだ。

剣士として覚醒する。

絆を中心に、風が起こるようだった。

互いの距離が三メートルを切ったところで、パーティーが前進に左右のステップを加えた。

こなれているというか、流麗と言っていい動きだった。

改めて思う。死闘に〈覚悟〉を持たない身体とは、そうも軽いものか。

距離が二メートルを切った刹那、いきなりパーティーが飛び込んできた。

絆の眼に、パーティーの全身がいきなり大映しになる。

真っ直ぐに突き出される右手のナイフは、躊躇いの無さによってまさに稲妻だった。

とはいえ——。

ナイフの先端は絆の鼻頭に触れるほど近くでしかし、届くことはなかった。

「あれ？」

パーティーが首を傾げた。それでも動きを止めなかったのは、遊びの最中だからか。

「じゃあさ」

パーティーはそこからさらに踏み込んでナイフを突き出し、突き出したところからタクトを振るように上下左右に刃を振るった。

けれど、そのどれもが絆に触れるほど近くして、決して届くことはなかった。

いや、パーティーのサバイバルナイフが、絆に届くことはもう、未来永劫《えいごう》有り得ない。

なぜなら——。

「一度見た」

それが剣士の極み、〈自得〉の領域というものだ。

絆の天稟が、練磨が、取り交ぜて〈自得〉の剣士の本気が爆発する。

「おおっ！」

パーティーを巻き込み、風の唸りが二度起こった。

「うっへぇぇっ」

右の前腕を人外の方向に曲げ、プラスチックの歯列を微塵に打ち砕かれたパーティーが、力なく数歩後退った。

折れた腕の先で、サバイバルナイフがぶら下がるように揺れていた。

「もう終わりだ。殺人の現行犯は間違いないな」

絆は残心の位取りから、一歩前に出た。

一歩前に出て、立ち止まった。

パーティーが微塵に折れた歯を剝き、血だらけの口で笑っていたからだ。

「おわり、らけど、負け、りゃないよ」

壮絶な笑顔だった。

かすかな喜色は相変わらず観えるが、それだけだ。

何を考えているのかは、厄介なほどわからなかった。

だから、わずかに遅れた。

パーティーは折れた右腕の先から左手にナイフを持ち換えると背を返し、いきなりホームの奥に向かって走り出した。

エレベーターに乗るわけではないようだ。その脇を擦り抜けた。

刑事の一班の方でもないようだ。

なぜなら、その手前で立ち止まり、また振り返ったからだ。

「俺、あ、この日、が、楽しみ、らった」

宇都宮線が入ってきた。

パーティーは――。

列車の前に身を投げた。

ブレーキ音は、後から鳴った。

それから暫時、絆はその場に立ち尽くした。

上野署の面々が列車内の乗客を誘導し、規制線を張り、ホームで忙しく働き始める頃になって、ようやく天井を見るように顔を上げた。

(あのとき、なんと言ったんだ)

最後のとき、飛び込むとき、パーティーの口が動いたのを絆は見た。

――ありがとう。

たしかにパーティーは、そう言った。

見間違いではないはずだ。

また一つの、悲しみを観た。

人の世は、なんという。

それで動けなかった。

そこから、動き始めた。

ゆっくりと、絆は中央改札口の方に向かう。

黄色いバリケードテープが張られていた。

人だかりの最前列の、とある人物に絆は顔を向けた。

「初めまして、だよな。本部長だっけ」

パーティーと対峙する前から、ほぼ同じ場所を動かない気配は観えていた。

津々とした興味をはっきりと伝える気配だった。

どちらかと言えば、観える色は真っ黒だ。

そこに立っていたのは知人、などとはほど遠く、これまで画像で認知していただけの男だった。

竜神会の、木下だ。

「へえ。最初からわかっとった言う顔やな。怖い怖い」

絆の問い掛けに、木下は洒落者の風情で肩を竦めた。

「けど、本部長ちゃうで。本部本部長や。勉強か頭は、足りんのやないか？」

「なんでもいい」

駄話は切り捨て、絆は右手を掲げた。

「——ほう」

木下が目を細めた。

絆が手に持っていたのは、しわくちゃになった封筒と、二重ビニル袋のエグゼだった。

対峙の一瞬に、抜き取ったものだ。

「五条宗忠に伝えておけ。これでお前らも、終わりだってな」

絆の声には、強い意志が乗った。魂もだ。

だが——。

「くっくっ。上手いもんや。掏摸《すり》になった方が稼げるんちゃうか」

木下の声は軽かった。

「やってみいや」

軽いどころか、挑発までしてきた。

気配にも、揺らぎすら微塵も観えなかった。

虚勢、では到底ないだろう。

（なんだ）

木下がこのとき、絆にはパーティー以上に得体の知れない、別の世界の生き物に観えた。

もう一つの答え

十一月晦日《みそか》の、木曜日だった。

国光は四条畷の別荘から、自ら運転するベンツで竜神会の本部に乗り付けた。

誰かの運転の後部座席で、踏ん反り返っていられる心境ではなかった。

「あ、誰かと思えば、総本部長やないですか。ああ、いや、東京代表でしたな」

かつての部下でもある、事務局長の若林《わかばやし》が泳ぐように寄ってきて挨拶するが、このときばかりは無視を決め込んだ。

そんな場合でもない。

東京の沙羅の件は宗忠が大丈夫だという以上、向こうから何がしかのアクションがあるまで放置を決め込んだ。歯噛みしつつも、そうするしかなかった。

宗忠の大丈夫は、絶対だ。

〈東京〉から連絡があったのはほんの少し前、正確には、約二時間前だ。

国光の携帯に連絡をしてきたのは、北山でも島崎でもなく、千日連の組長、竹中だった。

――辞めた男なんですがね。今度の件に、元うちにいたのが一枚嚙んでいたようで。

「今度の件？」

――へえ。

月岡のことだった。

どうやら沙羅と出来ていたようで、裏で糸を引いていたようだ。

聞いた瞬間に青筋がこめかみに浮いたが、怒声を浴びせる前にすぐに引いた。

その後の展開が、あまりに国光の予想を裏切るものだったからだ。

その月岡が、上野の駅で殺されたと竹中は言った。

「な、なんや。その、パーティーて」

――さあ。組対特捜の東堂がそう叫んだってことで。

「なんや。組対特捜絡みて」

最終的に犯人も自死し、月岡と犯人の死体及び、封筒と二重ビニル袋に包まれたなにやらの月岡の所持品は、組対の東堂絆の手に渡ったという。

しかも東堂は、現場を取り囲むような群衆の中にいた、木下に向かってその所持品を突き出し、吠えたらしい。

——五条宗忠に伝えておけ。これでお前らも、終わりだってな。

それでもう、国光は矢も盾もたまらなくなった。

上野の生安に食わしてるのがいて、などと他人事のようにほざく竹中の言葉はもう聞いていなかった。

ベンツを洗っていた若い衆を蹴り剝がし、ハンドルを握って竜神会本部へ。

そのまま三階へ。

「あ、兄ちゃん」

国光はノックもそこそこに、宗忠の会長室に駆け込んだ。

相変わらず、駆け込んでもすぐに止まる必要のない広い部屋だった。父、源太郎の頃からの会長室だ。

ただ、装飾は変わった。壁紙は言うに及ばず、ステージのように段になった部屋の奥には、宗忠が最も好み、かつては専務室に飾っていたシャガールの〈家族の顕現〉が掛けられている。

習作以上の現物だと、国光は聞いていた。

宗忠は執務デスクの向こうにいて、電話中だった。

国光が入ると、ひと言ふた言で通話を終えた。

口調からして、どこぞの下部組織との連絡のようだった。

「国光。どないしたんや。えらい慌てて」

宗忠は泰然として、執務机の向こうから回って出てきた。

いつもの宗忠だった。

部屋内の空気すら微動だにしない感じだ。

「ど、どうしたって。聞いてへんのか。上野の現場には、木下もいたって聞いたで」

「ん？　ああ。そのことか」

宗忠は笑顔でソファに座った。

促されて斜めの位置に国光も座る。

「どや。なんも心配要らんかったやろ。兄ちゃんの言うことにな、間違いはないんや」

「え、あ。ああ」

違和感があった。話が嚙み合っていない感じだ。

「い、いや。そのことやない。そんなことはいいんや。兄ちゃんのことや」

「私のこと？」

宗忠は怪訝そうな顔をした。

「なんやて。そのあれや」

焦れてきた。

田中のエグゼや、と半分叫ぶように国光は口にした。

「ああ。そのことかい。ふふっ。せや。ちょうどいい」

宗忠は立ち上がった。

「この間、いいこと教えたるて言うたなあ。ちょうど、現物が届いたとこや」

手を叩いて立ち上がり、宗忠はだだっ広いウォークイン・クローゼットに向かった。

父・源太郎の頃は重要書類の金庫も兼ね、指紋承認までは必要だったが、今では虹彩認証もセットだという。

中に消えた宗忠は、さして間を置かず出てきた。

なにやら、小さなものを持っていた。

それより、手に薄いラテックスの手袋をしているのが気になった。

元の場所に座り、宗忠はそれを大理石の応接テーブルの上に置いた。

「なんや?」

トップカット式の小さなスポイト型の容器だった。

それが十連で繋がっていた。

使い切りの目薬のようだ。

――。

目薬。

思い浮かぶものは、ただ一つだ。

「兄ちゃんっ。まさか！」

国光が聞いた。

「その、まさかやなあ」

宗忠は満足げに頷いた。

「これこそがな――」

正真正銘のエグゼや。

こともなげに宗忠はそう言った。

「ど、どういうことや」

意味がよくわからなかった。

これはな、と言って宗忠はエグゼだという物に目を落とした。

「完成品、言うことや。前にな、ワンセットだいたい十人分、言うたやろ。けど、だいたいなんてアバウトではな、本当のところは商品にならんわ。お客さんには、高い買い物させるわけやしな。使い切りのきっちり十回。間違いのない十人分。だから、これこそが完成品や。――まあもっとも、組長連中に渡したあれな。全部が全部、偽物言うわけやないけどな」

「なんや」

「田中に渡したんはまあ、少なくとも偽物や。別にどこに持っていかれても、あんな物は危ない物と違うわ」

「そ、それじゃ、組対に持っていかれても」

「なぁんの問題もないわ。かえって、組対は戸惑《とまど》うやろなあ」

「に、偽物」

「せや。ただ、偽物であって偽物でない。この辺が難しいとこやけどな」

「じゃあ、な、なんや」

呟きが震えていた。思考の外だった。慮外だ。

この兄は、なんという――。

「なんやて言われると難しけど、中身はおそらく、長江《ちょうこう》の水や。ふふっ。ある意味、危険ドラッグより危険やで。ふふっ。差したら目ぇ、潰れるかもなあ」

宗忠は、また笑った。

「けど、パッケージも容器も、ある意味本物やで。そうそう。国光。お前がボーエンに使うたやつ、あれは当然、中身は本物や。リー・ジェインの奴にくれた分もな。ふふっ。けど、このリーの分は、情報として効いとるで。恐らく、現物は警視庁の中や。そんで、成分分析も済んどるやろうし。――なあ。国光。すると、どうなると思う？」

「えっ」

わからなかった。どうにも、宗忠の考えることなどわかるわけもない。

「どうなるんや」

「迷うやろなあ。これは、迂闊に手ぇ出せんて。ガサにしても押収にしても、常に二の足踏むようになるかもなあ」

言うべきことは、何もなかった。

宗忠は実に、楽しげだ。

「あとはまあ、さて、どっちやろか。組長らの分は虚実混ぜこぜや。とある奴の分は本物で、とある奴の分は偽物。それがある日、入れ替わったり差し変わったり」

「い、入れ替わるんか」

「さぁてな。したら見物やろなあ。ま、この辺は、マジックや。兄ちゃんの魔法やな。お前の今回のことより、みぃんな大慌てやろなあ」

口を開けたまま、ただ呼気だけが国光の口から漏れた。

「せ、せや。なあ兄ちゃん」

「ん？」

「そしたら、あれや。お、俺のあれは、俺にくれたエグゼは、どっちなんや」

「あはっ。せやなあ。――お前はどっちやと思う？」

身を乗り出し、宗忠は国光の目を覗き込んだ。

向こうから覗いているにも拘わらず、吸い込まれるほど透けた瞳だった。

「に、兄ちゃん」

「いや。冗談や」

宗忠は身を退いた。

「安心おし。お前は大丈夫や」

そのまま立ち上がった。

「劉仔空《りゅうしあ》」

天井に向け、唐突に宗忠はその名を口にした。

「えっ？」

「そんな名を知っても、お前は私を、兄ちゃんと呼んでくれるやんか。私にとって、人生の真実は大して多くないんやけどなあ。それこそなあ、私が応えなければならんことの一つや。何を置いてもな。だからお前は、大丈夫なんや」

国光はその言葉に応えず、宗忠の視線を追った。

同じように見上げる天井が、グルグルと回る感じだった。

俺は今、どの世界の、誰と一緒にいるのだろう。

空調の利いた部屋の中で、国光のこめかみからは、ただ一筋の汗が流れた。

三つ目の答え

師走《しわす》に入った土曜日、二日の朝方だった。

群馬県太田市の、東武鉄道太田駅前に広がる南一番街の一角だ。

風俗や水商売に於いて、まず北関東随一の繁華街は、高崎や伊勢崎ではなく、この太田市の南一番街だと言われる。

かつては富士重工業の企業城下町の駅前商店街として栄え、現在もまだ、その名残があって歓楽街として賑やかだ。

そんな南一番街の、午前四時半過ぎだった。いかな一大歓楽街も大半が寝静まる頃だ。

このとき、明かりの落ちたキャバクラのビルから、こっそりとした挨拶に送られて出てくる男があった。

薄暗い外灯に浮かぶ男は、Ｎ医科歯科大学の久城だった。

だいぶ酔っている様子で、千鳥足を踏んでいた。

人通りの絶えた路地を、久城は上機嫌でフラフラと歩いた。

向かうのは間違いなく、ＪＲ太田駅だったろう。

中央公園を右に見る当たりで、やがて久城は、歩きながらポケットから何かを取り出した。

顔の辺りがぼんやりと明るくなった。

ライターを使ったようだった。

煙草を吸ったものか、すぐに紫煙が立ち上った。

煙草、紫煙――。

いや、そうではない。

「ええっと。今晩は」

久城の後方から、そんな声が掛かった。

いきなり身を跳ね、久城は振り返った。

まるで気が付いていなかったようだが、それもそのはずだ。

久城の背後、約二十メートルの辺りに立っていたのは、隠形で一切の気配を消した絆だった。

久城は目を凝らした。

「えっ！　あっ。け、警視庁の」

絆であることを見て取り、改めて――。

「現行犯、でいいですね」

久城は固まった。

その右手に持った煙草のような物が、独特の匂いを立ち上らせていたが、動かなかった。

いや、動けなかった。

いやいや、動いてももう、どうしようもないことがわかっていたからかもしれない。

紫煙の匂いは、大麻草のものだった。

「いやあ。太田に向かったと連絡を貰ってから池袋を出ましたけど、楽に間に合っちゃいました。店を替え女の子を替え、六時間？　七時間？　豪遊ですね。羨ましい限りだ」

「ど、どうして」

「わかっていましたから。先月のうちから」

「えっ」

きょとんとしている。理解が追い付かないようだ。

だがこれこそが、天神組の下田安也子から掛かってきた夜明け前の電話で、まず最初に告げられたことだった。

ひとまず月末まで、子分を二十四時間態勢で久城に張り付けてくれないかと、これは絆が依頼したことでもある。

久城は十一月二十八日の夜、研究室の院生が催してくれた本人の快気祝いに出席した。指導教官でもある田村准教授の死を、改めて悼む会でもあったようだ。

そこから、

――一度アパートに戻り、着替えて駅前のロータリーへ。そこから、帰宅のタクシー待ちの列に紛れて太田の南一番街へ。太田には風俗も色々ありますが。久城の場合は、闇キャバをハシゴです。

安也子は淡々とそう言った。

四軒の店名と、指名の源氏名。

話に現実みを加えるにつれ、久城の顔は紅潮し始めた。

「は、張ってたってのかよ。おいっ」

口調も崩れていった。当然、剝がれた仮面の下、これが素なのだろう。雑なものだ。

大麻が効いているのか。

インテリジェンスは、感じられなかった。

「ええ。どうにも、あの日にあなただけ生き残ったことが気になって。そうしたら、あなたの快気祝いの後ですよ。緩みですか？」

久城の喉が鳴った。

そう、安也子がわざわざ夜も明け切らぬうちから電話してきた理由は、これだけではない。別にもあった。

――店から出てきてブラつきながら、恐らく大麻だそうです。十代の頃、同じようなことで捕まったうちの若いのが断言してます。さらに言うなら、店で使った金、往復のタクシー。どれも大学の助手には身に余るもののような気がします。

絆はきっぱりと断ったが、二十九日の早朝、

――どうしますか。こちらで手を出すなら、今のうちなら。

安也子の言葉は、このことを指すものだった。

「な、なんだよ。き、気になったって。俺が何をしたってんだっ」

語気荒く言いながらも、久城は後退りを始めた。

隙あらば――。

小狡く臆病な性根が、見え隠れする。

絆も、一歩詰めた。

「ええ。たしかに田村准教授の事件では、何もしてないでしょうね。直接には。何もしないで斬られただけで。でも、この斬られただけってのが妙なんです。あなた、パーティーに関わってますよね」

「パ、パーティー？　なんだそりゃ」

「へえ。名前までは知りませんか？　ヒットマンですよ。あなたを刺し、准教授を殺害し、研究室の書類を束ねて爆破したあの男の名です。ああ、もしかしたら、久城さん。書類を集める手伝いくらいはしましたか？　それから刺されたとか」

久城は何も言わなかったが、気配は大いに揺れた。

「そ、そうだ。刺されたんだ。だから俺は、ひ、被害者だぞっ。何を言ってるんだっ」

　久城は喚いた。

　当たり、と言うことか。

　いいえ、と静かに絆は首を横に振った。

「あの男とは二度、対峙したからわかるんです。普通は、意味もなく殺さない。これが当たり前です。でも、断言しますよ。あの男は、あの男だけはまったくの逆です。――あの男はね、意味もなく傷だけ付けるなんてことはしませんよ。後腐れが残るだけですから。それほど無造作に、なんの躊躇いも、いわばリミッター無しに人を殺せる男なんです。奴は。パーティーは」

　また、久城が数歩後退った。

　構わず絆は続けた。

「それにしても、ちょっと迂闊でしたね。少なくとも年内一杯くらい大人しくしていれば――。いえ、それはもういいでしょう。あなたはもう、闇の中から顔を出した」

　一歩詰め、目に光を灯し、朝に向かうべきその清光で、久城を射る。

「おそらく、田村准教授が邪魔だったんですよね。それは何故ですか？　アメフト部とあなたの繋がりは？　パーティーが来たってことは、竜神会ですか？　あなたも竜神会と繋がっている？　大麻はそこからですか？　少しどころか、だいぶ身に余る遊び方ですよね。

ああ。あなた自身が売人だったりして。違いますか」

「ひっ」

悲鳴を上げ、久城は背を返した。

無駄ですよ、と絆は釘を刺した。

「もう高崎署と太田署が合同で動いてます。――少なくとも久城さん。あなた、生まれも育ちも高崎なんですね。それで西崎次郎とも戸島《としま》健雅《たけまさ》とも、赤城《あかぎ》一誠《いっせい》とも関わりがあるって。まあ、あとは群馬県警の管轄になりますが」

いきなり久城が走り出した。

だが絆は追わなかった。

進行方向の向こう、三十メートルほど先の十字路の左右から、道を埋めるように配備の刑事達が姿を現した。

「久城っ」

先頭で久城に向かうのは、高崎署の三枝係長だ。声に意気を感じる張りが聞こえた。

久城が立ち止まった。未だ明けない空を振り仰いだ。観念したようだ。

久城を刑事達が取り囲んだ。

そのときだった。

刑事たちの向こう、十字路の真っ直ぐ奥側にライトの光があった。

低いエンジン音がした。大型のバイクのようだ。

偏光のゴーグルにノーヘルでライダースーツの、やけに大柄な男だった。

エンジン音がいきなり高くなり、ライトの明かりが躊躇うことなく真っ直ぐ十字路を突っ切った。

色を映さず、揺れのない気配。

絆の背筋を言い知れない悪寒が這い上った。

「いけないっ。離れてっ。みんな、離れろ！」

思う前に叫んだ。

爆発するほどの剣気を乗せた。

浴びた刑事達が咄嗟に、その場から道を割るように左右に離れた。

久城の腕をつかんでいた一人だけ遅れた。

その直前で、バイクがジャックナイフの要領で後輪を跳ね上げた。

「ぐぼぉっ」

刑事の身体が大きく跳ね飛んだ。

「た、天の助けかよっ」

久城がバイクに寄った。

けれど――。

近寄っただけだった。

外灯の薄明かりに、ナイフが閃《ひらめ》いた。

絆にもその一瞬はわからなかった。

予備動作も気配も、まったくない恐るべきノーモーションだったからだ。

無造作にあからさまに、久城の胸のど真ん中に刃が突き立ち、先端は背に抜けた。

絶対に仕損じることのない、必殺のひと突きだった。

久城からは、声もなかった。

男がナイフから手を離せば、久城はただ糸の切れた人形のようだった。

そのまま確認もせず、男はアクセルを吹かした。

「おいっ」

絆はその背を、渾身《こんしん》の一声で射た。

「誰だ！」

鍛えのない者なら動けなくなってもおかしくはない。

二階堂平法《にかいどうへいほう》にいう、居竦《いすく》みの技に近い。

巨大な気の塊。

言葉にするなら、そう言うことになるだろう。

だが、絆の気はあろうことか、そのまま男を素通りした。

男はゴーグルを上げ、肩越しに振り返って絆を見た。

「へえ。あんた、面白いことするなあ」

エンジン音で聞き取りづらかったが、男は楽し気にそう言った。

「俺はパーティー。いや、俺もパーティー」

男はそれだけ告げると、駆け寄る刑事らを振り払うようにして、闇の中に走り去った。


（シリーズ第八巻に続く）

本書は書き下ろしです。
また、この物語はフィクションであり、実在の人物・団体とは一切関係がありません。

中公文庫

パーティーゲーム
——警《けい》視《し》庁《ちょう》組《そ》対《たい》特《とく》捜《そう》K

2022年7月25日　初版発行

著　者　鈴《すず》峯《みね》 紅《こう》也《や》

発行者　安部 順一

発行所　中央公論新社
〒100-8152　東京都千代田区大手町1-7-1
電話　販売 03-5299-1730　編集 03-5299-1890
URL https://www.chuko.co.jp/

DTP　平面惑星
印　刷　大日本印刷
製　本　大日本印刷

Published by CHUOKORON-SHINSHA, INC.
Printed in Japan　ISBN978-4-12-207230-5 C1193

さ-65-1
フェイスレス 警視庁墨田署刑事課特命担当・一柳美結
沢村鐵
大学構内で爆破事件が発生した。現場に急行する墨田署の一柳美結刑事。しかし、事件は意外な展開を見せ、さらなる凶悪事件へと……。文庫書き下ろし。
205804-0

さ-65-2
スカイハイ 警視庁墨田署刑事課特命担当・一柳美結2
沢村鐵
巨大都市・東京を瞬く間にマヒさせた〝C〟の目的、正体とは⁉ 警察の威信をかけた天空の戦いが、いま始まる‼ 書き下ろし警察小説シリーズ第二弾。
205845-3

さ-65-3
ネメシス 警視庁墨田署刑事課特命担当・一柳美結3
沢村鐵
人類救済のための殺人は許されるのか⁉ 日本警察、そして一柳美結刑事たちが選んだ道は？ 空前のスケールで描く、書き下ろしシリーズ第三弾‼
205901-6

さ-65-4
シュラ 警視庁墨田署刑事課特命担当・一柳美結4
沢村鐵
八年前に家族を殺した犯人の正体を知った美結は、復讐鬼と化し、警察から離脱。人類最悪の犯罪者と対峙する日本警察に勝機はあるのか⁉ シリーズ完結篇。
205989-4

さ-65-5
クランⅠ 警視庁捜査一課・晴山旭の密命
沢村鐵
渋谷で警察関係者の遺体を発見。虚偽の検死をする美人検視官を探るために晴山警部補は内偵を行うが、そこには巨大な警察の闇が――！ 文庫書き下ろし。
206151-4

さ-65-6
クランⅡ 警視庁渋谷南署・岩沢誠次郎の激昂
沢村鐵
同時発生した警視庁内拳銃自殺と、渋谷での交番巡査銃撃事件。警察を襲う異常事態に、密盟チーム「クラン」がついに動き出す！ 書き下ろしシリーズ第二弾。
206200-9

さ-65-7
クランⅢ 警視庁公安部・区界浩の深謀
沢村鐵
渋谷駅を襲った謎のテロ事件。クランのメンバーは「神」と呼ばれる主犯を追うが、そこに再び異常事件が――書き下ろしシリーズ第三弾。
206253-5

さ-65-8
クランⅣ 警視庁機動分析課・上郷奈津実の執心
沢村鐵
包囲された劇場から姿を消した「神」。その正体を暴く鍵は意外な人物が握っていた。警察に潜む悪との戦いは佳境へ！ 書き下ろしシリーズ第四弾。
206326-6

各書目の下段の数字はISBNコードです。978-4-12が省略してあります。

さ-65-9
クランⅤ　警視庁渋谷南署巡査・足ヶ瀬直助の覚醒　沢村鐵
警察閥の大量検挙に成功した「クラン」。だが「神」の魔手は密盟のトップ・千徳に襲いかかり――。迫り来るクライマックス、書き下ろしシリーズ第五弾。
206426-3

さ-65-10
クランⅥ　警視庁内密命組織・最後の任務　沢村鐵
非常事態宣言発令より、警察の指揮権は首相へと移った。「神」と「クラン」。最後の決戦の行方は――。シリーズ最終巻、かつてないクライマックス！
206511-6

さ-65-12
世界警察1　叛逆のカージナルレッド　沢村鐵
殺人、戦争、テロ。すべては警察が止める。二一世紀末、理想社会が実現した日本を襲う武装蜂起に、刑事たちが立ち向かう。圧巻の書き下ろし新シリーズ。
207045-5

さ-65-13
世界警察2　輻輳のウルトラマリン　沢村鐵
国会と首相官邸を襲った軍事蜂起の背後に、謎の地下兵器産業が潜んでいた。「説教師」吉岡冬馬は真相を捜し海外へ飛ぶ。書き下ろしシリーズ第二弾。
207110-0

と-26-9
SRO Ⅰ　警視庁広域捜査専任特別調査室　富樫倫太郎
七名の小所帯に、警視長以下キャリアが五名。管轄を越えた花形部署のはずが――。警察組織の盲点を衝く、連続殺人犯を追え！　新時代警察小説の登場。
205393-9

と-26-10
SRO Ⅱ　死の天使　富樫倫太郎
死を願ったのち亡くなる患者たち、解雇された看護師、病院内でささやかれる『死の天使』の噂。SRO対連続殺人犯の行方は。待望のシリーズ第二弾！　書き下ろし長篇。
205427-1

と-26-11
SRO Ⅲ　キラークィーン　富樫倫太郎
SRO対〝最凶の連続殺人犯〟、因縁の対決再び‼　東京地検へ向かう道中、近藤房子を乗せた護送車は裏道へ誘導され――。大好評シリーズ第三弾、書き下ろし長篇。
205453-0

と-26-12
SRO Ⅳ　黒い羊　富樫倫太郎
SROに初めての協力要請が届く。自らの家族四人を殺害して医療少年院に収容され、六年後に退院した少年が行方不明になったというのだが――書き下ろし長篇。
205573-5

と-26-19
SRO Ⅴ ボディーファーム 富樫倫太郎

最凶の連続殺人犯が再び覚醒。残虐な殺人を繰り返し、日本中を恐怖に陥れる。焦った警視庁上層部は、SROの副室長を囮に逮捕を目指すのだが――。書き下ろし長篇。

205767-8

と-26-35
SRO Ⅵ 四重人格 富樫倫太郎

不可解な連続殺人事件が発生。傷を負ったメンバーが再結集し、常識を覆す新たなシリアルキラーに立ち向かう。人気警察小説、待望のシリーズ第六弾！

206165-1

と-26-37
SRO Ⅶ ブラックナイト 富樫倫太郎

東京拘置所特別病棟に入院中の近藤房子が動き出す。担当看護師を殺人鬼へと調教し、ある指令を出すのだが――。累計60万部突破の大人気シリーズ最新刊！

206425-6

と-26-39
SRO Ⅷ 名前のない馬たち 富樫倫太郎

相次ぐ乗馬クラブオーナーの死。事件性なしとされるも、どの現場でも人間と同時に必ず馬が一頭逝っている事実に、SRO室長・山根新九郎は不審を抱く。

206755-4

と-26-45
SRO Ⅸ ストレートシューター 富樫倫太郎

ついに1stシーズン完結⁉ 悪魔的な連続殺人鬼・近藤房子、最後の闘い。怒濤の結末を見逃すな、大人気シリーズ第9弾！ 文庫書き下ろし。

207192-6

と-26-36
SRO episode0 房子という女 富樫倫太郎

残虐な殺人を繰り返し、SROを翻弄し続けるシリアルキラー・近藤房子。その生い立ちとこれまでが、ついに明かされる。その過去は、あまりにも衝撃的！

206221-4

と-25-45
新装版 雪虫 刑事・鳴沢了 堂場瞬一

俺は刑事に生まれたんだ――鳴沢了は、湯沢での殺人と五十年前の事件の関連を確信するが、署長である父は彼を事件から遠ざける。〈解説〉宇田川拓也

206821-6

と-25-46
新装版 破弾 刑事・鳴沢了 堂場瞬一

警視庁にやってきた了は署内で冷遇を受ける女性刑事・冴と組む。心に傷を抱えた二人が今、最高のコンビとして立ち上がる。〈解説〉沢田史郎

206837-7

各書目の下段の数字はISBNコードです。978－4－12が省略してあります。

と-25-47
新装版 熱欲 刑事・鳴沢了 堂場瞬一
青山署の刑事として現場に戻った了。詐欺がらみの連続傷害殺人事件に対峙する了の捜査は、NYの中国人マフィアへと繋がっていく。シリーズ第三弾。
206853-7

と-25-48
新装版 孤狼 刑事・鳴沢了 堂場瞬一
行方不明の刑事と不審死した刑事。遺体の手には「鳴沢了」と書かれたメモ――最強のトリオで警察内に潜む闇に挑め。シリーズ第四弾。〈解説〉内田俊明
206872-8

と-25-49
新装版 帰郷 刑事・鳴沢了 堂場瞬一
殺人事件の被害者遺族に依頼された、父が遺した未解決事件の再調査。「捜一の鬼」と呼ばれた父を超えるため、了は再び故郷に立つ。〈解説〉加藤裕啓
206881-0

と-25-50
新装版 讐雨 刑事・鳴沢了 堂場瞬一
爆破事件に巻き込まれた了。やがて届く犯行声明。爆弾魔の要求は世間を騒がせた連続幼女誘拐犯の釈放であった。大人気シリーズ第六弾。〈解説〉内田　剛
206899-5

と-25-51
新装版 血烙 刑事・鳴沢了 堂場瞬一
恋人の子・勇樹が誘拐された。背後に揺れる大物マフィアの影。異国の地を駆ける了が辿り着いた事件の哀しき真相とは。シリーズ第七弾。〈解説〉安西京子
206909-1

と-25-52
新装版 被匿 刑事・鳴沢了 堂場瞬一
西八王子署管内で代議士が不審死。ろくな捜査もせず警察は事故と断じる。苛立つ了のもとに地検から秘密裏に協力の要請が。シリーズ第八弾。〈解説〉狩野大樹
206924-4

と-25-53
新装版 疑装 刑事・鳴沢了 堂場瞬一
保護した少年が失踪。やがて彼の父親がひき逃げ事件を起こしたことが判明した。少年を追う了を待つ衝撃の事実とは。シリーズ第九弾。〈解説〉倉田裕子
206934-3

と-25-54
新装版 久《く》遠《おん》(上) 刑事・鳴沢了 堂場瞬一
ターゲットは、鳴沢了。何者かに殺人の濡れ衣を着せられた了。潔白を証明するため、一人、捜査に乗り出すのだが……。刑事として生まれた男、最後の事件。
206977-0

と-25-55
新装版 久遠（下） 刑事・鳴沢了
堂場瞬一
謎の符号「ABC」の正体を掴むも捜査は行き詰まる。闘い続けた男の危機に仲間たちが立ち上がる。全てを操る黒幕の正体とは？ 警察小説の金字塔、完結。
206978-7

と-25-56
新装版 七つの証言 刑事・鳴沢了外伝
堂場瞬一
冴、海、勇樹、そして高城。了に関わる七人の目を通して描く「刑事として生まれた男」の真実とは。著者最大の人気シリーズ唯一の短編集。〈解説〉大矢博子
206991-6

ほ-17-14
新装版 ジウⅠ 警視庁特殊犯捜査係
誉田哲也
人質籠城事件発生。門倉美咲、伊崎基子両巡査が所属する警視庁捜査一課特殊犯捜査係も出動する。だが、この事件は〝巨大な闇〟への入口でしかなかった。
207022-6

ほ-17-15
新装版 ジウⅡ 警視庁特殊急襲部隊
誉田哲也
誘拐事件は解決したかに見えたが、依然として黒幕・ジウの正体は掴めない。事件を追う東と美咲。一方、特進をはたした基子の前には不気味な影が。〈解説〉宇田川拓也
207033-2

ほ-17-16
新装版 ジウⅢ 新世界秩序
誉田哲也
新宿駅前で街頭演説中の総理大臣を標的としたテロが発生。歌舞伎町を封鎖占拠し、〈新世界秩序〉を唱えるミヤジとジウの目的は何なのか⁉〈解説〉友清 哲
207049-3

ほ-17-4
国境事変
誉田哲也
在日朝鮮人殺人事件の捜査で対立する公安部と捜査一課の男たち。警察官の矜持と信念を胸に、銃声轟く国境の島・対馬へ向かう。〈解説〉香山二三郎
205326-7

ほ-17-5
ハング
誉田哲也
捜査一課「堀田班」は殺人事件の再捜査で容疑者を逮捕。だが公判で自白強要の証言があり、班員が首を吊った姿で見つかる。そしてさらに死の連鎖が……誉田史上、最もハードな警察小説。
205693-0

ほ-17-7
歌舞伎町セブン
誉田哲也
『ジウ』の歌舞伎町封鎖事件から六年。再び迫る脅威から街を守るため、密かに立ち上がる者たちがいた。戦慄のダークヒーロー小説！〈解説〉安東能明
205838-5